DESTINO
LA SAGA WINX

DESTINO
LA SAGA WINX

El despertar del fuego

Sarah Rees Brennan

Traducción de
Scheherezade Surià y Lluís Delgado

MOLINO

Papel certificado por el Forest Stewardship Council®

Penguin
Random House
Grupo Editorial

Título original: *Fate: The Winx Saga #2. Lighting the Fire*

Primera edición: julio de 2022

Destino: La Saga Winx ™ © 2022 Rainbow S.p.A. Todos los derechos reservados.
Destino: La Saga Winx ™ está basado en la serie Winx Club creada por Iginio Straffi.
© Netflix 2022. Usado bajo licencia.

Publicado originalmente en inglés por Scholastic Inc., en 2022.

© 2022, Sarah Rees Brennan
© 2022, Penguin Random House Grupo Editorial, S. A. U.
Travessera de Gràcia, 47-49. 08021 Barcelona
© 2022, Scheherezade Surià López y Lluís Delgado Picó, por la traducción

Printed in Spain – Impreso en España

ISBN: 978-84-272-7797-7
Depósito legal: B-9.666-2022

Compuesto en El Taller del Llibre, S. L.
Impreso en UNIGRAF, S. L.
Móstoles (Madrid)

MO 77977

Dedicado a Anthony y Fionnuala,
lord y lady Ardee, y a toda la pandilla,
con el agradecimiento por la cálida acogida
en Killruddery House, la verdadera Alfea

CUENTO
DE HADAS N.º 1

Los mejor dotados, los elegidos,
todos destruidos por su juventud;
todos, todos, por esa inhumana
y amarga gloria abatida.

W. B. YEATS

Bienvenidos a Alfea

Un folleto para los futuros estudiantes
en nuestra primera jornada de puertas abiertas

El castillo de Alfea se construyó hace mucho tiempo como un lugar dedicado a la educación de las hadas jóvenes y al fomento del espíritu de comunidad entre quienes poseen distintas magias. Cien años más tarde, se añadió el cuartel de los especialistas, la división militar donde aquellos que no son hadas —pero son nuestros aliados— pueden entrenarse en las artes de la guerra.

Tanto si eres un especialista como un hada, tanto si tu magia de hada es de agua, tierra, luz, mente, tecnología, fuego o aire, nos complace darte la bienvenida a esta antigua tradición. Recorre las instalaciones de Alfea, descubre el laberinto, pasea por el bosque (eso sí, no te acerques demasiado a la Barrera) y emprende tu viaje de autodescubrimiento dentro de estos muros de piedra atemporales.

CONSEJOS DE SEGURIDAD:

- No te acerques mucho al ala este, ya que está abandonada y en estado de deterioro.
- No toques ninguna de las plantas del invernadero sin la supervisión directa del profesor Harvey. Muchas de estas plantas son mágicas o venenosas. O mágicamente venenosas.
- No le pidas a un especialista que luche contigo; podría arrancarte la cabeza.
- No subestimes las magias con las que no estás familiarizado. Puede que seas un hada de la tierra, capaz de dominar todo aquello que crece en la tierra, pero un hada del agua puede ahogarte y una de la luz puede cegarte. Recuerda que es importante ser respetuoso con los demás. Nuestra visión de Alfea es la armonía entre todos.

ESTA SECCIÓN SOLO ES PARA HADAS
E INTERCAMBIADOS DEL PRIMER MUNDO.
SI ERES DE SOLARIA, ERAKLYON, ETC.,
PUEDES SALTARTE ESTA PARTE.

Este reino debe de pareceros muy distinto a los que procedéis del mundo humano, ya que hay magia en lugar de corriente eléctrica, y poderosos reyes y reinas en lugar de presidentes y primeras ministras. Sin embargo, respecto a la primera pregunta que todo el mundo nos hace: sí, tenemos internet. Aunque no va con electricidad como el vuestro, podéis conectaros igual y vuestros móviles funcionarán perfectamente. ¡Hasta podréis llamar a casa!

EL CORAZÓN ENVEJECE

En el reino de las hadas de Solaria, junto a la cascada y el bosque, se alzaba un castillo. Todas las hadas con dos dedos de frente enviaban a sus hijos a Alfea, el único centro educativo de todos los reinos que instruía a ciudadanos hada modelo.

Farah Dowling, directora de Alfea, se enorgullecía de esa reputación. Había sacrificado mucho para conseguirla y no pensaba permitir que nada la empañara ahora.

Su orgullo por Alfea la había llevado a organizar la jornada de puertas abiertas, aunque tal vez tendría que habérselo pensado dos veces. Examinó la página que tenía ante sí y tachó lo de «e intercambiados» porque, en realidad, eran hadas ilustradas y modernas. Los intercambiados ya no existían en esa época. Luego dejó en la mesa el borrador del folleto «Bienvenidos a Alfea» para la jornada de puertas abiertas y sacó la carta secreta que había debajo con la intención de echarle un último vistazo.

Normalmente, dejaba que su ayudante se encargara del papeleo. Había contratado a un secretario humano porque quería demostrar a todo el mundo que los humanos y las hadas podían trabajar juntos en armonía, pero resulta que Callum no servía para mucho más que para mantener el archivo ordenado. Farah no sabía qué hacer con su secretario. Encima, era bastante rencoroso.

Una cosa tenía clara: Callum no podía acercarse a esa carta. Nadie más podía verla. Cuando se trataba de los registros de Rosalind, la antigua directora de Alfea, se encargaba Farah Dowling en persona.

Había ocultado con esmero cualquier rastro de Rosalind, pero el mal tenía unas raíces muy largas y extrañas. Por mucho que Farah llevara años trabajando con ahínco para hacer buenas obras y borrar la mancha de lo que había pasado antes, la antigua oscuridad se ocultaba bajo todas las superficies que intentaba limpiar. Tarde o temprano, se abriría paso por las grietas de la fachada y se extendería como el aceite.

Esta vez el mal había llegado en forma de una nota manuscrita de Rosalind, sin dirección, que al parecer no había enviado nunca; estaba guardada en un libro de magia que no se abría desde hacía tiempo. Hoy, Farah había sacado el papel, amarillento por el paso de aquellos dieciséis años, y se le había encogido el corazón al reconocer la letra. Rosalind le había enviado muchas órdenes con aquella caligrafía enmarañada y contundente. Cuando era una joven soldado, Farah había matado por orden de Rosalind. Incluso ahora, las palabras de aquella mujer hacían que quisiera entrar en acción.

A primera hora de la mañana había ido a hurtadillas al ala este, que estaba abandonada, y había examinado la carta a la luz titilante de una antorcha. La forma de expresarse de Rosalind era críptica, pero Farah sabía descifrar su significado. Rosalind insinuaba que había algo valiosísimo escondido en el Primer Mundo, esa extraña tierra donde vivían los humanos y se usaba la electricidad en lugar de la magia. Conociéndola, lo que atesoraba debía de ser un premio mágico o un arma terrible.

Puede que ambas cosas.

Después de estudiar detenidamente las indicaciones de la carta, Farah había vuelto sobre los pasos recorridos por Rosalind mucho tiempo atrás y había reducido la búsqueda a un lugar con el extraño nombre de California. Luego le había pedido ayuda a un amigo para rastrear la magia… y había vuelto a sus tareas con aquel secreto culpable que le pesaba como una piedra en el pecho.

Farah se levantó del escritorio, guardó aquellos garabatos y salió a los pasillos de Alfea. Los tacones de sus modestos zapatos de cordones repiqueteaban en la piedra y tenía las manos metidas en los bolsillos de la gabardina. Los estudiantes se dispersaron al oírla llegar y sus risas se esfumaron.

Farah no era una persona cálida ni acogedora. Había organizado la jornada de puertas abiertas porque sabía que cuando enseñaba la escuela a los padres y a los alumnos, daba la sensación de ser fría y distante, y quería que todos se sintieran bienvenidos. Si invitaba a todos los posibles estudiantes a la vez y les daba la oportunidad de conocerse, le sería más fácil.

A veces, mientras veía a los alumnos corretear por Alfea, se lamentaba de tener tantas reticencias. Farah dominaba muchas de las magias feéricas, pero había nacido como hada de la mente, un tipo de magia poco frecuente que permitía a quien la poseía leer los sentimientos de los demás y sumergirse en los pensamientos ajenos. A la gente no le hacía mucha gracia estar cerca de las hadas de la mente y, a su vez, esta cercanía hacía daño a las hadas de la mente. Farah había aprendido hacía mucho tiempo a mantener las distancias para protegerse a sí misma y a los demás. Por sola que se sintiera a veces, era una lección que jamás había podido olvidar.

Contempló Alfea con el afecto que no sabía demostrar al alumnado. Hadas del agua que manifestaban su magia con brillantes gotitas azules. Hadas del aire que hacían vibrar el ambiente. Hadas de la tierra que colmaban el mundo de frutas y flores. Hadas de la luz que iluminaban el cielo. Y hadas del fuego que, con su poder, podían llevar el calor a cualquier hogar. Y también hadas con poderes más exóticos. Y luego estaban los especialistas —de los que se ocupaba Silva—, que protegían a todo el mundo. Entendía por qué Rosalind había tenido protegidos. Si cualquiera de aquellas ilustres criaturas sintiera la necesidad de acudir a ella, Farah le enseñaría todo lo que sabía.

El problema era que ella no quería ser como Rosalind: no quería atraer a los estudiantes y usarlos a su antojo, y tampoco conocía su truco para ganar adeptos. Así pues, Farah mantuvo las distancias y sonrió para sus adentros mientras pasaban los estudiantes.

En otros tiempos había sido joven como ellos. Tanto ella como sus amigos, unidos por unos vínculos forjados en la batalla. Dos hadas y dos especialistas: Farah Dowling y Ben Harvey, y Saúl Silva y Andreas de Eraklyon. Pero Farah y sus queridos amigos nunca habían tenido la oportunidad de ser jóvenes de verdad. Habían sido un equipo de soldados de élite entrenados para erradicar el mal sin piedad. Su líder, Rosalind, se había asegurado de que fueran duros como el metal. En aquel momento, Farah se sentía orgullosa de servirla. No había cuestionado el entrenamiento de Rosalind hasta que había sido demasiado tarde.

Ahora sus pesadillas no tenían que ver con los monstruos contra los que había luchado, sino con aquellos actos monstruosos que había cometido. Ahora el único objetivo de Farah era que los estudiantes de Alfea no se convirtieran jamás en lo que ella había sido.

Se preguntó si debía contarle a Saúl o a Ben adónde iba. Tal vez debería pedirle a alguno que la acompañara. Salió por las puertas de roble tallado de la escuela y miró hacia la avenida arbolada, hacia los dos lagos donde los aspirantes a especialista aprendían el arte de la guerra gracias al mejor soldado que Farah conocía.

Saúl Silva estaba ahí plantado con los brazos cruzados y los ojos azules entrecerrados mientras observaba a un par de estudiantes que estaban practicando la lucha. Uno de ellos iba ganando, claramente. Farah reconoció el pelo rubio de Sky, pero habría sabido quién era solo con verle la cara a Silva. Para alguien que no lo conociera, Silva podía parecer severo, pero había sido su camarada durante mucho tiempo.

Farah se percató del orgullo en su rostro mientras observaba al chico que había criado él mismo.

Podría hacerlo sola. No debería molestar a Saúl. Ella no era como sus viejos amigos. Andreas estaba muerto y ya no necesitaba nada. Ben tenía hijos a los que querer. Saúl protegía a Sky, el hijo de Andreas.

Farah solo tenía la escuela Alfea. No tenía hijos y, a la vez, cuidaba de muchos críos. Era responsable de todas las almas de Alfea, desde la altiva princesita hasta el hada más humilde. Jamás permitiría que nada empañara la excelsa juventud de esta nueva generación.

Fuera cual fuera el arma o el tesoro que Rosalind hubiera escondido en el Primer Mundo, Farah lo encontraría, lo destruiría y volvería a tiempo para celebrar la jornada de puertas abiertas sin problemas. Haría lo imposible para procurar que todas las almas de Alfea estuvieran a salvo y fueran felices e inocentes.

ESPECIALISTA

Alfea era el peor lugar del mundo y Riven estaba abatido. En la escuela solo aprendía a recibir palizas, y esa lección la había aprendido hacía ya mucho tiempo. Se sentía preparado para doctorarse en el arte de ser un lerdo integral.

«Vaya, doctor Riven —dirían los futuros fracasados—. Ha hecho del fracaso una auténtica forma de arte. Inspirador. Qué ganas de leer su tesis sobre el fracaso».

Faltaban diecinueve minutos para que acabara la clase.

Riven se enfrentó valientemente a su compañero de combate durante más o menos un segundo y luego esquivó el bastonazo de Sky, pero cayó a la plataforma y se golpeó el hombro. Sky se rio sin piedad y le hizo una señal a Riven para que se pusiera de pie; no se había despeinado siquiera. Riven apretó los dientes. Sky se creía mucho mejor que él, solo porque... era mucho mejor que él.

El aire primaveral seguía siendo frío y ondulaba la superficie oscura de los lagos sobre los que colgaban suspendidas las plataformas de combate. Las tiernas hojas nuevas susurraban en los robles y las hayas rojas, que extendían sus enormes ramas por encima de las cabezas. Riven se estaba congelando con aquel uniforme de especialista sin mangas. Lanzó una mirada anhelante hacia los bancos de la orilla, donde había dejado su bonita y cálida sudadera con capucha y su chaqueta de cuero molona.

—¡Seguid así! —gritó Silva, el director de los especialistas—. ¡No tiréis la toalla!

Pero Riven se moría de ganas de darse por vencido. «Sí, Sky, dame una buena tunda. Sí, hazlo una y otra vez. ¿Tengo que soportar mucho más rato estas humillantes derrotas? ¿No puedo tallar mi cara en un tronco, dejarlo ahí y dar por terminada la clase?». Así, los demás estudiantes podrían señalar el tronco de Riven y reírse, y él podría ir a dar un paseo por la naturaleza.

El bastón de Sky impactó con el de Riven con tanta fuerza que este último notó una sacudida en los huesos de ambos brazos. Nada de paseos por la naturaleza.

No lograba entender cómo no se le pasaba la novedad. ¿Es que Sky no se aburría? Porque él sí.

Faltaban quince minutos para el final de la clase.

Cuando Riven había llegado a Alfea a principios de curso, esperaba que su compañero de habitación fuera guay. Riven no era de los superpopulares, pero sí imaginaba que tendría una pandilla de amigos con los que pasar el rato y juzgar a los demás.

Al ver a su compañero de cuarto, Riven se había dado cuenta de que su deseo se había cumplido y que su hada madrina se había esmerado a fondo. Su compañero de cuarto era demasiado guay. «Abortar misión. Abortar misión».

Había visto a Sky por ahí, en concursos militares y entrenamientos para aspirantes a especialista. Se conocían lo suficiente como para saludarse con la cabeza cuando Sky pasaba a recoger su medalla. A Riven no le había hecho mucha gracia el rollo de Sky desde un principio, cuando se había fijado en la mandíbula cincelada y el pelazo del chaval. Pero en Alfea, se veía atrapado con el señor héroe y había decidido poner al mal tiempo buena cara. Sky parecía bastante simpático, así que había pensado que tal vez funcionaría lo de ser compañeros de cuarto. Tal vez hasta pudieran ser amigos.

Riven y Sky permanecieron juntos con aire incómodo durante la fiesta de bienvenida y se fijaron en una rubia con un vestidazo de brillantitos que iba dando órdenes a sus compañeros como si fueran sus secuaces.

—Je, je —dijo Riven—. Mira a esa. Menuda princesita.

Sky lo miró de una forma algo rara.

—Es que es una princesa —repuso él.

—¿Cómo?

—Pues que es la hija de la reina Luna —contestó Sky—. La regente de Solaria.

—Ah —murmuró Riven.

Sky carraspeó.

—Y…, esto…, es mi novia.

—Vale, me voy a ir por ahí… —anunció Riven.

Se fue hasta un arco de piedra donde había unas enredaderas muy interesantes y estuvo charlando con aquellas plantas durante una hora.

Sky se acercó a la princesita insoportable, que al parecer se llamaba Stella. La princesa posó una mano sobre el brazo de Sky y se pavoneó por el patio con él: el orgullo de ser su dueña brillaba tanto como las lucecitas mágicas que titilaban en su resplandeciente melena rubia.

Vaya fracaso de fiesta.

Después, durante su primera clase, Silva, el director de los especialistas —un hombre con unos ojos azules aterradoramente directos que nunca parpadeaban—, les dijo a Sky y a Riven que pelearan y lo dieran todo para evaluar sus habilidades.

Sky le puso a Riven los dos ojos a la funerala y le torció el tobillo. El director Silva dijo que Riven se había torcido el tobillo en sus prisas por escapar, pero que los ojos morados sí eran culpa de Sky. Al final de la primera clase del primer día, todos habían calado a Riven y no precisamente para bien.

Como si quisiera redimirse, Sky se disculpó aquella noche cuando apagaron las luces, aunque se rio mientras lo hacía: al parecer, los esguinces de tobillo le parecían graciosos o algo.

Riven seguía intentando entenderse con su compañero de piso, así que hizo un gesto con la mano como quitándole importancia al tema.

—Da igual. De todas formas, no me gusta mucho esto de ser soldado. Nadie me ha preguntado si quiero ser especialista.

Sky puso cara de no entender nada.

—Las espadas son fantásticas —se explicó Riven—, pero eso de morir para proteger los reinos me viene muy grande. Porque ¿qué han hecho los reinos por mí? ¿Existir? Vaya, pues vale, moriré. ¿Y qué más da si mueres como un lelo o como el mismísimo Andreas de Eraklyon? Has estirado la pata igual.

Sky lo miraba perplejo.

—¿Andreas de Eraklyon?

Riven se alegró de que su compañero de cuarto, don perfecto, no lo supiera todo. Andreas de Eraklyon era el gran ejemplo de los especialistas, el héroe de la guerra contra los Quemados de hacía una generación.

—Venga tío, fijo que has oído hablar de él. Fue el soldado que lideró las fuerzas contra los Quemados, esos monstruos espeluznantes que antes rondaban por todas partes. Andreas es muy famoso. Y también está muy muerto.

—He oído hablar de él. Era mi padre —dijo Sky.

—Ups —murmuró Riven—. He metido la pata hasta el fondo.

Sky asintió apretando la mandíbula. Sí, seguramente había heredado la mandíbula de su padre.

—¿Qué te parece si meto la cabeza bajo las sábanas y no salgo de ahí en todo el curso? —sugirió Riven.

—Vale —dijo Sky.

Riven se tapó la cara con las sábanas y, desconsolado, se quedó mirando la oscuridad.

Esa fue la gota que colmó el vaso en cuanto a llevarse bien con su compañero de cuarto. Contaba los días para que el primer curso llegara a su fin y pudiera alojarse con otra persona. Cualquiera, le daba igual.

Hasta ese feliz día de su liberación, el director Silva parecía haber decidido que Sky y Riven hacían buena pareja y los ponía a entrenar juntos todos los días. Las sesiones de lucha se le hacían interminables, pero la de hoy estaba a punto de acabar. El fin estaba tan cerca que hasta podía saborearlo.

¡Un minuto para el final de la clase!

Sky lanzó un golpe y Riven logró esquivarlo. Otra sesión sin un ojo a la funerala, ¡punto!

—Veo que estás… —comenzó a decir Sky.

—Anda, mira qué hora es. ¡La hora de largarse! —exclamó Riven, y se largó.

Rodó suavemente por la plataforma, bajó a la orilla y se alejó de Sky, de las plataformas de entrenamiento, del director y del cuartel de los especialistas.

Detestaba todo aquel paisaje. Las vastas montañas, el valle lleno de juncos, las altas cumbres envueltas en niebla blanca. Los reinos feéricos donde antaño los soldados acechaban a los monstruos; aquellas espadas de plata fría en los bosques y bajo la pálida luz de la luna. Silva quería convertirlos en tropas que cargaran juntas en la batalla sin rechistar, en asesinos formados para librar una guerra que había terminado hacía tiempo. Riven nunca sería como aquellos guerreros que habían salido de cacería.

Detestaba todos los edificios de Alfea y a todas las personas que habitaban en ellos.

Salvo a una.

Ya casi se había ido, cuando oyó al director Silva:

—Riven, espera.

LUZ

Alfea era el mejor sitio del mundo y Stella jamás había sido tan feliz.

Ahora podía reconocer que estaba ligeramente nerviosa antes de ir, pero tendría que haber sabido que era el lugar perfecto para ella. Allí aprendería a ser la mujer poderosa que estaba destinada a ser. Tenía que gobernar una escuela entera antes de poder regir un país.

—Chicas —anunció Stella a las compañeras de apartamento—. He batido un récord. Cinco minutos y ya tengo los deberes hechos.

Extendió las manos de forma expresiva y un espectáculo de luz cobró vida; le rodeó el rostro en una especie de marco de tal modo que Stella parecía el centro de un espejo mágico.

Ricki e Ilaria la aplaudieron, y ella giró en círculo, permitiéndose un momento de petulancia. Bueno, quizá fue más que un momento. «No escondas tu magia de luz», le decía su madre a menudo. La cuestión era impresionar a la gente sin que pareciera que quería impresionarla.

Stella siempre se había esforzado mucho y ahora por fin lo estaba consiguiendo. Nada más llegar a Alfea, la gente se había agolpado a su alrededor como si..., como si fuera la mismísima reina Luna.

«La princesa tiene un nombre muy apropiado», decían los cortesanos de su país a modo de halago. «Es una estrella brillante, pero jamás podrá compararse con el sol que es su madre».

Ya que hablaban de nombres, tendrían que saber que el de su madre no significaba sol, precisamente. Era Luna y las lunas reflejan la luz: todo su brillo es robado.

Stella no quería ser una estrella. Las estrellas vivían en la oscuridad y ella ya había salido de la oscuridad. Tras muchos años de vivir eclipsada, ahora era lo más brillante en el firmamento de Alfea.

—Esto me da dos horas para elegir el vestido perfecto para la cita —continuó Stella.

Tenía muchas opciones. E incluso antes de elegir la ropa, tenía que decantarse entre una coleta alta, unas ondas californianas o, incluso, una trenza. Y luego estaba el debate: ¿pinzas para el pelo o diadema?

Stella usaba mucho su anillo mágico para ir al mundo humano y asistir a la Semana de la Moda, pero ahora mismo prefería estar en Alfea antes que en cualquier otro lugar.

Ricki se rio.

—Como si tuvieras algún vestido que no fuera perfecto...

—A mi chico le gusta ver más piel de la que sueles enseñar, princesa —dijo Ilaria—. Pero siempre estás fabulosa —se corrigió al instante.

Sky, al contrario que el novio de Ilaria, Matt, jamás mencionaría lo de querer ver más piel. Sky era un caballero. Stella enarcó la ceja.

—Obvio.

«No permitas que nadie te robe tu poder», le había dicho su madre, que luego añadió: «Y elige solo a aquellas personas que lo potencien».

En primer curso, te asignaban compañeras de habitación al azar y te ofrecían un apartamento entero con varias personas o un dormitorio con otra chica. A Stella le habían asignado uno de los apartamentos de Alfea: cinco chicas, tres dormitorios y una sala común. Como Stella era la princesa, le tocó la habitación individual, naturalmente. El apartamento estaba en la última planta, así que se alojaba en lo más parecido a la alcoba de una torre. Pidió que le pintaran las paredes de azul, colocó varios espejos para verse desde todos los ángulos y pegó en la pared, con destellos de luz, fotos suyas con sus nuevas y divertidas amigas.

A veces, cuando se despertaba en la oscuridad y escuchaba el viento que ululaba junto a la ventana de la torre, Stella se echaba a temblar, asustada, y se moría por tener una compañera de habitación. Sin embargo, durante el día se alegraba de recibir un trato especial.

De momento ya le estaba bien así, pero en segundo año podías escoger a tus compañeras de cuarto. Si tu mejor amiga no quería compartirlo contigo es que no tenías mejor amiga. Y Stella tenía que elegir.

El problema era que no sabía a quién elegir.

Si tuviera que decidir quién le caía mejor, diría que Ricki.

Pasar tiempo con ella era muy divertido y curiosamente relajante. Era graciosísima y jamás le había dicho nada cruel. Y ese era el problema. A veces una chica tenía que ser cruel. Además, ser cruel significaba tener el suficiente prestigio social para salirse con la suya. Ilaria sí sabía ser cruel y por eso su novio era uno de los especialistas de segundo curso. Ricki no tenía pareja. Era mejor estar con una persona cañera y poderosa. Stella era muy consciente de que su madre habría elegido a Ilaria como amiga sin pensárselo dos veces. Que ella prefiriera a Ricki era una prueba más de que Stella era patética y débil.

Miró por la ventana de su torre en la habitación, decorada para convertirla en un espacio digno de una princesa, y se fijó en las aguas oscuras y en su brillante melena. Más allá del patio del castillo estaban los lagos de los especialistas, donde su novio acababa de anotarse otra victoria.

Quería a Sky. Era el mejor accesorio del mundo, mejor que cualquier bolso o joya. Las demás chicas estaban celosas de que fuera suyo. Incluso su madre lo creía digno de una princesa.

Y no olvidaba que Sky la había visto, incluso cuando el resplandor de su madre la volvía a ella casi invisible. Él había querido protegerla.

Solo que en Alfea ya no necesitaba protección.

Reconocerlo la hacía sentir culpable, pero a veces pensaba que prefería pasar el rato con Ricki, Ilaria y sus otras compañeras de apartamento antes que con él. Tenía muchísimo más en común con sus amigas. Una vez que Sky fue a recogerla, las chicas pusieron barricadas en las puertas dobles y lo hicieron esperar porque en aquel momento se estaban divirtiendo mucho. A veces le daba la sensación de que prepararse para una cita era más divertido que la cita en sí.

«Es normal», se decía Stella cada vez que aquel pensamiento traicionero le cruzaba la mente. Conocía a Sky desde hacía mucho tiempo y era natural que las personas y los entornos nuevos fueran tan emocionantes. Después de tantos años deseando más, era fantástico tenerlo todo. Ahora tenía las mejores amigas y el mejor novio. Después de pasar tanto tiempo a la fría sombra de otra persona, era la estrella de la escuela.

—Enséñanos el primer modelito —le pidió Ricki—. Me muero por verlo.

Stella se giró para mirar a sus amigas, aunque de reojo siguió observando su reflejo. Su política era seguir realzando su luz natural con magia e infundirse todo el glamur que fuera posible cada vez que este menguaba. ¿Quién dijo que no había filtros en la vida real? Stella se negaba a aceptar la premisa de la expresión «digna de Instagram»: Instagram debería ser digno de ella. Era Instagram quien tenía que ponerse a su nivel.

Ilaria miraba a Stella con una pizca de envidia. Ricki sonrió como si estuviera disfrutando del espectáculo de verdad, y Stella se decidió al fin. Podía transformar a Ricki en la compañera ideal de apartamento. Ella era la princesa y debería disponer de todo lo que quisiera. Tenía un plan y Sky la ayudaría a llevarlo a cabo.

Lo único que tenía que hacer era seguir brillando y todo sería perfecto.

TIERRA

Alfea era el mejor lugar del mundo, y su padre, el profesor Harvey, era el mejor profesor del mundo. Si Terra pudiera ser alumna de Alfea, alcanzaría la felicidad y ya no tendría nada más que pedirle a la vida.

Pero aún debía esperar un año más para tener la edad suficiente y este año era el peor de todos. Antes, tenía a su hermano al lado.

Terra y Sam Harvey habían crecido en Alfea porque eran los hijos del profesor. Su padre decía que la directora Dowling y el director Silva no podían prescindir de él. La habían criado sabiendo que algún día su hogar sería también su escuela. Durante toda la vida, Terra había convivido con los estudiantes de Alfea, como si fueran plantas exóticas bajo el cristal del invernadero de su padre. Podía admirarlos, pero no se le permitía acercarse.

Al principio, los estudiantes parecían mucho más mayores y molones, pero le daba igual. Sabía que algún día podría ir a Alfea. Sin embargo, hacía poco había empezado a anhelar que ese día llegara ya. Quería pasearse entre los grupitos de amigos que charlaban, ser parte de lo que siempre había admirado. Lo deseaba con tantas ganas que empezaba a dolerle.

Sam y Terra iban siempre juntos. Su relación era muy estrecha, porque no tenían a nadie más. Terra siempre había albergado la esperanza de que su hermosa prima Flora fuera a visitarla, pero los años habían ido pasando y Flora aún no había hecho acto de presencia.

A veces, Sky también estaba en el castillo, aunque vivía en el cuartel de los especialistas. Sky tenía la edad de Sam, así que sería razonable que fueran amigos, pero Sky siempre estaba con Silva, el director de los especialistas, que era una persona completamente aterradora. Y aún más aterradora que Silva era la leyenda del padre de Sky, héroe y mártir famoso.

A Sam y a Terra les daba la impresión de que Sky se creía mejor que ellos. Cuando el director Silva se iba a alguna misión o a visitar a la reina, Sky lo acompañaba. El especialista salía con la princesa Stella prácticamente desde que había nacido. Era tan cortés que parecía una especie de muro: un obstáculo mágico más que un ataque mágico. Una vez, Sky le propuso a Sam que practicara el manejo de la espada con él y se sorprendió cuando Sam le dijo que no quería acabar cortado por la mitad, muchas gracias.

Sin embargo, era inútil enfadarse con Sky. Estaba claro que tenía mejores cosas que hacer que revolcarse en la tierra del invernadero con una pareja de hermanos mugrientos más preocupados por el abono que por las joyas de la corona.

Terra tenía a Sam, así que nunca estaba sola. Hasta ese mismo año, cuando Sam había comenzado en Alfea. Su hermano se había convertido en uno de aquellos estudiantes vivarachos y glamurosos y la había dejado muy atrás.

Al principio, Terra se dejaba caer después de las clases con la esperanza de que Sam le presentara a sus nuevos amigos. Creía que también podría hacerse amiga de ellos, que sería como asistir a Alfea un poco antes de tiempo. Se decía a sí misma que así, el próximo año, los chicos y chicas de su curso se quedarían boquiabiertos al verla con amigos mayores.

Pero cuando Terra apareció frente a la puerta del aula de su hermano, este hizo como si no la hubiera visto. Y ella ni siquiera captó la indirecta en ese momento. No se le daba muy bien leer entre líneas. Sam tuvo que decírselo alto y claro.

—Deja de darme la brasa, Terra —le espetó al tercer día—. ¿Cómo voy a hacer amigos si tengo a mi hermana pequeña pegada como una lapa?

—Eso. Largo, bola de sebo —susurró un hada del aire que debía de pesar como una pluma, y se echó a reír.

Terra estaba casi segura de que Sam no la había oído, pero quería estar segura del todo. Sin embargo, la hubiera oído o no, su hermano se dio media vuelta y la dejó plantada en el pasillo, sola. Una bola de sebo con una rebequita gruesa de flores, sin amigos ni clases a las que asistir. Alfea aún no era su hogar y parecía que su hermano tampoco quería saber nada de ella.

Su único consuelo era el invernadero.

Terra suspiró con el brazo apoyado en una de las mesas negras de laboratorio donde elaboraba pociones y destilaba aceites. Se fijó en la caja de madera que ocupaba un rincón y luego se miró el reloj. Sintió la tentación de abrir la tapa y echar un vistazo. Solo un vistacito rápido.

¡Pero no! Tenía que esperar.

Lo malo era que, últimamente, toda su vida consistía en esperar. Vaciló.

Justo entonces se abrió la puerta del invernadero y la directora Dowling quedó enmarcada entre las enredaderas. Terra enderezó la espalda tan deprisa que estuvo a punto de caerse del taburete.

—¡Señorita Dowling! —exclamó—. ¡Qué sorpresa! Nunca se pasa por aquí. A ver, evidentemente puede venir cuando lo desee. Siempre es bienvenida. Además, es la directora, cosa que usted ya sabe...

Inspiró profundamente y contuvo la respiración contando hasta cinco. Su insufrible hermano le había aconsejado que lo hiciera cuando se notara así de acelerada.

—¿Está tu padre aquí, Terra? —preguntó la señorita Dowling.

Terra dejó escapar el aliento.

—Ah, mi padre. Viene a verlo a él, claro. ¡Es su mano derecha! Bueno, supongo que su mano derecha es el señor Silva. Mi padre debe de ser su mano izquierda, ¿no es así?

La señorita Dowling la miró fijamente. Tenía los ojos de un cálido tono marrón, pero su mirada era escalofriante. Terra se preguntaba cómo lograba esa expresión.

—Papá se ha ido de excursión cerca de la Barrera con los de segundo —se apresuró a contarle.

—Ah —dijo la directora—. ¿Puedes darle esto cuando vuelva?

Dejó una nota sobre la mesa; era un sobre de color crema en el que había escrito «Ben» con su firme caligrafía. Terra se preocupó al instante. Para la directora, el padre de Terra nunca era «Ben», siempre era «profesor Harvey». Si estaba tan distraída como para escribir «Ben»...

—Gracias, Terra —dijo la directora y se dio la vuelta, cerrando tras de sí con un portazo.

La señorita Dowling era una mujer fría y eficiente, y nunca había sido una persona muy simpática, pero hoy parecía un poco más seca que de costumbre. Y Terra estaba cansada ya de esperar. Se levantó de un salto y salió del invernadero a hurtadillas, pegándose a la pared mientras la señorita Dowling recorría el sendero que bordeaba el jardín hacia el bosque. Terra conocía el terreno de Alfea como la palma de su mano y observaba la marcha de la señorita Dowling con cierta perplejidad.

La señorita Dowling no se acercaba al azul resplandeciente de la Barrera que los protegía de los monstruos a los que habían derrotado una generación atrás, ni al granero donde el padre de Terra había cuidado una vez de un corcel herido. En aquel momento, Terra se había visto obligada a seguir a su padre, pero después le llevaba golosinas y bálsamos a escondidas, ¡porque era un poni! Y a Terra le encantaban los ponis. No pasaba nada si incumplía las reglas por amor.

Ahora seguía a la señorita Dowling, que se dirigía al jardín cubierto de maleza junto al bosque. Había tanta hiedra amontonada en el jardín amurallado que las paredes parecían verdes.

La directora giró la cabeza de repente y a Terra casi se le salió el corazón por la boca. Se aplastó contra la pared y conjuró unos zarcillos mágicos, pequeños como primeros brotes, para pedirle a la hiedra que la escondiera. La hiedra accedió y le envolvió los hombros y el pelo con un manto protector.

Como no vio a nadie, la señorita Dowling se quedó más tranquila; la tensión desapareció y la sustituyó su expresión habitual de seguridad en sí misma. Se acercó con paso firme a un lugar que parecía una parte más de aquella pared verde oscura; sus ojos negros adquirieron un fulgor plateado. La directora era un hada muy poderosa: podía controlar muchos de los elementos, mientras que la mayoría de las hadas solo tenían poder sobre el elemento para el que habían nacido. La hiedra se apartó y apareció el arco medio derruido de una puerta. La señorita Dowling la cruzó y las hojas volvieron a su sitio como si la imponente figura de la directora nunca hubiera pasado por allí.

Terra salió del cobijo de la hiedra que la camuflaba y se dirigió hacia la puerta oculta con la mano extendida, pero entonces cayó en la cuenta de la hora que era y se mordió el labio. De todos modos, no debería husmear en los asuntos de la señorita Dowling. Era muy poco probable que en esta ocasión también hubiera un poni necesitado.

No quería perderse la puesta de sol, así que se dio la vuelta y volvió corriendo al castillo.

ESPECIALISTA

—Espera un segundo —dijo el director Silva—. Vamos a cambiarte de compañero, Riven.

Por fin, las palabras que Riven llevaba todo el año deseando escuchar. Tal vez pudiera entrenar con Kat, que era la caña. Se fijó en la nube de pelo oscuro de la chica y entonces recapacitó. Kat no solo era la especialista más joven de su curso, sino también una de las mejores. Sin embargo, a ella no le caía bien Riven desde que este había tratado de evitar a Sky saliendo con Kat y una amiga suya muy mona, sin darse cuenta —hasta que ya fue demasiado tarde— de que, en realidad, se estaba colando en una cita entre Kat y su novia. Kat era agresiva y muy hábil. Riven quería una pelea que pudiera ganar.

Silva chasqueó los dedos. Cada movimiento de aquel hombre era como un portazo: decidido, tajante.

—Mikey, sube.

Y sí, subió. Igual que la mirada de Riven que subió y subió y subió un poco más.

—Oye, Mikey —dijo Riven—. ¿Dónde está tu bastón?

El chaval gruñó.

—Yo solo arreo puñetazos.

¿Era un intento de asesinato o qué? ¿Qué le había hecho Riven a Silva? Quizá el director quería que su preciado Sky tuviera una habitación individual.

Riven solo quería conservar su preciada vida.

—Pero si la clase va a terminar…

—Combate rápido. —Silva dio una palmada.

Sky se colocó junto a Silva para observar y aprender de la trágica muerte de Riven. Sky ya era más alto que Silva —Riven suponía que se debía a sus genes de héroe—, pero no más que Mikey. Estaba convencido de que había acantilados por ahí cerca más bajos que aquel chaval.

Mikey lanzó un puñetazo en dirección a la cabeza de Riven y este lo esquivó.

—¡Bien! —dijo Silva—. Seguid.

¿Por qué Silva lo ponía a prueba así? «Director Silva, señor. ¡No soy uno de sus soldados más fuertes, literalmente!», pensó Riven. No dudaría en tirarse al lago y esperar allí, respirando a través de una caña hueca, hasta que se fuera todo el mundo.

Pero, claro, había gente mirando. Los mismos estudiantes que se habían reído de él y lo habían llamado «lerdo» por haberse torcido el tobillo. Quería ser un rebelde solitario y guay, no un empollón infeliz rechazado por todos.

Esquivó otro golpe y contuvo las ganas de lanzarse al lago. Ya estaba acostumbrado a enfrentarse a Sky. Por lo menos, Mikey no era tan rápido como Sky.

—Aprovecha tu velocidad, Riven —ordenó Silva.

¿¡Y qué creía que estaba haciendo, exactamente!?

—Y tú usa tu fuerza, Mikey —gritó el director.

Cierto, casi había olvidado que Silva tramaba su asesinato. Echó otro vistazo a aquellos mazos de carne que eran los puños de Mikey y se estremeció.

—No dudes —lo aconsejó Sky, como si el profesor fuera él.

—Y tú no me seas condescendiente —le espetó Riven, girando la cabeza.

Pero en la milésima de segundo que tardó en volver a girarse, el puño de Mikey le acertó en la cabeza. Le dolió tanto como imaginaba… y también consiguió hacer que se tambaleara y cayera de la plataforma al lago.

Salió del lago hecho una furia, escupiendo lentejas de agua.

Parpadeó varias veces para sacarse el agua de los ojos y vio que el director Silva estaba sacudiendo la cabeza.

—Qué decepción, Riven.

«Es usted un sádico, señor». Pensó en todo el tiempo que estaba perdiendo ahora, pensó en dónde quería estar. Se quitó las algas de la cara, pero no se lo dijo en voz alta.

—¿Me puedo ir ya?

Silva suspiró y asintió. Riven cogió su chaqueta de cuero

y echó a correr para alejarse de los lagos. Siguió el sendero y pasó frente a las aspilleras y la cúpula de cristal del cuartel de los especialistas.

Por el camino vio a Callum, el ayudante de la directora Dowling: no estaba en el sendero, sino que caminaba a hurtadillas de un árbol a otro.

Si lo vio fue porque en aquel momento contemplaba los árboles. ¿Estaba Callum dando un paseo triste y solitario por la naturaleza?

Él no era nadie para juzgar.

Se encogió de hombros y siguió corriendo.

ESPECIALISTA

—Tu amigo Riven tiene que hacer algún avance pronto —dijo Silva—. Estoy harto de verlo tan apurado.

Sky hizo una mueca.

—Ya, no lo ha hecho muy bien.

La luz se desvanecía poquito a poco en el cielo y los demás especialistas habían regresado ya al cuartel. Riven había salido corriendo de la clase como si tuviera un petardo en el culo, aunque en realidad lo tenía mojado después de caer al lago. Ahora solo quedaban Silva y él, justo como le gustaba a Sky.

Pero Silva fruncía el ceño y cuando lo veía así siempre se le encogía el corazón.

—Llevas todo el año insistiendo en entrenar con él, pero

no mejora. Tendrías que diversificar un poco para no perder tus niveles de habilidad.

Sky no quería tirar la toalla con Riven todavía, pero tampoco quería discutir con Silva. No lo hacía nunca. Se limitó a asentir con la cabeza.

El director adoptó un aire pensativo.

—El problema es que ninguno de ellos está a tu nivel. Estás muy por encima de los demás.

Sky sabía que era cierto. Había trabajado con ahínco para ser el mejor, para que Silva estuviera orgulloso de él.

Aguardó por si Silva quería decirle que estaba orgulloso de él, pero no lo hizo. Daba igual, era algo implícito.

—Pediré que vengan varios equipos de especialistas para la jornada de puertas abiertas de Farah y que hagan alguna demostración —decidió el hombre en voz alta.

Sky dudó.

—Entonces… ¿seguiré usando a Riven como *sparring* hasta entonces?

El director asintió con un gesto seco y Sky se sintió aliviado.

No había pasado mucho tiempo con gente de su edad, salvo con Stella. Siempre estaba con Silva, recibiendo el entrenamiento militar más individualizado del mundo. Estaba preparado para formar un ejército de una sola persona y estar a la altura del legado de su padre. Sabía que Silva lo había criado con ese fin.

Sin embargo, ser un ejército unipersonal era muy solitario.

Había intentado hacerse amigo de Sam Harvey, el hijo del profesor Harvey. En una ocasión, hasta se había ofrecido a enseñarle esgrima, pero Sam y su hermana pequeña lo habían mirado con espanto y Sky se había retirado amablemente. Tal vez fuera lo mejor. Pensó que tendría más cosas en común con un especialista. Seguro que cualquier especialista estaría encantado de aprender todo lo que sabía él, y cuando se inscribiera en Alfea, le asignarían un compañero de habitación. Eso era genial. La escuela le procuraría oficialmente un amigo.

Estaba convencido de que sería fantástico tener un compañero de cuarto.

Tenía que admitir que Riven no era precisamente lo que había imaginado, pero se conocían desde hacía tiempo y se llevaban bastante bien en los torneos de tiro con arco. Habían mantenido varias conversaciones amenas sobre puntas de flecha. Además, Riven tenía potencial en el campo de batalla. Si le hiciera caso y se pusiera en forma, podría ser bueno. También era un chaval divertido, aunque a veces decía cosas irrespetuosas, por lo que Sky no solía reírle las gracias. Esperaba tener un compañero de armas, alguien tan entregado al deber como él, para forjar un vínculo como el que habían tenido su padre y Silva. Un vínculo irrompible que trascendiera la muerte.

Sin embargo, en Alfea no había nadie a quien pudiera considerar candidato para forjar un vínculo inquebrantable. Así pues, Riven era su mejor amigo a efectos prácticos y seguiría ayudándolo durante las clases.

Siempre y cuando lo permitiera Silva, porque no quería hacer enfadar a su comandante.

Sky le dedicó al director una sonrisa de agradecimiento.

—Puedo mantener mis niveles de habilidad por mí mismo. Doy diez vueltas alrededor de estas instalaciones todos los días, al amanecer y al atardecer. Como hacíais papá y tú. Pensó que a Silva le gustaría oírlo. El director esbozó una sonrisa fugaz.

—Cuando digo que quiero que seas como tu padre... sabes que me refiero a que quiero que seas mejor, ¿verdad?

«¿Y cómo se supone que voy a hacerlo?», preguntó la voz insubordinada interior de Sky, que tanto se parecía a la de Riven últimamente. «¡Ya no hay monstruos contra los que luchar! ¿Cómo voy a superar a un héroe de guerra, si ya no hay guerra?».

—Lo intentaré —dijo Sky en voz alta.

Cada vez que tenía la sensación de que las expectativas que Silva había depositado en él eran exageradas, creía estar defraudando a todo el mundo. Silva solo quería que Sky fuera el mejor especialista posible y esa era su forma de demostrarle que se preocupaba por él. Cada vez que Sky era el mejor, demostraba que era digno de recibir estos cuidados.

Se prometió a sí mismo que a partir de entonces daría doce vueltas alrededor del recinto; le dedicó una sonrisa a Silva y se puso en marcha. No era un héroe de guerra, pero por algo se empezaba.

Desde esa distancia y dirección, las ramas de los árboles proyectaban sombras sobre el azul reluciente de la Barrera —su protección contra el mal—, como si alguien la hubiera rasgado. Sky sabía que no era así. Alfea estaba a salvo. Gracias a los sacrificios de héroes como su padre.

«¿No puedo llamarte papá?», le había preguntado Sky a

Silva una vez, cuando era pequeño e ingenuo, apoyado en las piernas del director. Ese día lo había hecho especialmente bien en el entrenamiento, por lo que creyó que Silva estaría más dispuesto a aceptar. El director, sin embargo, lo había cogido por los hombros y lo había zarandeado con la brusquedad suficiente para que a Sky se le saltaran las lágrimas, pero él las había contenido.

—No —había dicho Silva con una rabia gélida—. Ya tuviste un padre, Sky. Fue un héroe. Salvó vidas. Nadie lo olvidará jamás.

A veces, Silva lo atravesaba con los ojos; lo miraba con tanta intensidad que parecía que observaba a otra persona a través de él. La gente decía que Sky se parecía mucho a su padre.

Ese día lo entendió. Silva lo estaba criando por su padre. Querer a un padre que estuviera allí para abrazarlo era traicionar tanto a su padre como a Silva.

Compitiendo en una carrera contra alguien que solo él podía ver bajo la sombra alargada de los árboles de Alfea, Sky forzó la máquina y notó que empezaban a arderle los pulmones.

LUZ

Stella estaba en el jardín; el sol descendía ya en el horizonte y un ingenioso toque de luz mágica le enmarcaba la melena de rizos dorados. Llevaba una blusa resplandeciente de color azul lavanda y una larga falda de cuero blanco. Ricki la había ayudado a elegir unos sutiles pendientes de amatista de estilo *art déco* para ponerle la guinda al atuendo. Parecía un auténtico sueño primaveral.

Y su novio llegaba tarde. Golpeó los adoquines varias veces con el tacón de la bota de color marfil al ver a Sky entrar corriendo al jardín y acercarse para darle un abrazo.

—¡Puaj! —protestó poniéndole la palma de la mano en el pecho y empujándolo hacia atrás—. ¡Estás sudado… más que de costumbre! ¿Por qué?

—Silva me ha pedido que diera unas cuantas vueltas más y he perdido la noción del tiempo —le explicó. Cuando Stella le lanzó una mirada acusadora, añadió a toda prisa—: Lo siento.

Stella esperó un instante y se vio obligada a sonsacarle la frase que esperaba oír. Estos hombres no tenían remedio…

—¿Qué te parece mi modelito?

—Estás genial —le dijo Sky.

¡Qué gran verdad! Stella le sonrió.

Sky se inclinó hacia ella, le besó la mejilla, pero fastidió el halago al añadir:

—Aunque tú siempre estás genial, Stel.

¿No entendía que decirle eso significaba que ese esfuerzo especial había sido en vano?

—Muy majo, pero no me basta. Mira todo lo que quieras, pero no me toques el pelo —dijo Stella y le dio una palmadita en el hombro al tiempo que lo apartaba. Lo quería de buen humor para que accediera a sus planes—. Cariño, estaba pensando… Sabes que siempre me lo paso bien en nuestras citas.

—Ah. —Sky parpadeó varias veces—. Me alegro.

—Pero se me ha ocurrido que hoy podríamos probar algo distinto.

A Sky se le iluminó la mirada.

—Ah, ¿sí?

Le parecía una idea maravillosa, como debía ser.

—¿No sería superdivertido tener una cita triple? —preguntó Stella. Sky se la quedó mirando y ella extendió las manos para que el anillo familiar captara la mortecina luz del atardecer y brillara con más fuerza—. Como una cita doble, pero aún más divertida. Tú y yo, Ilaria y su chico, Matt, y...

Sky frunció el ceño de forma involuntaria, en un pequeño gesto de reproche. Por lo general, Sky era simpático con todo el mundo, cosa que ella agradecía, pero cuando algo no le gustaba se le veía en la cara.

A Stella le salió una voz más aguda de lo previsto.

—¿Qué pegas tienen Ilaria y Matt?

—... Él es un poco irrespetuoso con las mujeres —murmuró Sky, casi en voz baja—. Cuando estamos solo los chicos.

—¿Sí? —preguntó Stella—. Bueno, como mujer creo que debería ser yo quien lo decida. ¿Te importaría repetir algo de lo que haya dicho?

Como era de esperar, Sky abrió y cerró la boca, visiblemente incapaz de decir algo irrespetuoso. Era un auténtico caballero. Eso lo frenó.

—Decidido, entonces —dijo Stella—. Y creo que deberíamos encontrarle pareja a Ricki.

La expresión tensa de Sky se transformó en una sonrisa de auténtico placer.

—Buena idea. Ricki es genial.

Stella ya sabía que Ricki era genial, por eso lo estaba organizando todo. Cuando Ricki encontrara una pareja potente, sería una compañera de apartamento aceptable para ella.

Esperó a que Sky espabilara.

—¿Tienes alguna sugerencia?

Hubo una pausa.

—¿Qué te parece Riven? —preguntó Sky con cuidado.

Stella pestañeó.

—No me parece nada; no pienso en él.

No se fijaba demasiado en Riven, el escurridizo compañero de cuarto de Sky, el que creía que su chupa de cuero lo hacía parecer más guay de lo que era. Sky le había cogido cariño, aunque una vez, en el palacio, también había alimentado con biberón a cinco gatitos que se habían quedado sin madre. A Sky le atraían los seres patéticos y necesitados.

«Como tú», dijo una vocecilla en su cabeza, pero la desterró como princesa que era.

—Si no es Riven —preguntó Sky—, entonces, ¿quién? ¿Sam?

—¿Qué Sam? —preguntó Stella—. Espera, ¿no será esa hada de la tierra? ¡Sky, por favor! No soporto a las hadas de la tierra. Las hadas de la tierra significan naturaleza… y la naturaleza es sucia. ¿No conoces a nadie de segundo?

Sky se encogió de hombros. Era un poco solitario y se concentraba en su deber y en aumentar tono muscular. A Stella le gustaban los músculos definidos y todo eso, pero unas habilidades sociales le irían mejor aún.

Alfea era un centro maravilloso, pero sin duda se podía mejorar en lo que respectaba a la calefacción y a la estética del alumnado. Stella barajó mentalmente las opciones disponibles. No había muchas.

De mala gana, se replanteó al compañero de cuarto de Sky. Riven solía mirar a Stella como si estuviera haciendo comentarios sarcásticos sobre ella para sus adentros, lo que tenía tela viniendo de alguien tan pretenciosamente desaliñado como él. Hacía tiempo que pasaba de él como persona. Ahora, sin embargo, empezaba a verlo como un posible accesorio para Ricki.

En realidad no era nada feo. Debería asearse más, pero lo mismo podía decirse de casi todos los chicos, por mucho que le doliera reconocerlo. Además, Riven tenía cierta mala leche que a Ricki no le iría mal. Su amiga era casi tan maja como Sky, aunque por lo menos a ella le gustaba cotillear. Tal vez Ricki y Riven consiguieran que lo suyo funcionara. Stella había leído en *Hada Fabulosa* que las parejas debían aprender el uno del otro.

Perfecto, pues decidido. Riven le enseñaría a Ricki a ser cruel, mientras que Ricki podría enseñarle a él a vestir, hablar y a ser más sociable con los demás.

Stella le dedicó una sonrisa a Sky, otorgándole así permiso real.

—Bueno —anunció ella—. Dile a tu exasperante compañero de cuarto que es su día de suerte.

TIERRA

El sol se filtraba por los ventanales del invernadero. Terra casi se había dado por vencida, cuando la puerta se abrió de repente y la persona a la que había estado esperando entró a trompicones.

Terra se levantó con una alegría que pronto se convirtió en espanto.

—¡Estás empapado, Riven! ¿Qué te ha pasado?

El chico se bajó la capucha de la sudadera. Se la ponía siempre que se escabullía al invernadero después del toque de queda, como si se creyese que así era más difícil detectarlo. También tenía el pelo mojado y, de nuevo, se le estaba poniendo morado un ojo.

—Me han tirado al lago —contestó de manera escueta.

—¡Sky es un monstruo! —exclamó ella, horrorizada.

Riven, que tenía el pelo aplastado y lacio por el agua, sacudió la cabeza y las gotitas salpicaron la mesa del laboratorio.

—Esta vez no ha sido Sky, sino Mikey.

—¡Madre mía! ¿¡Mikey!? —Su amiga se preocupó—. ¡Pero si es una mole!

—Ya me había dado cuenta —comentó él.

Pese a que usó su habitual tono sarcástico, no lanzó la navaja al aire como de costumbre —el pobre pensaba que eso lo hacía parecer un malote— y estaba tiritando bajo la chaqueta de cuero. En aquel momento, Terra tomó una rápida decisión: debía hacer algo inmediatamente.

—Necesitas una manta —declaró—. Ahora te traigo la que me tejió mi abuela Dahlia y también te voy a preparar una infusión relajante, hago la mezcla yo misma. Es superreconfortante.

—Da igual —dijo él. Terra estaba a punto de advertirle seriamente que iba a hacer lo que ella le dijese, pero entonces Riven añadió—: Vamos a abrir la caja, está empezando a oscurecer.

Eso consiguió distraerla.

—Uf, ¡vale! Ya le he sacado los clavos, solo tenemos que hacer palanca en la tapa. Te estaba esperando.

—Gracias.

Riven la miró y le dedicó una sonrisa que solo duró medio segundo. Ese gesto era tan inusual en él que Terra tenía que estar muy atenta para no perdérsela.

Al principio de aquel curso, Sam había pasado de ella, por lo que empezó a escabullirse al invernadero para meditar y podar. Pensó que puestos a estar tristes, qué mejor que hacer algo útil.

Sin embargo, en el invernadero había encontrado a alguien que se sentía igual de mal que ella. Estaba sentado bajo las hojas extendidas de un enorme helecho, llorando.

Terra se le acercó con cautela.

—Eh —le dijo—, ¿por qué lloras?

Cuando él la miró, supo el motivo. Riven tenía ambos ojos morados y, más tarde, Terra se enteró de que también se había torcido el tobillo, cosa que agradeció, ya que fue esa torcedura la que impidió que, humillado, pudiese escapar airoso mientras ella intentaba convencerlo de que se quedara.

Terra le explicó quién era. Le dijo que no estudiaba en Alfea aún, cosa que no le importaba en absoluto, y que por mucho que quisiera cotillear por ahí y contar que se lo había encontrado llorando en el invernadero, no tenía a nadie a quien decírselo. Nunca se había sentido tan agradecida por su innata habilidad de hablar a toda pastilla.

Después de que Riven dejara de intentar huir, Terra fue a buscar cremas y ungüentos que ella misma había preparado. Consiguió que los ojos de Riven volvieran a la normalidad en tres días. Desde entonces, cuando la jornada escolar llegaba a su fin, él se escabullía al invernadero como un gato callejero demasiado orgulloso para reconocer que tiene hambre. Ella pensaba que se sentía solo. ¡Y vaya si lo entendía!

Le enseñó a preparar las cremas y ungüentos que conocía, y luego le habló sobre las propiedades curativas de ciertas plantas. Aunque quisiera aparentar lo contrario, Riven se interesó bastante por el tema y ella se dio cuenta.

Por eso, cada vez que les entregaban una planta especialmente inusual, esperaba a Riven para desempaquetarla. Aquella era la entrega más impresionante hasta la fecha.

No quiso darle demasiada importancia al hecho de haberlo estado esperando, así que, como si tal cosa, le dijo:

—He estado entretenida con otras cosas. ¿Sabes que hoy he seguido a la directora Dowling? Estaba escabulléndose por el bosque para ir a algún lugar secreto. Supongo que lo sería, vaya. Ha atravesado un portal mágico, por lo que no creo que fuera un atajo para ir al baño.

—¿Era ella? —parpadeó Riven—. Pues yo he visto a su secretario hacer lo mismo. Oye, ¿crees que le darán al tema?

—¡Riven! —gritó Terra y él dio un respingo.

Terra se sintió fatal porque la cabeza lo debía de estar matando después de los golpes que había recibido en la cara, pero eso no justificaba su comportamiento. Su amigo, por desgracia, tenía una mente muy sucia, aunque ella creía firmemente que podía cambiar. Era inteligente, pese a que actuara como un idiota.

—¿Crees que esa es forma de hablar de nuestra directora?

—No... —musitó Riven.

—Dejando a un lado la falta de respeto habitual cuando una mujer fuerte desempeña un papel autoritario...

—Sí..., mejor vamos a... —volvió a murmurar él.

—¿Te has planteado que, en un entorno laboral, los cotilleos son como el veneno? —preguntó Terra, muy seria—. ¡Yo sí! Sé cómo elaborar treinta y cuatro tipos de veneno, cinco de ellos indetectables.

Él hizo una mueca.

—No sé yo si me apetece esa infusión relajante...

—Obvio, ahora estamos hablando literalmente de venenos, mientras que antes hablaba de un veneno metafórico que puede colarse por el oído humano, en particular el femenino, y sobre todo si se trata de su vida romántica o pasado sexual...

—¡Ya! ¡Lo pillo! —la interrumpió Riven—. Lo entiendo, ¿vale? ¿Podemos abrir la caja antes de que anochezca?

Ella cedió, ya que a fin de cuentas él estaba herido. Se acercó a la caja de madera, que reposaba entre la pared lisa de arenisca y la mesa negra del laboratorio, y le quitó la tapa de un empujón.

—Contempla las campánulas de la verdad —anunció.

En el interior de la caja había una maceta, repleta de tierra oscura, de la que brotaban flores. Las campánulas de la verdad tenían la misma forma que las campanillas añiles, con la diferencia de que, en vez de ser azules, eran de un color gris perlado que en cualquier otro momento quizá hubiese parecido insulso, pero no entonces. Al recibir la caricia de la moribunda luz del sol, los pétalos de cada campánula relucieron con un fulgor plateado.

—Cómo molan —comentó Riven en voz baja.

Terra, que estaba completamente de acuerdo, sonrió para sí misma.

—Si destilas los pétalos y el polen para crear una poción en el momento justo, esta se convierte en un suero de la verdad. Por eso se la tienen que enviar a mi padre —explicó, presumiendo un poquito—. En las manos equivocadas podría convertirse en un veneno mortal, si se desconocen los tiempos correctos para la recogida del polen o no se calculan bien las proporciones exactas para la poción.

—Qué pasada —dijo Riven, mostrando su aprobación.

La cabeza debía de dolerle mucho, porque bajó la guardia y se permitió el lujo de recostarla sobre el hombro de Terra, que soltó un suspiro compasivo y le dio unas palmaditas en la espalda. Su amigo debía de sentirse fatal. Riven incluso llegó a frotar, solo un poquito, la mejilla contra la lana de su jersey.

—Ay, Riven —le dijo—, ¿qué te ha pasado?

—Ter, odio este sitio —murmuró él.

—Lo sé —le contestó en un tono tranquilizador.

Ella echó un vistazo a los territorios que conformaban Alfea desde las ventanas con tracería del invernadero. Ese era su hogar y siempre lo había encontrado maravilloso. Se decía que la luz en los reinos de las hadas era distinta, de un amarillo menos ardiente y brillante que en el Primer Mundo, sobre todo cuando el crepúsculo feérico se extendía justo antes de que el rocío cayese sobre las largas horas nocturnas. En los reinos de las hadas, toda luz venía entrelazada con oscuridad; se teñía de gris y verde mientras viajaba en forma de rayos a través de las hojas de un bosque cubierto por el rocío. En el hogar de Terra, un viento feérico hacía ondular la luz y los paisajes se movían con suavidad como un mar vivo. Como tierra bajo las olas.

Pero si te estabas ahogando, era imposible apreciar su belleza.

Estaba claro que estaban acosando a Riven de manera despiadada, pero le daba demasiada vergüenza hablar del asunto. A Terra le impactaba la crueldad gratuita de Sky.

Terra solo quería que alguien la necesitase y que no la abandonase. El próximo año tendría montones de amigos, pero, en ese preciso instante, solamente lo tenía a él y cuidarlo era su responsabilidad.

Las cosas no podían seguir así. Estaba segura de que a su amigo le gustaría más Alfea si la gente dejase de meterse con él. Y decidió que dejarían de hacerlo, ya se encargaría ella de eso.

Los planes más eficaces eran aquellos con una fecha límite. Terra tenía la intención de estar muy ocupada el día de puertas abiertas, eligiendo a sus futuros nuevos amigos. Eso le daba tres días. Para entonces, ya se habría asegurado de que Riven estuviese a salvo.

AGUA

Solo quedaban tres días para la jornada de puertas abiertas, tres días para ver Alfea, por fin, y Aisha se estaba preparando para nadar. Nadaba cada día, sin excusas. Si lo dejaba pasar una sola vez, se convertiría en hábito. Y cuando se incumplía una regla, normalmente una se acababa saltando las demás, lo que conllevaba perder disciplina y la pérdida de disciplina desembocaba en lo peor que Aisha podía imaginar: defraudar a su equipo. Y ella nunca haría algo así. Su equipo había ganado premios: ella siempre había sido la joya de la corona de todos los entrenadores de natación que había tenido.

La magia no era como la natación.

Se sentó a un lado de la piscina exterior e intentó invocar las gotas de rocío de la hierba para que formasen una cortinilla en el aire. Las gotas se elevaron, pero perdió el control y le salpicaron en la cara como si fuesen cien gatos escupiéndole. Aisha farfulló, achinando los ojos.

Adoraba el agua. Siempre se había movido con más facilidad en ese elemento que por el aire. Cuando no llevaba ropa de deporte, se ponía vestidos ligeros que le recordaban la sensación de flotar en el agua. Casi todos sus pendientes tenían piedras azules: topacios, turquesas y zafiros. A menudo se le pasaba por la cabeza la idea de teñirse las trencitas de cobalto, su tono de azul favorito, ya que le recordaba el color del mar justo una hora antes de la puesta de sol.

Siempre había conseguido sobresalir si se presionaba a sí misma. Era un hada del agua, por lo que debería ser capaz de invocarla y controlarla a su antojo. Sin embargo, el poder se le seguía escurriendo entre las manos.

Esa semana iba a ir a la jornada de puertas abiertas de Alfea, la academia a la que tantas ganas tenía de asistir. No era un lugar en el que te aceptaban si tu magia no era lo bastante poderosa, pero la suya lo era. ¡Desde luego que sí! Tenía que serlo. Tenía responsabilidades.

Aisha volvió a invocar las gotas de rocío e intentó que crearan una especie de charquito en el hueco que conformaban sus manos. Esa vez, el rocío brotó de manera precipitada de entre sus dedos, como una fuente sin control.

¿Qué pasaría si, el día de puertas abiertas, un profesor o mentor le pedía que demostrase lo que podía hacer? ¿Y si se ponía en evidencia a sí misma y la gente pensaba que sería un lastre para cualquier equipo?

Por primera vez en años, estuvo tentada de saltarse su entrenamiento rutinario y centrarse en la magia. Sin embargo, sabía que eso era una debilidad y, si dudaba de sí misma, se ahogaría.

Entró a la piscina y, en cuanto el agua la envolvió por completo, se sintió en calma. Se impulsó por la calle, mientras movía los brazos al ritmo al que estaban acostumbrados. Los marcadores la ayudaban a mantener la concentración y se desplazaba con rapidez y confianza. Su destino estaba sellado y su plan, trazado.

El día de puertas abiertas se acercaba. Aisha podría al fin ver Alfea, la famosa academia donde aprendería a usar la magia. Tenía claro que, una vez que le enseñaran, sería capaz de volver a centrarse en las lecciones. Usaría toda la disciplina que había aprendido a lo largo de los años en los entrenamientos para concentrarse. A veces se bloqueaba cuando estaba entrenando, pero siempre lograba sobreponerse y ahora haría lo mismo. Ganaría de la misma manera que lo hacía en el deporte. Lo que necesitaba encontrar en Alfea era un mentor, algo así como un entrenador para la magia que la guiase.

Aisha siempre había sido capaz de lograr todo lo que se proponía. No era cuestión de suerte. Gracias al trabajo duro, se había ganado el respeto y la admiración de todos los equipos y de todos los capitanes que había tenido. Algún día, ella también lo sería. Pero antes tenía que aprender más.

Aisha sabía que, cuando llegase el día de puertas abiertas, vería el camino ante ella tan claro como un canal de agua. Encontraría un capitán al que seguir y nuevos compañeros de equipo.

Por ahora, solo tenía que seguir nadando.

PEOR NO SE PUEDE OBRAR

Estimado señor:

Sus sospechas se confirman. Dowling ha dado con un mensaje que puede indicar la parte clave del último plan de Rosalind.

No sé exactamente cual es el secreto de Rosalind. Dowling no me ha permitido acercarme lo suficiente como para ver lo que estaba escrito, pero he reconocido la letra de Rosalind y aprovecho cualquier oportunidad para leer las notas en las que Dowling investiga la ubicación del objeto.

He estado utilizando, noche y día, el dispositivo de escucha que de manera tan amable hechizó para mí; sin embargo, hasta la fecha Dowling no se lo ha confiado a nadie. Hoy ha salido del recinto escolar en horario lectivo y sin tener ninguna cita previa. Jamás había hecho tal cosa en todos los años que llevo trabajando para ella. Naturalmente, la he seguido y puedo confirmar que ha usado un portal mágico para pasar a otro mundo. Al consultar las piedras rastreadoras, he determinado que su destino era el Primer Mundo.

Las hadas no suelen vagar por ese mundo aburrido tan lleno de llanto. No hasta ahora. No a menos que haya algo que valga la pena.

No se me va a escapar ningún movimiento o señal por parte de la directora.

Tenga por seguro que sea lo que sea lo que Dowling haya encontrado, será nuestro.

Reciba un cordial saludo,

CALLUM HUNTER

CUENTO DE HADAS N.º 2

Mi corazón rebosaba de sueños de aquella época
en que estábamos juntos ante las débiles brasas
y hablábamos de esa raza sombría que reside en las almas.

W. B. YEATS

ESPECIALISTA

Sky aceptó la misión que le había encomendado Stella. Ahora lo único que tenía que hacer era encontrar la manera de llevarla a cabo de alguna manera.

Pero la misión no estaba yendo tan bien como esperaba.

—Vaya, sí que vuelves tarde —dijo Sky cuando Riven entró en la habitación, bastante después de que él llegara de su cita con Stella.

La habitación verde azulada de Sky y Riven era agradable. Había un escritorio entre las dos camas, una ventana, una diana e incluso un sofá. Riven había llevado la diana y se había puesto muy contento cuando Sky había dicho que molaba, aunque no tanto cuando su compañero había añadido que así podrían practicar para perfeccionar la puntería. Sky no entendía qué tenía eso de malo. Una puntería precisa molaba.

Sky había escogido la cama que estaba contra la esquina, la más alejada de la ventana. Le daba bastante igual y esperaba que su compañero estuviera a gusto con la otra cama.

Eso había sido antes de saber que Riven nunca estaba a gusto con nada.

Riven dejó su pretenciosa chupa de cuero sobre una silla en vez de colgarla, porque las perchas eran para conformistas, por lo visto. Después se sacó la navaja del bolsillo y empezó a juguetear con ella. Riven creía que lo hacía parecer guay. Se equivocaba. Se pasó los primeros meses de clase con pequeños cortes en las manos. A Sky le preocupaba que acabara perdiendo algún dedo.

—¿Me esperabas despierto, cariño?

—¿Dónde vas después de clase? —preguntó Sky—. ¿Tienes una novia secreta o qué?

Riven se puso tenso. Sky nunca le había preguntado adónde salía pitando después de clase, más que nada porque imaginaba que se iba a meditar al bosque. A Riven le encantaba meditar y también el bosque, pero a él le daría vergüenza admitirlo y a Sky, oírlo.

—No —respondió Riven forzando la voz—. No tengo ninguna novia secreta.

Bien. Una preocupación menos. La misión iba sobre ruedas.

—¿Te apetecería salir con alguien?

—Ya sé que todas las hadas creen que eres el especialista más majo, pero los buenazos como tú no sois mi tipo.

Sky puso los ojos en blanco y le dio un empujón, pero luego recordó que Riven aún sostenía la navaja y le miró rápidamente las manos. Por suerte, seguía agarrando la navaja y no había perdido ningún dedo.

—No sé si me interesa alguien con esa pésima forma de coger la navaja, tío —dijo Sky medio en broma, medio en serio. Su manejo de la navaja era terrible.

—¿Stella es hábil haciendo picadillo? —dijo Riven, enarcando una ceja—. Ya, seguro que sí. La princesa es terrorífica y te acabará cortando la cabeza.

—En realidad, Stel es estupenda.

—No me lo creo, pero vale —dijo Riven.

Parecía que el compañero de Sky estaba de peor humor que de costumbre y tampoco es que fuera un encanto cuando estaba de buenas.

Sky se mordió el labio.

—¿Estás así por la paliza que te ha dado Mikey?

—¿Por qué tenemos que hablar de la paliza que me ha dado Mikey con toda la peña mirando?

Sky lo observó.

—La peña miraba porque estábamos en clase, así es como aprendemos. Y podrías haberle ganado a Mikey si hubieras...

—¿Creído más en mí mismo? —se burló Riven.

—Iba a decir si le hubieras hecho una buena llave en el cuello —respondió Sky—. Pero lo de creer en ti mismo tampoco te iría mal.

La técnica de Riven era mucho mejor que la de Mikey; Sky se había encargado de eso.

Riven suspiró.

—¿Esta conversación va a alguna parte o solo es una de nuestras incómodas charlas de compañeros de cuarto?

Esa era otra razón por la que la misión de Sky era una buena idea. Riven y él pasaban mucho tiempo juntos, tanto en clase como en los entrenamientos que Sky lo obligaba a hacer después. Estaba bien tener un compañero recurrente para entrenar. Sin embargo, le parecía que socializar era mejor para un par de amigos que entrenar. Además, no quería perder el tiempo meditando taciturno en el bosque. El bosque le daba igual. Esto sacaría a Riven de entre los árboles.

—¿Qué te parece Ricki?

—Es graciosa —respondió Riven, sorprendido.

—¿Verdad? —dijo Sky, aliviado al ver que estaban de acuerdo, cosa que solía ocurrir—. Es fantástica.

De las amigas de Stella, Ricki era la favorita de Sky. Si se le preguntara a Sky, cosa que Stella no hacía nunca, diría que a las otras solo les importaba que ella fuera una princesa, pero que no le cubrirían las espaldas en caso de tener problemas. Tenía la sensación, en cambio, de que Ricki sí lo haría. Además, la chica siempre sacaba tiempo para charlar con él y conocerlo mejor, lo que era muy amable por su parte.

—¿Vas a dejar a Stella por Ricki? —preguntó Riven—. Buena decisión. Muy buena decisión. Y gracias por decírmelo antes, porque ahora puedo sacar todas mis cosas de la habitación antes de que Stella le prenda fuego.

Sky lo miró incrédulo.

—Nunca dejaría a Stella, ¿por qué iba a cortar con ella?

Riven se preparó para hablar con la actitud de un hombre que tiene mucho que decir.

—¿Cómo lo pasamos Stella, Ricki, tú y yo en la fiesta de los especialistas de último año, eh? —dijo Sky apresuradamente.

Sky se había puesto un poco tonto y había imitado a Silva. Cuando era un niño, hablaba con el acento de Silva, pero eso molestaba al director porque creía que Sky no maduraba. Por tanto, no volvió a hablar de esa manera, aunque le saliera fetén. A Ricki y Riven les pareció graciosísima aquella imitación.

Con el tiempo, a Sky le empezó a preocupar que la imitación fuera irrespetuosa y no quiso volver a hacerla a no ser que confiara en que las personas con las que estuviera se lo tomaran bien. Sin embargo, aquella vez se estaba divirtiendo. Parecía que todos fueran amigos aquella noche.

—La verdad es que fue una pasada —admitió Riven.

—Hasta que te pasaste con la bebida —se sintió obligado a señalar Sky.

—Vaya, pues qué pena que se me dé tan bien pasármelo en grande en una fiesta, ¿no?

—Vomitaste en cinco lugares distintos —repuso Sky.

Tuvo que llevar a Riven a la habitación a rastras mientras este se quejaba y pedía, curiosamente, una infusión.

—Vive rápido y muere joven; las chicas malas lo hacen bien —dijo Riven.

Sky contuvo una sonrisa y le lanzó a su compañero la mirada sentenciosa que merecía.

—¿Qué me dices de una cita triple? Matt e Ilaria, Stella y yo… y tú con Ricki.

Riven lo miró fijamente.

—¿Quieres que yo salga con Ricki?

—Ajá. Has dicho que es graciosa y tú nunca dices nada positivo de las chicas, así que…

—¡Digo muchas cosas positivas de muchas chicas! La mantis religiosa de tu novia es un caso aparte y no cuenta.

—No la conoces —dijo Sky—. Es una chica genial. Y será una gran reina.

Riven arqueó las cejas.

—¿Stella? Se preocupa más por las lucecitas que la iluminan que por las buenas obras.

Como si a Riven le preocuparan las buenas obras.

—¿Te apetece lo de la cita triple o no?

—No entiendes por qué esto es tan gracioso, ¿verdad?

Sky no lo entendía, pero tampoco quería reconocerlo. Riven era divertido y Sky se partía con sus bromas. Se trataba de bromas que él nunca se permitiría hacer, pero cuando eran de mal gusto, pasaba olímpicamente. Le vio un extraño brillo en los ojos que le dio a entender que era uno de esos momentos.

—Olvídate de si es gracioso o no —dijo Sky en vez de admitir que no sabía a qué se refería. Silva nunca haría tal cosa—. ¿Sí o no?

—Venga, vale, ¿por qué no? —respondió Riven y se echó a reír.

Algunas veces, Riven no le caía tan bien. Para reflejar lo divertida que le parecía la situación, Riven empezó a lanzar la navaja al aire y cogerla. Estuvo a punto de caérsele en una ocasión y en otras dos poco faltó para que se cortara.

Sky ya había aguantado suficiente. Le quitó la navaja y le hizo una demostración.

—Mira, se sujeta así.

—Deja de mirarme por encima del hombro —dijo Riven y se fue a la cama.

Sky miró el bulto que formaba Riven debajo de las sábanas, suspiró y pensó en que la cita estaba en marcha. Lanzó la navaja y la cogió al vuelo hábilmente, mientras se fijaba en la forma en que la hoja giraba y reflejaba la luz de la luna.

Misión cumplida.

LUZ

—Bienvenidos y bienvenidas a la primera reunión del comité organizador de la jornada de puertas abiertas —dijo Stella—. ¡COPA para abreviar! Elimino la J de jornada porque ya se sobreentiende.

Contempló la mesa del jardín con una sonrisa de beata.

—Ay, no. Esto es una trampa —murmuró Riven.

De cerca y a la luz del sol, Riven parecía aún más desaliñado que de costumbre. Sky era muy amable y generoso, de modo que Stella estaba desconcertada. ¿Por qué no se había apiadado su novio de Riven y le había dicho que no afeitarse era una mala idea?

Quizá Sky no lo supiera. Por suerte, él iba bien afeitado, pero Stella tenía pensamientos oscuros sobre el vello facial de Silva. Le preocupaba que, en cualquier momento, su barba incipiente se convirtiera en una horrible perilla. Por lo demás, Silva era apuesto a su manera, a lo padre estricto, y aunque Sky creía que el director no se equivocaba nunca, para ella una perilla era imperdonable.

Como corresponde a la realeza, Stella decidió ser compasiva.

—Un consejito, Riven. Esa barbita artística no te hace parecer un malote. Más bien da la sensación de que no te sabes afeitar.

Riven le hizo una mueca. Algunas personas no sabían apreciar la bondad.

Estaban sentados alrededor de una mesa redonda de piedra en el jardín, bajo una ventana abatible y una mata de hiedra. Ilaria y Matt se estaban enrollando apasionadamente, con las sillas pegadas, como hacían de normal. Riven, Sky, Stella y Ricki estaban colocados en diferentes sitios alrededor de la mesa, mirándose entre sí. El pervertido de Riven no paraba de echar miraditas a la sesión de besuqueo de Ilaria y Matt. Stella había colocado un destello de luz mágica en uno de los cristales de la vidriera, de modo que una llovizna brillante de color aguamarina bañaba de luz su trenza perfecta y su impecable americana.

Ricki se había percatado de la luz nada más sentarse.

—Qué guapa —le había dicho a Stella mientras la abrazaba y le guiñaba un ojo.

Había valido la pena, por Ricki.

Stella había trazado un plan. Su amiga era guapa y tenía mucho a su favor. No renunciaría a todo como si nada y accedería a salir con Riven de inmediato. A Ricki había que convencerla poco a poco, enseñándole lo divertidas que podían ser las citas en grupo, bajo la falsa pero inteligente excusa de organizar un comité. Así entraría en razón. Todo el mundo sabía que las citas individuales eran un poco aburridas.

Además, la madre de Stella decía que las apariciones públicas y las obras de caridad eran la parte más importante del trabajo de la realeza. El día de puertas abiertas era el hábitat natural de Stella.

—La señorita Dowling no estaba, así que se lo he consultado al director Silva —informó Stella a todos los presentes—. Le he dicho que estamos encantados de ofrecernos

66

como voluntarios para ayudar con los últimos preparativos de la jornada. ¿Os podéis creer que Silva ha dicho que no tenían nada planeado para la iluminación?

Ricki se echó a reír.

—Por suerte para ellos, Stella se ocupará del tema.

—Eh, creo que soy un hada secreta con una herencia mágica poderosa —declaró Riven—. Siento cómo me están saliendo las alas, igual que en las viejas historias. Ah, no, espera, son las orejas que intentan despegarse de mi cabeza para salir volando. ¿No conoces el concepto de «voluntariado»? ¿Crees que significa «acatar las órdenes de la realeza»? Princesa, me temo que no significa eso.

Stella se indignó al ver que Sky hacía aquella mueca que presagiaba una sonrisa. Aunque no sonriera del todo, seguía siendo una traición. No entendía por qué a Sky le hacía tanta gracia Riven. Pensó que quizá su chico tenía mal gusto para elegir a las personas, pero eso no tenía ningún sentido. Sky salía con ella, así que obviamente tenía mejor gusto que nadie.

—No he dado ninguna orden —le dijo Stella a Riven con arrogancia. ¡Aunque podría hacerlo!—. Como es lógico, les comenté a mis mejores amigas los planes que tenía para el comité.

Ricki había aceptado con gusto, dispuesta a lo que fuera, e Ilaria se había encogido de hombros y había respondido: «Claro, ¿por qué no?».

—¿A ti te lo contó? —le preguntó Riven a Sky, mientras inclinaba su mata de pelo castaño claro y cuidadosamente despeinado hacia la cabeza dorada y perfecta de Sky.

Sky tenía un pelo maravilloso y llevaba siempre unas chaquetillas fantásticas. Como Riven le contagiara a su novio el mal gusto, se lo cargaría.

—No, no me había dicho nada —contestó Sky.

Stella lo fulminó con la mirada.

—Que le corten la cabeza —murmuró Riven y esta vez Sky sí que esbozó una sonrisa.

—¡Sky! —exclamó Stella, escandalizada por semejante traición.

Su novio dejó de sonreír inmediatamente.

—Ay… el amor —susurró Riven—. O, como otros prefieren llamarlo, servidumbre forzada.

Sky le lanzó una mirada de reproche.

—Riv, por favor.

—Sí, Riv, por favor —terció Ricki, al tiempo que le dedicaba a Sky una cálida sonrisa que, como es lógico, se enfrió al mirar a Riven—. Vamos a pasarlo bien, ¿eh?

Por lo visto, Riven no era inmune al encanto natural de Ricki.

—Bueno…

Stella y Sky intercambiaron una discreta mirada triunfal.

—Como hicimos en la fiesta de los especialistas de último curso, antes de que acabaras borracho perdido.

Ricki sonrió con picardía. Al cabo de un instante, Riven le devolvió la sonrisa a regañadientes.

—Estuvo muy bien.

La fiesta de los especialistas de último curso siempre había sido uno de los acontecimientos más destacables del año. Stella había encontrado el modelito perfecto y había llegado del brazo de Sky al ala este abandonada, pero tras su gran entrada, la fiesta había ido cuesta abajo y sin frenos. A Stella le había parecido todo muy poco digno. Había perdido el control más de lo que le gustaba y, encima, todos se habían desmadrado muchísimo.

Ricki había estado en su salsa en la fiesta de los especialistas de último curso; había correteado de un lado a otro entre risas y había conseguido que Riven y Sky hicieran hadas de nieve con las hojas del suelo. Les había pasado un brazo por el cuello a Riven y a Sky, y los había convencido para cantar con ella, mientras echaba la cabeza hacia atrás, totalmente desinhibida.

Stella solo sabía ser cohibida. Si alguien la pillaba desprevenida… a saber lo que podía ver. Se estremeció. No quería ni pensarlo.

—¿Todo bien, Stel? —le preguntó Sky, que parecía preocupado.

Durante un segundo, Stella pensó que le había leído la mente y eran almas gemelas. Sin embargo, Sky se quitó la chaquetilla y se la ofreció. Era primavera, pero el aire seguía siendo un pelín frío, como si un fantasma solitario hubiera tocado a Stella. Negó con la cabeza en un gesto de reprobación —Sky ya tendría que saber que no pensaba estropear el modelito—, pero cuando la abrazó, se recostó en él, agradecida. Él la ayudaba, la cuidaba y se quedaba siempre a su lado para que no estuviera sola. Como había hecho siempre desde niños.

—Solo tienes que encontrar un lugar cálido en tu interior —dijo Riven, en tono burlón.

—Encuéntralo tú —le espetó Stella—. Yo cogeré una manta o me acercaré a mi novio. ¿No te gustaría tener a alguien que te diera calorcito?

Riven la miró con desprecio y Stella se regocijó. Era una auténtica profesional de la multitarea: había humillado a Riven y, al mismo tiempo, le había dejado caer a Ricki que estaba soltero. Como todos los planes que hacía, las cosas estaban saliendo de maravilla.

—Esto es un infierno —masculló Riven.

¡De maravilla!

—Yo me encargo de la iluminación —continuó Stella, cuya confianza se reforzaba cuanto más tiempo pasaba Sky con el brazo alrededor de ella—. Ilaria y Ricki diseñarán los carteles.

—¿Podrías ayudar a colgar los carteles, Sky? —preguntó Ricki tímidamente—. Como eres alto...

—Claro —respondió Sky, siempre tan servicial—. ¿Riv?

Riven, que no lo era en absoluto, gruñó.

—No eres alto —señaló Stella—. Ni guapo. Ni educado. Pero seguro que sabes colgar carteles.

Ilaria y Matt volvieron a la realidad tras un beso sonoro y, en el caso de ella, con el pelo revuelto. Stella estaba horrorizada por dentro. Sky y ella no se exhibían en público de esa manera.

—¿Todavía estamos hablando del comité? —preguntó Ilaria, con un bostezo que resaltaba el tono escarlata de sus labios—. ¿Nadie tiene ningún cotilleo interesante?

¡Eso no formaba parte del espíritu del comité! Stella frunció el ceño.

De repente, Riven se inclinó hacia delante, entusiasmado.

—Creo que la señorita Dowling está liada con su secretario.

—¡¿Qué?! —Stella dio un bote entre los brazos protectores de Sky—. ¿Por qué eres así? ¡La señorita Dowling no haría nada semejante! Tienes una mente muy sucia.

La gente respetaba a la señorita Dowling. La admiraban. Era el alma y el corazón de Alfea. No se aprovecharía de ningún trabajador.

Pero en aquel momento, Stella se acordó de su madre. Sabía mejor que nadie que la gente no siempre era lo que parecía.

Ilaria se frotaba las manos de alegría.

—Explícanos tu interesante teoría, Riven. Te llamabas así, ¿no?

Riven le sonrió.

—Eh…, pues vi a la señorita Dowling salir a hurtadillas hacia los jardines y luego cruzó una puerta mágica. Y minutos después, también vi a Callum salir disimuladamente. Se dirigía en la misma dirección que ella. ¿Por qué iba a seguirla si no estuviera loco por ella?

Stella no se había equivocado: Riven era un completo pervertido.

—¡Quizá quisiera informarle de algo, como secretario que es! —replicó Stella.

—Callum se escondió detrás de un árbol cuando me vio —dijo Riven—. ¿Por qué se iba a esconder, si estaba ejerciendo su labor como secretario de manera inocente?

—Pues es bastante lógico —reconoció Matt.

A Ilaria le brillaron los ojos.

—¡Y jugoso!

Riven se lo tenía un poco creído. Stella no tenía por qué seguir aguantando eso. Se recompuso con la gélida altivez típica de la realeza y dijo:

—Es más que evidente que hay una explicación razonable.

Matt hizo un ruidito grosero.

—¿Por ejemplo?

Stella empezaba a entender por qué a Sky no le caía bien Matt. Era un palurdo, como la mayoría de los especialistas.

—Todavía no sé el motivo —reconoció Stella—, pero si quisiera, podría averiguarlo enseguida.

—¿Nos apostamos algo, princesa? —dijo Riven en tono burlón.

Ya estaba harta de este tío. Se recostó en su asiento, se cruzó de brazos y levantó la barbilla para que la luz mágica se reflejara en el color dorado de su trenza.

—Me encantaría, paleto. Como seguiremos adelante con nuestras labores como comité organizador de la jornada de puertas abiertas, no me cabe duda de que tendremos muchas oportunidades de observar a Callum. Y a Dowling, en cuanto averigüemos dónde se ha metido.

Aunque la señorita Dowling solo llevaba desaparecida un día, su ausencia la tenía intranquila. Por lo general, siempre estaba ahí para ocuparse de todo. Era extrañamente agradable tener un adulto en quien confiar. A veces pensaba que, en caso de tener problemas, podría acudir a la señorita Dowling.

Aunque tampoco es que tuviera previsto meterse en líos. La vida de Stella era perfecta.

—Puede que se haya escapado a su nidito de amor secreto con Callum —bromeó Ilaria.

Se inclinó a un lado para darle un codazo a Riven. Stella no había montado todo aquel tinglado para que Ilaria se llevara bien con Riven. Ella ya tenía novio. ¡Ya formaba parte de una pareja poderosa! Era Ricki la que necesitaba un novio, aunque cuanto más tiempo pasaba Stella con Riven, menos segura estaba de que fuera el adecuado.

Sky había acogido a Riven bajo su ala y le había asegurado a Stella que lo estaba entrenando, por lo que ella había supuesto que le enseñaba habilidades sociales básicas. Sin embargo, empezaba a tener la desagradable sospecha de que Sky solo hablaba de entrenamiento físico. Como si golpear a la gente con unos palos enormes fuera algo más que una pequeñísima parte de lo que significaba ser poderoso.

Como en la mayoría de los asuntos, lo mejor sería que Stella asumiera personalmente el mando.

—Cuando gane la apuesta —dijo Stella—, dejaréis de hacer esas bromitas de mal gusto. Y tú, Riven, harás todo lo que te pida. Durante una semana.

Le daría indicaciones sobre cómo vestirse y comportarse y Ricki estaría encantada con la nueva versión mejorada de Riven. Hasta él mismo lo agradecería. También sería bueno para Sky: era una vergüenza que lo vieran con Riven tal como iba ahora.

En definitiva, Stella irradiaba luz allá donde iba. Metafórica y literalmente. Brillaba de satisfacción.

—¿Y yo qué? —preguntó Riven.

Qué basto era. Stella apretó los labios.

—¿Y tú qué de qué?

—¿Qué consigo si gano yo? ¿Harás lo que yo quiera? Stella resopló.

—No digas tonterías.

—¿Qué te parece esto? —dijo Riven—. No podrás usar magia de luz. Durante una semana.

Uf, qué incordio de tío. Riven la observaba con aquellos ojos fríos de un espantoso color verde grisáceo, como si tuviera idea alguna de lo que implicaba vivir su vida sola en la oscuridad. Como si la viera claramente y no le pareciera gran cosa. ¡Cómo se atrevía! ¡Era una princesa! Ni que le importara lo que pensara un pringado como él.

Sky y Ricki también prestaban atención. Stella quería que Sky siguiera abrazándola, pero había sido ella la que se había alejado y ahora le daba demasiada vergüenza volver arrastrándose. Mantuvo la cabeza bien alta, como su madre le decía siempre que debía hacer una princesa.

—Muy bien —respondió despreocupada—, pero no estires mucho la historia. Espabila y demuestra pronto esa teoría.

Riven se encogió de hombros y aseguró casi sin pensar:

—Os lo demostraré dentro de un par de días.

—Maravilloso. —Stella le dedicó una sonrisa deslumbrante—. Demuéstralo antes de la jornada de puertas abiertas o prepárate para ser mi siervo.

La reunión del comité se disolvió poco después. Stella se quedó allí para trazar el plan de iluminación de aquel evento.

Por mucho que tratara de impedirlo, a Stella se le iba la

cabeza a la fiesta de los especialistas. Ricki y Sky habían hecho muy buenas migas aquella noche.

En un *flashback* terrible y muy gráfico, Stella recordó el brazo de Ricki alrededor del cuello de Sky y la forma en la que sus voces resonaban en las paredes del ala este mientras cantaban sobre la libertad.

La magia de luz que había colocado en la vidriera brilló demasiado, lo suficiente para provocarle un dolor punzante en la cabeza antes de que se apresurara a apagarla.

Stella detestaba no estar en el meollo de la acción, porque ese era su sitio. No se había divertido en aquella fiesta, pero ahora que había cogido las riendas, estaba convencida de que la jornada de puertas abiertas le encantaría.

ESPECIALISTA

A veces Sky era divertidísimo. Nunca a propósito, claro. Esta cita triple era la peor idea que se le hubiera podido ocurrir jamás a alguien, y no solo porque Riven se hubiera dejado engatusar por una apuesta y hubiera accedido a decorar toda la escuela.

Pero por lo menos había conocido a gente guay al fin.

Nunca había hablado con Ilaria. Era parte del grupo de Stella, y Riven evitaba a las damas de honor de la princesa. Salvo a Ricki, quien lo había sacado de un rincón y lo había puesto a bailar en la fiesta de los especialistas de último curso. Le gustaba Ricki.

Pero no iba a empezar a salir con ella porque estaba pillada por Sky.

Era increíble que Stella no se hubiese dado cuenta. Era tan nerviosa que, a su lado, los inquietos caballos purasangre parecían tortugas felices. En sus ojos desquiciados se reflejaba tanto la turbadora iluminación mágica constante como sus lunáticos fuegos interiores..., pero Riven no la consideraba nada tonta.

Si Stella no lo sabía es que no quería saberlo.

—Debe de ser divertido vivir con Sky —dijo Ricki.

Les estaba mostrando el castillo a Riven, Ilaria y Matt, enseñándoles sitios que en su opinión serían perfectos para colocar los pósteres. Solo Ricki parecía interesadísima en la colocación de aquellos carteles.

—Cada día es emocionante —dijo Riven—. Para él.

Ricki rio. Se reía con facilidad. Riven no entendía por qué Sky había escogido a alguien como Stella —radiante, fría y tan divertida como un glaciar— en lugar de a alguien como Ricki.

Quizá Sky acabara haciéndolo, cosa que dejaría bien pasmada a la princesa.

—No estaría mal ver a Sky saliendo de la ducha cada día —dijo Ilaria arrastrando las palabras.

—Sí, está genial —dijo Riven. En la sorprendida pausa que siguió a su frase, añadió—: Me estoy planteando vender fotos suyas al *Solaria Weekly*. «El chico de la princesa... ¡al descubierto!».

Ilaria rio disimuladamente.

—La gente siempre para a Stella y le pide una foto. ¿Pasa lo mismo con Sky? Ay, nuestros famosos...

—Son la pareja perfecta —murmuró Ricki.

Sonaba un poco triste, algo poco habitual en ella. A lo mejor se había entristecido al pensar que no tenía posibilidades con Sky. O puede que estuviera enamorada de Stella. A saber. De lo que Riven estaba seguro era de que él no le gustaba a Ricki de esa forma. Qué sorpresa.

Por el rabillo del ojo, vio a Matt fingir que estaba vomitando. Sonrió y ralentizó el paso para caminar con él y con Ilaria en lugar de con Ricki. Cuando Matt y él se dirigieron de nuevo al cuartel de los especialistas, con sus altos muros grises como los de una prisión y sus adornos y pinchos de hierro en forma de cadena alrededor de la cúpula de cristal, Ilaria los acompañó.

Parecía que se gustaban mucho. Estaban muy sobones.

Riven se entretuvo pasándose la navaja de una mano a otra, un movimiento que había aprendido cuando había cambiado de estilo respecto a... al que tenía antes. Le estaba pillando el truco al lanzamiento de navaja. Casi se le cayó una vez, pero Matt e Ilaria no lo vieron. Tenía suerte de que estuvieran entretenidos.

—Me alegro de poder conocerte, tío —dijo Matt cuando dejó de enrollarse con Ilaria para que esta se retocara el pintalabios—. Sky y tú siempre estáis entrenando juntos. Nadie más tiene la oportunidad. Eres bastante bueno, ¿no? Te vi entrenando con Mikey.

—Sí, seguro que fue inolvidable —contestó él—. A nadie le machacan con tanta clase.

—No, tío, lo estabas haciendo bien hasta que retrocediste —replicó Matt—. Recuerda: sin piedad. Quizá no puedas vencer a Sky, ¿quién puede?, pero diría que tienes muchas posibilidades contra alguien de tu curso. Incluso contra una bestia como Mikey.

Sky le había dicho algo similar, pero solo era el insufrible de su compañero compadeciéndose de él. Matt parecía que lo decía de corazón. Se acordó de cuando Sky le había sugerido que le hiciera una llave de estrangulación. La verdad es que Riven podría haberse esforzado más en lugar de admitir su derrota en privado antes de que empezase el combate. Se había acostumbrado a tirar la toalla.

—Gracias… —murmuró Riven esperando no resultar demasiado débil y sincero.

Matt se encogió de hombros:

—De nada. Eres mejor que yo. No soportaría entrenar con Sky a diario. Stella y él parecen majos y eso, pero son… muy estirados.

Su tono lo decía todo.

—Ya —dijo Riven tratando de parecer relajado e informal.

Estaban los dos la mar de bien: eran un par de tíos charlando y pasando el rato sin más.

—No me gustan nada las tías intensas y caprichosas —continuó Matt, en voz más baja para que Ilaria no lo oyese.

—Ya… —dijo Riven.

Matt esbozó una sonrisa burlona para quitarle hierro al asunto, como si fuera la típica charla entre tíos, y Riven se la devolvió.

Solamente se refería a que no le gustaba Stella. Y él estaba de acuerdo, vaya si lo estaba. Por fin una persona con ideas parecidas que no pensaba que el sol salía del culo de

Stella. Aquel halo de dudosa ubicación solo era el efecto mágico que Stella hacía resplandecer por todas partes.

—Hay otra razón por la que no te vemos mucho, ¿verdad? —preguntó Matt mientras sonreía y le guiñaba un ojo—. Te he visto escabulléndote al invernadero a todas horas. Para verte con alguien, evidentemente. La hija pequeña del profesor Harvey, ¿a que sí? —Rio—. Bueno. No tan pequeña.

Riven dejó de sonreír.

—Las rellenitas se esmeran más, ¿eh?

A Riven le costó un rato volver a hablar. Sintió que era una pausa eterna y que aquellos muros de piedra aplastaban el tiempo. Tuvo que esforzarse por relajar los puños.

—Qué va, tío —contestó finalmente Riven.

—Ah. —Matt se encogió de hombros—. ¿Entonces solo lo haces para subirte el ego? Lo entiendo. Tener a una tía pendiente de todo lo que dices alimenta el alma. Fijo que está pilladísima por ti.

Riven murmuró una especie de negativa, mientras miraba por una de las aspilleras en dirección a los adoquines y las farolas de abajo. Matt le dio un codazo.

—Seguro que sí. ¿Un tío guay como tú pasando el rato con ella cuando ni siquiera puede asistir a clases todavía? Seguro que ni ella misma se lo cree.

—Eh… quizá —susurró Riven—. No creo…

—Yo sí —dijo Matt—. Ah, por cierto… —A saber qué ocurrencia le soltaría ahora—. ¿Vas al invernadero a buscar material «recreativo»?

Prefería eso a que siguiera hablando de Terra. Se encogió

de hombros, pero esbozó una sonrisa algo pícara. Matt se rio y le dio un toque con el hombro.

—¡Así se hace! —exclamó, mientas lo rodeaba con el brazo.

Ilaria volvió y se acurrucó bajo el otro brazo de Matt. Cuando llegaron a la habitación de este, Ilaria y él volvieron a enrollarse. Fue cruzar la puerta y lanzarse a la cama, besándose con ferocidad. Riven comenzó a alejarse. Seguramente quisieran algo de intimidad.

Con el pelo desparramado sobre la almohada de Matt y ambos enredados, Ilaria le preguntó:

—Oye, ¿quieres quedarte?

Riven dudó.

Matt se partió de risa.

—Tío, que era broma.

—Ya —dijo Riven—. Obviamente. Adiós.

Riven se fue a toda prisa y salió del cuartel de los especialistas en dirección al castillo en el que vivían las hadas, más sofisticado. Estaba harto de gente como Stella y Sky, hechos a medida para Alfea, tan engreídamente seguros de su lugar en el mundo y su propósito en esta vida. Quería demostrarle a la parejita perfecta que no tenían razón en todo, para variar.

Se dispuso a descubrir el plan de Callum Hunter y de la señorita Dowling. Para la jornada de puertas abiertas, destaparía su romance secreto.

ESPECIALISTA

«Bueno, la cita triple ha sido un desastre y, encima, Riven y Stella han hecho una apuesta extraña», pensó Sky mientras daba las doce vueltas alrededor de Alfea al atardecer. Tal vez Riven no fuera el tipo de Ricki. Aunque tampoco es que tuviera muy claro quién podía ser el tipo de Ricki. Parecía que se llevaba bien con todo el mundo. Era una chica maja y muy agradable. Era fácil sentirse a gusto y relajado con ella, y eso que él no se relajaba muy a menudo.

No podía permitírselo y menos ahora. Intentaba batir su propio récord de velocidad. Si lo conseguía, podría contárselo a Silva. Aceleró el ritmo.

El mundo era un destello de color esmeralda: las hojas de los árboles y la gruesa capa de musgo en el suelo del bosque se mezclaban entre sí. Un verde intenso acompañado de profundas sombras... y una cara pálida.

—¡Anda! Terra, ¿verdad?

Un día, al volver de una misión con Silva que se había alargado, Sky se había encontrado con una Terra distinta, mayor. Había pestañeado, desconcertado, y le había preguntado: «Terra, ¿verdad?». A Sam, el hermano de Terra, le había hecho gracia. Desde entonces, Sky decía lo mismo cada vez que la veía. Era una bromita entre ellos.

Sky se detuvo y comenzó a toser por el polvillo que había levantado en el camino.

—¿Qué haces escondida en el bosque?

Terra llevaba un largo vestido vaquero desgastado y un

cárdigan de flores y estaba semioculta detrás de un árbol. Si la había visto era porque Silva le había enseñado a estar siempre alerta.

—¡Ah! —Terra parecía sorprendida de que la hubieran pillado y más sorprendida aún de que le dirigieran la palabra. Nerviosa, se colocó algunos mechones de pelo castaño detrás de las orejas—. Hola, Sky. Estaba dando un paseo por la naturaleza. Tiene sentido, ¿verdad? Observando las hojas nuevas de los árboles y… La primavera es una estación preciosa así que… Me encantan las plantas. Ya lo sabes. ¡Todo el mundo lo sabe! Estoy aquí porque… me encantan las plantas.

—Te encantan las plantas —repitió Sky.

El rostro redondo y preocupado de Terra desapareció tras su ondulada melena a lo paje, mientras asentía enérgicamente.

—¡Me encantan las plantas!

Sky se alegró de haber aclarado ese asunto.

—Vale…

No tenía mucho que decir sobre plantas, así que se limitó a sonreír.

—¿Cómo llevas el entrenamiento, Sky? —preguntó ella con una brusquedad repentina—. ¿Has dado muchas palizas últimamente?

Sin duda, el tono áspero de la chica era producto de su imaginación. Terra había vivido siempre en Alfea, así que debía de saber que los especialistas luchaban entre sí sin descanso. Solo estaba mostrando interés. Además, no se le daba muy bien socializar. Se esforzaba demasiado.

Sky lo entendía. Él mismo se esforzaba demasiado en muchas cosas.

—No es por alardear, pero sí. A Riven le doy una paliza todos los días —afirmó.

Estaba a punto de preguntarle si estaba nerviosa por la jornada de puertas abiertas y por asistir a Alfea el próximo año. Sin embargo, Terra entrecerró de un modo alarmante sus ojos, que solían tener una mirada dulce y soñadora. Sky dio un paso atrás.

—¡Fantástico! —soltó Terra con voz firme—. No deberías avergonzarte, para nada.

—Yo no me... —dijo Sky.

—¡Fantástico!

De nuevo, era como si no lo dijera en serio. Se dio media vuelta y se sumergió entre las sombras de los árboles.

«Qué conversación más rara», pensó Sky, aunque cualquier interacción con Terra solía ser rara. Era una chica simpática, pero un poquito desmañada e intensa.

Sky se encogió de hombros y retomó la carrera con un buen ritmo. Los árboles, a un lado; el castillo gris recortado contra un cielo que se desvanecía en la oscuridad, al otro; los lagos de los especialistas, como espejos del cielo que se estaba oscureciendo, a lo lejos; algo en su camino... Sky tropezó y saltó la enredadera que atravesaba el sendero. Clavó el aterrizaje y siguió corriendo. Silva ya le había puesto trampas y obstáculos durante los entrenamientos otras veces. Cuando era pequeño, a veces hasta se las ponía en la habitación y en el baño. Sky se lo agradecía. Sabía que Silva quería lo mejor para él, deseaba que estuviese preparado para todo.

Mientras hacía el circuito alrededor de Alfea, Sky vio junto a los lagos una figura vestida con un traje oscuro de especialista. Hubiera reconocido a Silva en cualquier parte por su postura siempre en guardia. Se permitió el lujo de desviarse de la ruta y se dirigió hacia donde Silva observaba aquellas aguas de color estaño.

—Eh, he superado tu obstáculo —dijo mientras se acercaba.

—¿Qué? —Silva tenía una voz inusualmente seca y la barbilla levantada en un ángulo pronunciado.

A Sky le supo mal haberlo interrumpido mientras estaba absorto en sus pensamientos. Dudó, por miedo a liarla más, pero los soldados no se daban la vuelta y salían corriendo.

—He decidido dar doce vueltas alrededor de Alfea, porque me dijiste que mi padre daba diez, así que...

—No tienes que hacer algo solo porque tu padre lo hiciera. —La voz de Silva era tan fría como el gélido azul de sus ojos.

¿Qué debía hacer, pues? Quería ser como su padre. Si era como su padre, podría sentirlo más cerca. Y Silva había querido mucho a su padre. De pronto, Sky se notó muy cansado, con las piernas pesadas de correr desesperadamente alrededor de la escuela persiguiendo a su padre.

—No, señor. Lo siento, señor.

Los soldados no dejaban que el cansancio les afectara. Saludó con un gesto a Silva y se dio media vuelta para retomar la carrera.

—Espera, Sky.

Se giró.

—Perdona si he sido un poco duro contigo —dijo el director con voz ronca—. Estaba distraído. Ya sé que quieres ser como tu padre y es normal que lo eches de menos. Lo... Lo siento.

«Pues sé tú mi padre», pensó Sky. Quería a Silva, no a un desconocido. No echaba de menos a Andreas de Eraklyon. ¿Por qué iba a hacerlo? No había conocido a su padre, nunca había tenido la oportunidad.

Pero ese pensamiento era una traición. Su padre no había querido abandonarlo. Su padre estaría con él si pudiera. Además, sabía que Silva nunca querría reemplazarlo. Lo único por lo que Silva seguía ahí era porque se lo debía al padre de Sky: el amigo al que tanto quería.

A veces, Sky se preguntaba si Silva se arrepentía de haberlo acogido. Si le dolía tener al lado a un recordatorio andante de Andreas o si esperaba que Sky se pareciese más a su padre. Si era una decepción.

Nunca podría preguntárselo y no quería molestarlo con más preocupaciones de las que ya tenía.

—¿En qué estás pensando? —preguntó—. ¿Te puedo ayudar en algo?

Silva relajó la expresión.

—Sí, soldado. Bate tu último récord de velocidad.

Sky asintió con determinación.

—Así lo haré, señor.

Se puso en marcha. La última vuelta que había dado no contaba. Empezaría de nuevo y batiría su récord. Por el rabillo del ojo vio a Silva enderezarse y dirigirse hacia el castillo con paso firme.

Sabía que su padre y Silva habían servido a una mujer comandante, pero ni siquiera sabía el nombre de la mujer. No podía preguntárselo a Silva, pues le dolía hablar de aquella época. Notaba que al director se le ensombrecía el rostro cada vez que le preguntaba por la guerra o por su padre.

Pero Silva sí le había dicho que Andreas había sido muy buen guerrero. Todo el mundo le contaba historias sobre Andreas, el cazador de monstruos, invencible en la batalla hasta su último aliento. Sky sabía que su padre había sido un héroe, por lo que su comandante debía de serlo también.

Parecía maravilloso tener a alguien tan brillante guiándote a través de las dudas, el miedo y la destrucción.

Cuando Sky conoció a Stella eran pequeños. Él se sentía aún más pequeño cuando estaba en el palacio, siguiendo a Silva mientras este informaba a la reina Luna sobre alguna misión.

Hasta que vio cómo trataba la reina a su hija y lo pequeña que intentaba hacerla sentir: fue entonces cuando quiso ser el protector de Stella. Sabía que algún día ella se convertiría en reina y creía que sería una buena regente. Para él, Stella era encantadora y apasionada, y parecía perdida. Pensó que si la ayudaba a encontrar su camino, ella lo ayudaría a encontrar el suyo.

Las cosas no habían salido como esperaba.

«Se preocupa más por las lucecitas que la iluminan que por las buenas obras», le había dicho Riven. Sí, Riven era un capullo, pero tenía que reconocer que Stella no paraba de hablar sobre las apariencias y sobre el poder. Cada vez se parecía más a su madre.

Y a él nunca le había caído bien la madre de Stella.

Intentó disipar aquellos pensamientos traicioneros. Quería ser fiel a Stella.

La quería. Siempre la había querido. Y ella lo necesitaba. La idea de una líder brillante se parecía a la idea de un mejor amigo, un compañero de armas en quien confiar. Eran sueños. Y no podía seguir persiguiendo sueños.

Siguió corriendo bajo las hojas que se teñían de un color carmesí con el atardecer y brillaban como si estuvieran en llamas.

LUZ

Se sentía muy sola en aquel lugar sombrío. La oscuridad se extendía a kilómetros, como un desierto hecho de noche y, a pesar de la oscuridad, veía lo vacío que estaba ese sitio. Stella sabía que nadie vendría a salvarla, que estaba atrapada para siempre.

Se despertó gritando en su habitación de la torre.

—¡No! ¡No, no, no, por favor, no! Madre, me portaré bien, lo haré, seré buena…

Se dio cuenta de que estaba suplicando en voz alta y que las otras chicas podrían oírla a través de las paredes. Y entonces, ¿qué pensarían de ella?

Su dormitorio, lleno de cortinajes diáfanos y espejos con marcos dorados, brillaba más que la luz del día. Se llevó las manos a la cara, se hizo un ovillito entre las sábanas y empezó a temblar.

—¿Stella? —preguntó Ricki, en voz baja, detrás de la puerta.

—¡Vete! —le espetó, y se odió al notar que le temblaba la voz.

La puerta se abrió; Ricki dio un grito ahogado y se apresuró a protegerse los ojos con la mano. Stella no se había dado cuenta antes de que la magia de luz que desprendían las paredes y refractaban los espejos quemaba. La apagó a toda prisa. Quería apagarla por completo, pero con los recuerdos de aquella oscura pesadilla solo pudo atenuarla un poco hasta convertirla en un resplandor difuso y reconfortante.

—¿Estás bien? —le preguntó rápidamente a Ricki, presa del pánico.

Se calmó cuando su amiga bajó las manos y sonrió.

—Pues claro que estoy bien. ¿Y tú, Stella? He oído…

—No sé qué crees que has oído —le espetó.

—Nada, nada —la tranquilizó Ricki—. No he entendido qué decías, pero me ha parecido que tenías una pesadilla. A mí también me pasa cuando como demasiado queso en la cantina.

Stella alisó las sábanas con las manos. Estaban arrugadas como pañuelos de papel.

—Sí —repuso en voz baja—. Puede que fuera el queso.

Como si Stella se atiborrara alguna vez de productos lácteos…

—¿Me haces un hueco? —preguntó Ricki.

Stella la miró sin comprender y Ricki se acercó con su alegre pijama rojo y le dio unas palmaditas en el colchón. Cuando Stella se movió un poco, Ricki se metió en la cama, subió las sábanas arrugadas para taparlas a ambas y le puso el brazo alrededor de la cintura a su amiga.

—No me gusta estar sola después de una pesadilla —dijo—. Hagamos una fiesta de pijamas.

—No hace falta —dijo Stella, y luego le vino el temor de que Ricki le tomara la palabra y se fuera—, pero... gracias. Es un detalle por tu parte.

—No es para tanto —le dijo Ricki.

Mucho antes de que Stella se durmiera, la respiración de Ricki se volvió uniforme y relajó el brazo con que le rodeaba la cintura. La cama estaba colocada debajo de la ventana, así que Stella alcanzaba a ver el cielo: las estrellas eran como puntitos de luz mágica hechos por un hada al cruzar la oscuridad. Bajo las estrellas, había verdes colinas que rodeaban Alfea, bosques densos y cascadas plateadas; era el lugar más seguro del reino de Solaria. Aquí no gobernaba su madre. Era la señorita Dowling quien dirigía el lugar. A veces la directora molestaba a su madre y la reina Luna no podía hacer nada al respecto. Su madre le había dicho alguna vez que deseaba poder echar a la señorita Dowling de Alfea, pero de momento la mujer no se había movido de su sitio. Stella admiraba a todo aquel que lograba resistirse a la férrea voluntad de su madre.

La señorita Dowling nunca había hablado con Stella fuera de clase, pero una vez en el aula le había puesto una mano firme en el hombro y le había pedido que redujera un poquito la magia.

—Tranquila —dijo, y luego añadió con sequedad—: Excelente.

La señorita Dowling no estaba ahí en ese momento. Si su madre viniese… Pero, aunque la señorita Dowling estuviera ahí, no podría hacer nada. Nadie podía salvarla a ella. Su madre era la adorada y todopoderosa reina.

Las luces de la habitación de Stella se movían y titilaban.

Por la mañana, bajaría hasta el círculo de piedras del bosque, junto a la ruidosa cascada, donde podría reponer su poder y asegurarse de tener siempre luz al alcance de la mano. Stella visitaba el círculo de piedras con frecuencia. Igual que una doncella que se despierta al amanecer de un día de primavera y se lava el rostro con el rocío de la mañana para seguir siendo bella, salvo que en su caso el objetivo era seguir siendo poderosa.

Después se prepararía para la jornada de puertas abiertas y ejecutaría su espléndido plan.

Stella le acarició el brazo a Ricki, mientras su propio corazón empezaba a latir más despacio bajo el camisón de seda y encaje. Notó que recobraba la compostura y podía volver a ser la princesa que duerme tranquila y serena, y al fin cerró los ojos.

Su último pensamiento fue que esperaba que la señorita Dowling regresara pronto a Alfea.

MENTE

Musa toqueteaba el folleto de los futuros estudiantes de Alfea una y otra vez. Le daban ganas de arrugarlo, pero no lo hizo. Quedaba muy poco para la jornada de puertas abiertas y aún no se había decidido.

—¿A ti qué te parece, mamá? —preguntó en voz alta hacia la calmada brisa nocturna—. ¿Debería ir? ¿O mejor lo uso para hacer un avión de papel?

Como hada de la mente, Musa no creía en que los muertos se quedasen a escuchar a los vivos. Con su poder percibía los pensamientos y las emociones de las personas. Eso significaba que podía usar su magia y sentir el vacío donde antes estaban la mente y el corazón de alguien. Su madre ya no era una presencia persistente y benévola. Tampoco la estaba observando desde arriba. Su madre se había ido.

Así pues, Musa no visitaba su tumba, no se había guardado las cenizas ni nada de eso. Sabía lo que había. Pero a veces, se ponía los cascos y escuchaba la música rock que su madre y ella solían poner a todo volumen, cantando con las ventanas abiertas mientras conducían.

Su madre había estado viva en otros tiempos. Había querido a Musa. Y ella lo sentía. Cuando escuchaba música, aún recordaba cómo era ese amor.

Musa caminaba sola, escuchando música y hablando con su madre ya difunta. No tenía a nadie más con quien charlar sobre la invitación a la escuela de Solaria. Seguramente no iría, no le veía el sentido. Las escuelas estaban llenas de gente y no se le daba bien relacionarse.

Le echó otro vistazo al folleto.

Por las fotografías, la escuela parecía un castillo. Era como una fortaleza, que protegería a todo aquel que se adentrara en ella. Musa anhelaba la seguridad, pero dudaba que aquellos muros la protegiesen. Y tampoco ayudarían a todas aquellas personas atrapadas allí dentro con ella. Se imaginaba perfectamente lo horrible que sería convivir con un montón de estudiantes que la rechazaran y tener que oírlos pensar que no querían que ella les leyera los pensamientos.

No le hacía falta mejorar sus poderes. Ya eran muy fuertes así. Aunque si hubiera alguien en Alfea que la ayudase a que los pensamientos de los demás fueran menos intrusivos, la cosa cambiaría.

Sin embargo, no parecía algo probable y, aunque lo fuera, ¿cuánto le costaría que la ayudasen? No quería hacerse ilusiones. Eso era de débiles.

Sus poderes tampoco habían servido de mucho cuando su madre estaba sufriendo. Musa estaba allí cuando murió. Sintió su muerte como si fuera la suya. Había intentado ayudarla, pero no pudo quitarle todo el dolor. Se hundió, le había fallado y el recuerdo de ese fracaso y el eco de los pensamientos atormentados y moribundos de su madre jamás la abandonarían. Ni siquiera ahora, cuando trataba de imaginar lo que su madre le aconsejaría que hiciese: solo oía sus gritos silenciosos.

Con las manos temblorosas, subió el volumen de la música. Antes, cuando ponía la música así de alta, bailaba. Pero eso era cuando su madre aún vivía y podía verla bailar, cuando Musa sentía su brillo de orgullo y felicidad. Ya no había ilusión. Ya no había bailes.

Pero eso no respondía a la pregunta de qué podría hacer.

Se sentía vacía y, de repente, había llegado ese folleto a modo de respuesta.

Ir a ver cómo era Alfea no era lo mismo que comprometerse a matricularse allí. No pasaba nada por hacer una visita.

Bajó por un camino sin rumbo fijo, dando patadas con las botas de combate a las piedras que se iba encontrando, fingiendo que sabía a dónde iba.

No tenía nada mejor que hacer, así que ¿por qué no echarle un vistazo a Alfea?

EL CORAZÓN
ENVEJECE

Saúl Silva entró al despacho de la directora; estaba oscuro y se oía el fuerte eco del vacío.

Farah aún no había llegado a Alfea. No sabía dónde estaba. Ben comentó que le había enviado un mensaje en el que le decía que volvería para la jornada de puertas abiertas. No entendía por qué Farah no le había escrito un mensaje a él.

Su ausencia lo inquietaba muchísimo. Siempre se aseguraba de saber dónde estaba Farah desde que se habían convertido en un equipo de jóvenes y valientes guerreros contra los Quemados, desde que eran una fuerza imparable. Rosalind daba las órdenes, pero antes de que Saúl se adentrara en la batalla siempre comprobaba dónde estaba su equipo.

«¿Andreas está a mi lado? ¿Ben nos está cubriendo? ¿Farah va por delante?».

Saúl y Andreas siempre iban a la par, pero Saúl iba un pasito por detrás de Andreas. Tenía localizada constantemente a Farah y siempre la seguía. Aún lo hacía, pero cuando ahora miraba hacia el que había sido su hermano en el ejército, Andreas ya no estaba ahí. Y ya no volvería a estarlo. Y era por culpa de Saúl.

Se deshizo de aquel pensamiento con una eficacia brutal, digna de un militar. Volvió a echar un vistazo al despacho, a la ventana circular con la vidriera policromada de cristales verdes, azules y amarillos que arrojaban una luz submarina sobre las innumerables hileras de libros antiguos que tanto amaba Farah. Había una escalera de caracol que llevaba a otros estantes de libros. Antaño era Rosalind la que ejercía de directora en aquel cuarto, pero Farah lo había hecho suyo.

Puede que Saúl Silva fuera el director de los especialistas pero, tal y como él veía las cosas, el cuartel solo era una parte más de Alfea. Al final, la que estaba al mando era Farah Dowling y eso le gustaba. En el fondo, Saúl Silva siempre sería un soldado que acataba las órdenes de su general.

Nunca había dudado en darle su opinión a Farah, pero confiaba en que ella guiara su rumbo. Una vez había tenido un general que daba órdenes inadecuadas, pero de eso hacía ya mucho tiempo. Rosalind era cosa del pasado y no se permitía pensar en ella. Farah nunca lo había llevado por el mal camino. Silva se iba a menudo de misiones, pero ella se quedaba en Alfea. Era el punto fijo del mundo.

Cuando ella no estaba, se sentía como si no tuviera líder. Tenía que elegir su propio destino. Eso le hizo recordar sus dudas y lo trasladó de nuevo al día en que había tenido que escoger entre las órdenes de Rosalind y lo que sabía que Farah pensaría de ellas. Él había elegido a Farah.

Su mejor amigo había escogido a Rosalind.

Aquella noche sus pensamientos se desviaban desenfrenadamente.

Se marchó de repente, girando sobre los talones y dirigiéndose hacia la amplia escalinata de la entrada para salir al jardín. Sin embargo, no se fue hacia el cuartel de los especialistas. Fue derecho al invernadero, donde brillaba una luz.

Dentro del invernadero florecían plantas muy extrañas: algunas crecían bajo la zona acristalada y otras trepaban por los muros de arenisca. Ben Harvey estaba en una de las mesas del laboratorio enfrascado en un experimento. Cuando lo vio, Silva notó que menguaba un poco la tensión en los hombros. Uno de sus compañeros de equipo aún seguía allí. Ben era el hombre más listo que conocía. Confiaba plenamente en él: era tan brillante que siempre encontraba la solución a cualquier problema.

—¿Qué pasa, empollón? —dijo Silva.

Ben enarcó una ceja, pero no apartó la vista del experimento.

—Saúl. Te preguntaría qué te trae por aquí, pero ya lo sé.

—¿Dónde está?

—Ni idea, pero en la nota ponía que iba a investigar algo, que no me preocupara.

—Pues eso es para preocuparse.

Ben asintió.

—Antes de eso, me pidió una poción que rastreara cualquier tipo de magia. Bastante complicada de hacer, aunque fascinante…

—Para mí no —dijo Silva con firmeza.

Valoraba la genialidad de Ben, pero no lo comprendía y no solía hacer cosas que fueran en vano. Su filosofía era sencilla: los genios aportaban soluciones, los líderes planeaban cómo usar esas soluciones y Silva cumplía con las misiones.

—Estás hecho un ignorante. —El profesor Harvey suspiró, cansado. Llevaba una chaqueta con coderas y ya no estaba en forma. Qué triste—. Normalmente, una poción tan difusa no tendría mucho éxito, ya que estamos rodeados de magia. Esto me hace pensar que Farah no sabe bien lo que anda buscando y que lo busca en un lugar donde no hay mucha magia.

—¿El mundo de los humanos?

Silva frunció el ceño. Farah no debería ir al Primer Mundo. No le gustaba cómo sonaba ese sitio. Los chavales solían hablar de él porque buscaban cosas en internet. Silva creía que la magia servía para mucho más que navegar por internet. Supuestamente, en el mundo humano también existía, pero no funcionaba con magia.

—Es un sitio muy interesante, Saúl.

—Sky me enseña a veces imágenes del mundo de los humanos. No me gusta. No me gusta Instagram. Riven le dijo a Sky que se abriera una cuenta. Ese chico es una mala influencia.

—Pues yo tengo Instagram —dijo Ben con entusiasmo—. Hay muchas fotos de plantas alucinantes. Terra y yo nos seguimos. Es un hacha con los filtros. Hace que las plantas parezcan magníficas en su perfil.

—Qué lástima.

Nunca hubiera dicho que Terra pudiera perder el tiempo con esas tonterías. Era una chica encantadora. No habían hablado mucho, cosa que a él ya le iba bien. Ben decía que era tímida. Silva la entendía: él también era muy vergonzoso, aunque no se lo había confesado a nadie, ya que tampoco era asunto de los demás. Aun así, había notado que la magia terrestre de Terra era muy útil para las batallas. Podría estrangular o atar a la gente con vides, hacer que resbalaran en el suelo o enterrarlos en las profundidades de la tierra, y Silva estaba convencido de que lo haría sin ningún tipo de miramiento. La magia terrestre de Ben era menos violenta y la de su hijo Sam se usaba más para la retirada y el reconocimiento del terreno, pero Terra Harvey sería brutal. Tenía grandes misiones para ella. Sería fantástico tenerla en el campo con un equipo de especialistas, trabajando codo con codo después de recibir formación.

—He visto publicaciones sobre ti en Instagram —continuó Ben—. Unas publicaciones espantosas, por cierto. Son fotos sexis de esas para conseguir más «me gusta».

—¡¿Qué?! —exclamó Silva aterrorizado.

—*Hashtag* #HadaPlateada.

—¡No soy un hada! —se quejó Silva—. Y tampoco tengo canas.

—Hombre, unas pocas sí —dijo Ben con sorna—. Alrededor de la sien. Y Farah puede apañárselas sola, no te preocupes.

No era propio de Farah desaparecer de repente y menos en busca de una magia misteriosa. Esto le hizo recordar lo único que perturbaba a Farah: Rosalind.

—No me preocupo —respondió Silva—. Es boba, tendría que haberme enviado a mí. Nada más. —Farah tendría que saber que él siempre haría lo que le pidiera.

Ben se ablandó un poco y miró a Silva con inquietud, como si este fuera un bebé de pecho.

—Igual no quería que nos preocupásemos ninguno de los dos. Ni que fuéramos ninguno de los dos. Ahora tenemos hijos.

—Sky no es mi hijo —contestó Silva.

Ben no estaba ayudando. Silva salió del invernadero dando un portazo. No tendría que haberse molestado en entrar. Ben y él aún eran un equipo, por supuesto, pero su compañero se había distanciado bastante en espíritu. Había enterrado muy al fondo al soldado que había sido en su día y ahora fingía que había desaparecido. Vestía con chaquetas de punto como si nunca hubiera llevado una armadura y cenaba con su familia en casa. No se entendían y Silva tampoco sabía explicarse bien.

Las palabras eran el fuerte de Farah: las dominaba mejor y con mayor efecto que cualquier puñal. Silva no era capaz de hablar de lo que sentía, ni si quiera con Ben o Sky. Para él era un alivio que Farah fuera un hada de la mente: sabía cómo se sentía y nunca tenían que hablar del tema.

Si había una cosa de la que Silva estaba seguro, aparte de Farah, era que sabía perfectamente que Sky no era hijo suyo. No merecía ser su padre.

No era como Ben, no llevaba chaquetas de punto ni hacía cenas. Quedarse con Sky nunca había entrado en sus planes. Apenas iba a verlo, ni siquiera antes de que muriera Andreas.

Había adoptado la costumbre de visitar al bebé muy de vez en cuando, llevarle juguetes y escuchar sus balbuceos sin sentido. Tras la muerte de Andreas, Saúl se pasó una última vez. Necesitaba ver a Sky, tenía que hacerlo por Andreas. Pero en aquella última visita, Sky lo miró y dio lo que, según la enfermera, eran sus primeros pasos. Caminó vacilante a su alrededor, tambaleándose, pero decidido. Silva cogió al pequeño con aquellas manos ásperas y llenas de cicatrices de guerra, tan poco acostumbradas a sujetar a niños inocentes. Solo tenía un añito, el pelo rizado y dorado y una mirada resuelta.

Sky. En aquel momento no fue capaz de dejarlo ahí solo, así que se lo llevó. Le talló puñales de madera y después espadas; ya de pequeño, Sky asía la empuñadura con firmeza.

—¿Lo cuidarás siempre? —le preguntó una vez Andreas en una de sus poco frecuentes visitas a casa, cuando Sky aún estaba en la cuna, revolcándose, riéndose y mordiéndose los piececitos—. Igual que haces conmigo...

—Te lo prometo —dijo Silva.

Poco menos de un año más tarde, apuñaló al padre de Sky en el pecho.

«Andreas, habrías estado muy orgulloso de él. Casi tanto como yo», pensaba Saúl de vez en cuando.

Ni siquiera Andreas podía estar tan orgulloso como Saúl. Nadie podía estar más orgulloso de Sky que él.

Con el paso de los años, Silva se había embarcado en muchas misiones de especialistas solo o con un equipo. Siempre se llevaba a Sky consigo. Tenía que acostumbrarse desde joven a la vida de soldado.

Nadie cuestionaba si Sky había nacido para ser soldado. Silva había guiado sus pequeños pasos hacia el arsenal y lo había visto intentar levantar una espada más grande que él. Se había asegurado de que Sky defendiera causas justas y luchara por buenas razones.

Cuando estaban de viaje o en el palacio de la reina Luna, lo tenía siempre a su lado.

A veces soñaba con guerras pasadas. Una noche soñó con la masacre del Bosque Negro y, en otra ocasión, con la batalla de la cascada y los cadáveres en el río. En las peores noches, soñaba con el peor día y la peor batalla: la hierba empapada de sangre y los tejados de las casas en llamas, Farah llorando y Andreas muerto. Se despertaba de aquellos sueños temblando y jadeando, hecho polvo. Después, se levantaba, se lavaba la cara con agua fría en un arroyo o en una de aquellas pilas de oro batido —para él apenas había diferencias entre una cosa y otra— y entonces iba a ver a Sky. Observarlo le infundía paz. El pequeño dormía plácidamente, ya fuera en un saco de dormir o en un lecho esplendoroso de palacio: ni el miedo ni la culpa conseguían perturbarlo.

«Mi pequeño gran soldado, mi niño de ojos claros, objetivos fijos y corazón puro de guerrero. ¿Qué pensarías de mí si te contase lo sucia que fue aquella guerra de héroes que tanto admiras? ¿Me odiarías? ¿Me darías la espalda?».

Seguro que sí.

Para Sky, Silva y Andreas eran los héroes perfectos, pero no era consciente de que si el pasado le parecía una maravilla era porque lo contemplaba a través del reflejo de su propio corazón de oro.

Algún día lo sabría. Algún día Sky lo sabría todo. Silva le debía la verdad y, cuando se la contara, le dejaría claro que Farah no había tenido la culpa de nada. Que era él mismo quien había dado el paso, quien había sacado la espada. Todo era culpa suya.

Silva no quería volver a su cuarto, que era simple y austero; siempre lo tenía todo listo para hacer el petate. Volvió a los lagos de los especialistas. No le iría mal practicar un poco, pues con cada año que pasaba le costaba más recuperarse de las heridas y cada vez le dolían más los músculos y las articulaciones. La edad no perdonaba a aquellos que habían llevado una vida dura, pero tenía que seguir entrenando a los jóvenes. Si fallaba, alguien más podría salir herido.

Cogió el sable y comenzó a repasar los pases, tratando de concentrarse en las pautas metódicas y nada más.

A un hombre nacido para la guerra le costaba encontrar paz. Echaba de menos poder echarle un vistazo a Sky, ahora que vivía con otros estudiantes en el cuartel y compartía habitación con aquel chico, Riven, que tenía buenos reflejos, pero cuya mirada era tan inestable como las arenas movedizas.

Alguien podría decir que Riven le daba demasiadas vueltas a todo, pero los soldados eran así. No eran estúpidos. De todos modos, Riven sí que pensaba más de la cuenta… en el mal sentido. Sus preguntas y comentarios desafiantes llegaban siempre en el momento inoportuno, nunca en el adecuado. Era el típico que abría la boca justo antes de atacar o ideaba en su mente un reto demasiado grande, para luego echarse atrás en el peor momento posible.

Silva no quería que nada ni nadie reprimiese a Sky. Ya le preocupaba bastante aquella chica, la princesa Stella. Al principio le había gustado verlos juntos —solo una princesa podría estar a su altura, por supuesto— y la magia de luz de la chica era fortísima. Pero era terriblemente controladora y la cosa no iba a mejor en ese aspecto; al contrario, estaba empeorando. Algún día se le iría de las manos y Stella se convertiría más en un estorbo que en una ayuda en la batalla; también podría ser que se volviera demasiado como su madre.

Sky era demasiado bueno para ellos dos y demasiado bueno para este mundo. Era sabio y generoso, un Andreas al que Rosalind nunca había llegado a corromper.

Sky no seguiría jamás a un mal líder como él mismo había hecho durante tanto tiempo. Silva había sido el primero en descubrir el plan de Rosalind para destruir un poblado entero con magia negra. Rosalind les había prometido a Farah y a Ben que había evacuado Aster Dell, que allí solo quedaban los monstruos, pero no era cierto. Más tarde, Farah dijo que pagarían por lo que habían hecho. Ellos se encargarían de pararle los pies a Rosalind.

—Saúl, ¿estás de mi lado? —le había preguntado Farah.

—Hasta la muerte —había respondido él.

Pero habían sobrevivido. Silva era soldado. Estaba totalmente preparado para morir. Solía pensar que para lo que no estaba preparado era para vivir. Para sobrevivir, para seguir cumpliendo con su deber después de aquel día.

Cuando tuvo que contarle a Farah los planes y mentiras de Rosalind, Andreas se interpuso en su camino. Su mejor amigo y camarada, el hombre por el que Silva hubiera dado la vida. Al final todo se redujo a una cuestión de fidelidad: Silva había decidido seguir a Farah y Andreas había decidido seguir a Rosalind.

Así pues, Silva desenvainó su espada y mató a Andreas. Hasta aquel día, había llevado la cuenta de los hombres y monstruos que había matado. Por primera vez en toda su carrera, no reconoció aquel asesinato, no le cerró los ojos a Andreas ni le rindió homenaje por su lucha justa y valiente. No había tenido tiempo. Había muchísima sangre. Resbaló con la sangre de su mejor amigo en la hierba empapada cuando trataba de ayudar a Farah a salvar Aster Dell.

Pero había llegado demasiado tarde. El poblado ya estaba completamente en ruinas, solo quedaban paredes ennegrecidas en la ladera de la montaña. Las estructuras de las casas estaban expuestas como esqueletos y no había ni un alma con vida. También encontraron un zapatito de bebé en las cenizas, negro y deformado como una hoja seca por las llamas. Esa fue la única vez que vio llorar a Farah.

Silva no se perdonaba aquellas dos deslealtades: primero, haber seguido a Rosalind hasta el desastre y, después, haber matado a Andreas para intentar impedirlo.

Andreas. Su rostro se le aparecía en muchas pesadillas. Era su mejor amigo. El padre de Sky.

Aún recordaba cómo era Andreas en el colegio y en las siguientes etapas. El héroe de Eraklyon, el ejército de un solo hombre que más monstruos mataba. Todo el mundo, hombres y mujeres, lo admiraba. Nadie estaba a su altura; nadie se parecía a él, nadie hablaba ni luchaba como él. Andreas siempre era la primera opción de todos. Silva lo entendía perfectamente. Nunca se llegó a plantear quién era mejor de los dos.

La guerra los cambió a todos. Silva le contaba a Sky historias sobre la pericia de su padre en la batalla, pero nunca quiso decirle cómo lo había cambiado todo aquel derramamiento de sangre, lo mucho que le gustaba dejarse llevar por la furia de la batalla. Cerca del final, hasta sus propios soldados le tenían miedo. Silva hizo todo lo que pudo por ellos, pero ¿quién podía estar tranquilo con un líder mancillado y con el único apoyo de Silva?

Sky era como Andreas, pero no en ese sentido. Siempre había sido amable, sin que nadie se lo enseñara. Había aprendido a serlo él solo. Todos los días Silva se repetía que Sky nunca llegaría a cambiar como le había pasado a su padre.

Antes de las guerras, Silva también era distinto. Por aquellos tiempos se reía con facilidad. Fue él quien empezó la tradición de la fiesta de los especialistas de último año en el ala este abandonada, la celebración en la que él, Andreas, Farah y Ben reían, bebían y bailaban sin parar entre las reliquias de las guerras pasadas. Hasta que Silva se convirtió en una de esas mismas reliquias de guerra.

La sangre cambió la tierra cuando se derramó en cantidad suficiente. Un campo de batalla jamás volvería a ser un campo sin más. No le extrañaría que se alzara de nuevo la magia negra de Rosalind. Ni siquiera le sorprendería ver a alguno de los Quemados corriendo hacia él con una rabia monstruosa. La paz no duraba nada. La guerra siempre volvía.

Silva tenía que estar preparado con su espada y escudo. Algún día, la alargada sombra de sus pecados volvería a por ellos. Estaba preparado y se había asegurado de que Sky lo estuviera también. Para luchar. Para defender a Farah y a Alfea. No iba a permitir que lo que más quería en el mundo se hundiese en el barro manchado de sangre.

«Mi líder no. Mi chico tampoco». No mientras Silva viviese y tuviera una espada entre las manos.

Cuando Andreas aún vivía, estar contento era más fácil. Aunque la alegría escaseaba ahora, seguía estando ahí. La felicidad era el rostro de Sky; era tener la oportunidad de quererlo un ratito más. La vida del soldado era solitaria, pero también honorable. Si Silva fuera insigne de verdad, hubiera estado mucho más solo. Sin embargo, se apoyaba en Farah, a pesar de que ella tenía ya muchas responsabilidades. Fingía ante sí mismo y ante Sky que merecía el cariño del muchacho.

Si muriera por Farah, Sky o Alfea, su incesante culpa desaparecería por fin y se le perdonarían los pecados. No le temía a la muerte. Solo le daba miedo no estar ahí cuando todo aquello por lo que luchaba se hallara en peligro.

Y esa era otra mentira. También le asustaba la forma en que lo miraría Sky cuando supiera toda la verdad. No le había podido contar lo que había hecho. Lo había intentado miles de veces, pero se quedaba petrificado, frío y rígido.

«Tengo la sangre de tu padre en mis manos, pero me sigo aferrando a ti. Soy un asesino, igual que él, y te lo arrebaté. Nunca podré reemplazarlo ni enmendar todo lo que he hecho».

Al final, Silva era lo peor que podía ser un soldado: un cobarde.

Cansado, se sentó en la hierba junto al lago al amanecer, colocó el sable en las rodillas y apoyó la frente en la hoja fría y limpia.

¿Dónde estaba Farah? Ojalá regresara a casa y volviera a darle órdenes.

CUENTO
DE HADAS N.º 3

¿Qué podría haberla apaciguado con una mente
cuya nobleza volvía simple como el fuego?

W. B. YEATS

EL CORAZÓN
ENVEJECE

El mundo humano era un mundo aparte donde no nacía la magia. La magia ni siquiera había llegado a este lugar, al menos no desde que se había abandonado la costumbre de dejar niños intercambiados. Farah salió de un portal abierto en el aire y echó un vistazo al lugar donde la había llevado la carta de Rosalind.

En este lugar soplaba un aire árido del desierto y había hileras de coches que se extendían hasta donde alcanzaba la vista. Los mortales lo llamaban California. La magia del reino de las hadas hacía que las máquinas fueran menos necesarias para la vida cotidiana y la magia tecnológica se encargaba de lo imprescindible. Farah estaba acostumbrada a los bosques extensos, al sonido de las cascadas y a la presencia crepitante de la Barrera. La Barrera era invisible hasta que algo o alguien la tocaba y entonces ondulaba en el aire con destellos azules y púrpuras. La magia del Otro Mundo era muy distinta a la de los semáforos y las luces de neón de la Tierra.

Ben le había preparado a Farah una poción de raíces —un frasco de filamentos brillantes como limaduras de hierro— que rastrearía cualquier magia en aquel aire californiano. Le quitó el tapón y esparció la plata en el aire.

Tenue y luminiscente como el rastro invisible de un caracol, la poción trazó un camino en el cielo. Farah siguió su pista hacia una calle estrecha llena de pequeños comercios. Se fijó en un escaparate de perfumes de lo más curiosos: al parecer, uno olía a cereales azucarados y otro a camello.

Si esos perfumes eran un tipo de magia, Farah no quería ni oír hablar de ella. Siguió su camino y luego se detuvo en otra tienda, un pequeño comercio de antigüedades. El rastro plateado que buscaba la magia parecía centellear en torno a la campana de latón que colgaba del dintel verdoso y desconchado de la puerta.

Una tienda de antigüedades podría ser el lugar perfecto para ocultar un objeto mágico. Indecisa y tan nerviosa como cuando se acercaba a Rosalind, Farah empujó la puerta para entrar.

En el interior había un montón de trastos amontonados, cubiertos por una capa de polvo como si fueran montañas totalmente nevadas. Cualquier objeto mágico, peligroso y poderoso que se ocultara aquí estaba, sin duda, bien camuflado.

La estela mágica brillaba en el aire polvoriento, luego desaparecía en la oscuridad y reaparecía como un destello nítido en un rincón lleno escombros. Farah la siguió y descubrió que la magia plateada flotaba alrededor de una lámpara rota y feúcha, cuya pantalla de vitral estaba mugrienta y exageradamente ladeada.

Era imposible que aquel fuera el tesoro que buscaba. Se acercó despacio, preguntándose si podría recopilar información relevante hablando con el dependiente. A diferencia de otros, ella no tenía prejuicios contra los humanos —su secretario era humano, a fin de cuentas—, pero era improbable que alguien de este mundo supiera algo sobre Rosalind. Aun así, tampoco tenía un plan mejor.

Las voces y pasos apresurados que venían del exterior la hicieron frenar en seco.

La puerta se abrió de golpe con el tintineo de las campanillas. Farah se ocultó entre las sombras y esperó a que los clientes humanos fueran a lo suyo.

—Venga, mamá, ¡vamos, vamos! —dijo una chica de melena roja larga y ondulada que entró a toda prisa—. Ven a ver la lámpara más increíble de todas.

La mujer que la acompañaba era rubia e iba muy peripuesta, aunque tenía el aire preocupado de alguien cuyo plan de vida y pantalones de color marfil no incluían tiendas repletas de trastos polvorientos.

—Bloom —dijo—, ¿te has pasado el fin de semana mirando chatarrerías y tiendas de antigüedades?

—Eh, no, mamá —respondió la pelirroja—. Me he pasado el domingo en casa arreglando el reloj nuevo.

En la voz de la mujer se percibía un toque de ironía.

—Puede que me hubiese enterado de que estabas en casa si hubieras abierto la puerta o te hubieras dignado a hablar conmigo o con tu padre...

—¡Mamá!

—No es que me oponga a que salgas, socializar está muy bien. Podrías salir con tus amigos…

—¿Qué amigos? —dijo la joven—. Todos los del insti creen que soy un bicho raro.

—¿Y eso por qué?

—Será porque soy un poco rara.

A Farah le parecía una chica muy normal. Bloom, un nombre bonito. A la antigua usanza. No tenía tiempo para pensar en por qué los padres de hoy en día ponían a sus hijos nombres tan peculiares y modernos como Chad o Karen.

Madre e hija se enzarzaron en una discusión que parecía venir de lejos, pues las frases estaban ya tan desgastadas que se solapaban con facilidad.

—Si le dieras a la gente la oportunidad de conocerte…

—… soy feliz así…

—… salieras de tu habitación…

—Oye, da gracias que no compita en carreras de coches robados con chicos guapos que…

—… por lo menos cenar con nosotros…

—¡Mamá!

Se oyó un repique fuerte y chirriante al abrirse una puertecilla interior. Un hombre de aire importante acompañaba a otra mujer hacia la puerta. La mujer tropezó al salir y solo entonces se percató Farah de que tenía los ojos tan llenos de lágrimas que apenas podía ver.

—Pensaba que valían más —dijo—. Forman parte de mi pasado. Me duele muchísimo tener que venderlas, pero el dinero nos vendría muy bien…

—Pues no, no valen prácticamente nada —le aseguró el hombre—. Te estoy haciendo un favor quedándomelas, porque conocía a tu padre.

El hombre llevaba dos figuritas de porcelana bajo el brazo. La mujer las miró con anhelo e incertidumbre, pero era evidente que la convicción del comerciante la había intimidado.

—Espere —dijo Bloom con una voz vibrante y furiosa.

—Bloom, calla. —La mujer agarró del brazo a su hija para detenerla.

—No lo entiendes, mamá —murmuró Bloom volviéndose hacia su madre. La otra mujer aprovechó la ocasión para salir corriendo por la puerta tras murmurar un «gracias» entre dientes. Bloom se giró hacia ella—. ¡Son figuritas de Dresde! —espetó—. Valen un montón.

El dependiente parpadeó asombrado.

—Lamento decepcionarla, pero son imitaciones.

La indignación le encendió el rostro a Bloom como un fuego que consume un bosque entero.

—Va a ser que no. ¡Y no es justo! Ha engañado a esa mujer.

Su rabia parecía iluminar aquel sombrío cuchitril lleno de cachivaches polvorientos; el brillo era tan intenso que se reflejaba en el metal deslustrado. Bloom se acercó y el dependiente dio un paso atrás. A Farah Dowling, que apreciaba a las chicas que tenían voluntad propia, se le escapó una sonrisilla.

Bloom se acercó un poco más. El aire prácticamente crepitaba a su alrededor, pero su madre volvió a agarrarla del brazo.

—Ni se te ocurra montar una escena, Bloom. Espérame en el coche.

Sintiéndose traicionada, su hija la miró fijamente.

—¡Tú también eres injusta!

Se giró sobre sus botas de tacón bajo y salió tan deprisa de la tienda que la melena ondeó tras ella como una bandera; a su paso, las campanillas sonaron como si se tratara de una alarma.

Su madre suspiró.

—Disculpe.

—Tiene mucha labia —dijo el dependiente.

—Es una apasionada de la justicia —matizó la mujer con los ojos entrecerrados—. A veces puede ser impulsiva, y le pido perdón por ello, pero eso no siempre es malo. —Se fijó en la lámpara mugrienta—. ¿Cuánto vale? Parece que le gusta mucho. Me ha dicho que era todo un hallazgo.

—¡Y lo es, señora Peters!

El dependiente, que ahora era todo amabilidad al ver que se avecinaba un negocio, le vendió la lámpara. Al final, la madre siguió a su hija por la puerta.

Las ganas de la señorita Dowling de pedirle información al dependiente se disiparon y, cuando sacó el frasco de Ben, vio que el rastro también se había disipado. Farah sabía que la lámpara no tenía propiedades mágicas; ella misma era lo bastante poderosa para estar segura al cien por cien.

Sin embargo, las partículas plateadas flotaban ahora sin rumbo fijo a su alrededor, como polvo brillante; como si algún tesoro mágico hubiera pasado por ese lugar, pero no se hubiera quedado.

Ahí había sucedido algo inexplicable, pero no podía quedarse mucho más tiempo en el mundo humano. Sus amigos estarían preocupados y Alfea la necesitaba: tenía que asistir a la jornada de puertas abiertas.

ESPECIALISTA

—Vamos, Riven —lo apremió Sky. Stella era muy estricta con la puntualidad y si no salían enseguida de la sala, no llegarían a tiempo para ayudar a preparar la jornada de puertas abiertas.

Riven estaba tirado en la cama con la chupa de cuero puesta. Tenía la cabeza ladeada y la mandíbula en una posición muy extraña mientras se hacía una foto con el móvil.

—Estoy creando el selfi sexy perfecto —afirmó.

Claro, la foto era para Instagram. Riven le había estado dando la lata a Sky para que se abriera una cuenta, pero él no lo terminaba de entender. Stella había dado el visto bueno a un par de fotos para que Sky las subiera. A veces, Sky fotografiaba bonitos paisajes o espadas y las publicaba. Silva se estremecía cada vez que alguien pronunciaba la palabra «Instagram».

Vivía con miedo a que Riven hablara de selfis sexis delante de Silva. No saldría bien parado.

Entonces cayó en la cuenta.

—¿No será un selfi para Ricki?

Riven se echó a reír a lo hada malvada. Era inquietante.

Sky no entendía qué le hacía tanta gracia a su compañero sobre salir con Ricki.

—No, qué va. Solo para mis seguidoras y algunas acosadoras. Ya sabes cómo va esto…

—La verdad es que no —dijo Sky—. Creo que no me gustaría que me acosaran. Ayer Terra Harvey estuvo a punto de provocarme un infarto cuando la vi rondar por el bosque.

Riven empezó a moverse, por fin. Puede que se hubiera dado cuenta de que llegaban tarde, porque saltó de la cama, bajó corriendo los escalones de tres en tres y salió del cuartel de especialistas a toda prisa. Por primera vez, Sky tuvo que apresurarse para alcanzarlo.

—Terra no estaba espiándote —le espetó Riven cuando Sky lo alcanzó.

Que Riven le hablara así no era inusual, pero algo en su tono de voz le hizo reflexionar.

—¿Conoces a Terra?

—Eeeh… no me suena —murmuró Riven.

—Es la hermana pequeña de Sam Harvey.

—Sam Harvey es un pringado.

—Sam y Terra son los hijos del profesor Harvey. Venga ya, si en realidad te cae bien. Te gustan sus clases.

—Qué va —dijo Riven, mirando hacia las enredaderas del muro con el ceño fruncido—, no recuerdo sus clases. Y no me cae bien nadie.

En realidad, el profesor Harvey se había quedado impresionado al ver lo bien que se desenvolvía Riven en el laboratorio. Había llegado a decir que, de todos los especialistas que conocía, Riven tenía la mejor técnica con la pipeta. Mikey y los demás habían comenzado a meterse con Riven y a llamarlo empollón. Él se había puesto rojo como un tomate y, enfadado, no había vuelto a abrir la boca. Sky no podía creer que se le hubiera olvidado todo eso.

Empezó a preocuparse un poco.

—Riven, ¿te has dado un golpe en la cabeza?

—No me hace falta darme un golpe en la cabeza para ver que la forma en la que crees que todo el mundo te adora es patológica —le soltó.

Sky dio un paso atrás, abrumado por su vehemencia.

—No creo que me adore todo el mundo —dijo suavemente—. Terra estaba dando un paseo por la naturaleza cuando me la encontré. Solo te decía que me sorprendió...

Matt se unió a la conversación. Llevaba un montón de carteles bajo el brazo.

—¿Terra Harvey? —preguntó—. Así que está coladita por ti, ¿eh, Sky?

Sky recordó la mirada envenenada que le había lanzado Terra el día anterior.

—Para nada.

—¡Ni de coña! —insistió Riven.

Sky miró a Matt con desconfianza. No le gustaba la forma en la que hablaba de algunas chicas y ya lo había visto alguna vez comiéndose a Terra con la mirada mientras ella le llevaba plantas a su padre. Se preguntó si debía advertir a Sam sobre Matt. Si fuera su hermana, a él le gustaría saberlo.

—Supongo que estás ocupado de sobra con Stella —concluyó Matt—. Y hablando de estar ocupado..., coge esto. Me los ha dado ella, junto con unas instrucciones muy concretas que no he escuchado. ¿Quién se ha muerto y la ha convertido en la jefa de todo el mundo?

Riven sonrió.

Detrás de Matt, Stella dijo:

—Haz lo que te digo y nadie tendrá que morir. A menos que te ofrezcas voluntario para pasar a mejor vida.

Sky sonrió. Stella empujó a Matt para que se hiciera a un lado y quedó a la vista de todos, plantada con firmeza con la melena recogida en una trenza alta. Dedicó a Matt una sonrisa brillante a la vez que siniestra y señaló la pared.

—Decora con eficiencia —le ordenó con voz dulce— o atente a las consecuencias.

Matt, obediente, se alejó y cogió una escalerilla. Stella corrió a reunir al comité cual perro pastor y pidió que colgaran guirnaldas y banderines. Ilaria era un hada del aire, así que hacía que las cosas flotaran para que luego Sky saltara y las asegurara en la pared.

—Riven, ¿estás pensando en pintarrajear los carteles de BIENVENIDOS A ALFEA? —preguntó Sky.

—Esto… —murmuró Riven.

Ya estaba manos a la obra, garabateando un cartel de forma que se leyera BIENVENIDAS LAS FEAS. Sky suspiró y frotó el póster con la manga del jersey hasta que hizo desaparecer las pintadas.

—Riven, deja de destrozar los carteles de bienvenida.

—Aguafiestas —refunfuñó Riven, aunque siguió pegando los carteles cuando Stella se fue a dar órdenes a Ricki e Ilaria. A diferencia de Matt, que se escabulló en cuanto tuvo la oportunidad.

A veces, Riven era extrañamente responsable. Sky le sonrió en señal de agradecimiento. Algo sorprendido, Riven le devolvió la sonrisa.

Cuando Stella volvió, acompañada del taconeo retumbante de sus botas, preguntó con voz atronadora:

—¿Dónde se ha metido Matt?

Riven enmudeció, seguramente para que su vida no corriera peligro. Sky se encogió de hombros a modo de disculpa.

—Bueno, ya me las pagará más tarde —dijo Stella con un deje amenazador—. Te necesito ahora.

Sky comenzó a bajar de la escalerilla.

—A ti no —dijo Stella—, a Riven.

Se acercó hasta donde estaba Riven, que empezó a blandir la brocha llena de cola como si quisiera ahuyentarla.

—Nuestro amor es imposible —dijo él—. No me molas.

—Es una tragedia, con lo que me gusta a mí un pringado harapiento con complejo de inferioridad e inseguridades del tamaño de este castillo —repuso Stella mientras tiraba de Riven, agarrándolo por la manga de la chaqueta.

Sky se encogió de hombros y comenzó a recorrer el interior del castillo con los brazos llenos de carteles. Fue colocando los pósteres por aquí y por allá, en sitios que en su opinión encajaban con lo que Stella había definido vagamente como «zonas apropiadas y bien iluminadas». Pero sobre todo, iba buscando a alguien que usara su magia de tierra para desaparecer tras las paredes. Sam era más bien reservado.

Sky siempre se sentía más cómodo en el cuartel de los especialistas que en el castillo. Aquello era muy bonito, incluso antes de que Stella adornase las paredes con brillantes luces titilantes. Había pétalos pintados en la barandilla de cristal del balcón. Espadas y escudos decoraban inútilmente las paredes de piedra, en lugar de emplearse para luchar, y también había antorchas de las que brotaban unas llamas estilizadas, brillantes pero no cálidas. Sky hubiera preferido fuego de verdad.

Los delicados arcos de piedra y las vidrieras que embellecían aquel lugar también lo hacían parecer inadecuado para un soldado. Cuando era un crío, le inquietaba romper alguna ventana o pisar las flores del invernadero. Le preocupaban las cosas frágiles, pero los objetos nunca le parecían hermosos de verdad a menos que fueran fuertes.

Y, por fin, vio un destello verde. Sam Harvey le llevaba los libros a un hada por el pasillo que daba al balcón mientras le contaba un chiste. Sky se les acercó y, de repente, la chica parecía distraída.

—Oye, Sam —dijo Sky—. ¿Podemos hablar?

Sam se quedó ojiplático.

—¡Pero bueno, Sam! —exclamó la chica—. ¿Eres amigo de Sky?

Sam puso ojos de cachorrito.

—Eh…, bueno, sí… —murmuró.

—Pues claro —confirmó Sky—. Amigos del alma, di que sí. Hola, ¿eres la novia de Sam?

—No, no —dijo Sam tímidamente.

La chica se echó la melena azabache hacia atrás.

—Nunca se sabe, Sam. Podríamos salir un día con Stella y Sky…

—Parece divertido —dijo Sky por cortesía—. ¿Te importa dejarnos a solas? Será solo un minuto.

—¡Por supuesto!

La chica cogió sus libros y se marchó visiblemente entusiasmada.

En cambio, Sam parecía afligido de verla marchar.

—¿Pasa algo? —preguntó Sky.

Se sentaron uno al lado del otro en un pequeño banco de madera envejecida. Sam se acurrucó un poco en su vieja chaqueta verde. De pequeños, Sky lo veía trabajar en el jardín con su hermana, Terra. La niña llevaba un blusón y una chaqueta de punto y Sam, la chaqueta verde y una gorra roja; eran un tándem. Una familia perfecta, siempre feliz y en paz. Sky no quería entrometerse.

—Nada, no te preocupes. —El chico parecía triste—. Gracias por echarme una mano. Esa chica me gusta y quería impresionarla un poco, pero al final se ha impresionado demasiado, diría yo. Sin ofender, Sky, pero preferiría gustar a las chicas por lo que soy y no por lo que pueda hacer por ellas, ¿entiendes?

—Supongo —dijo Sky. Sam era discreto y muy listo, aunque no alardeara de eso último.

Sam hizo un gesto de indiferencia.

—Bueno, hay mejores peces en el mar. ¿Puedo ayudarte en algo? No creo que esté a tu altura, pero…

—No, gracias.

—Ya lo suponía.

Sky se armó de valor y lo soltó:

—Mira, quería hablarte de Terra. Hay un chico en los especialistas, Matt, que es un poco capullo con las tías y hoy ha hablado de tu hermana. No me ha gustado ni un pelo y quería ponerte al tanto.

Sam permaneció en silencio durante un buen rato con el rostro pecoso contraído mientras pensaba. Sky esperaba no haber dado la impresión de ser un idiota por decirle a alguien que protegiera a una chica. Tal vez tendría que haber hablado con Terra y no con su hermano, pero como Sam era de su quinta, lo conocía un poco mejor. Además, hablar de pervertidos siempre era un tema delicado.

—Gracias —dijo Sam al cabo de un rato—. Que me lo hayas contado te honra, teniendo en cuenta que no somos amigos. Eres un buen tío. Todo el mundo lo sabe, vaya.

Aunque a Sky no le hubiera sentado del todo bien, se trataba de un halago y no un insulto.

—Gracias —fue lo único que pudo decir.

Sam frunció el ceño.

—¿Crees que ese tío la ha estado molestando?

—No tengo ni idea. ¿No deberías saberlo tú? Siempre estáis juntos.

Sam arrugó aún más la frente.

—No tanto últimamente. He estado muy liado con las clases, conociendo a gente nueva y Terra es…, bueno, ya sabes. Puede ser un poco cargante para quien no la conoce.

Sky se quedó callado. Había oído que cuando uno no tenía nada bueno que decir, era mejor no decir nada.

—Oye —añadió Sam—, yo no soy como tú, ¿sabes?

A Sky le pareció muy borde. A Riven le pegaba decir algo así, pero no a Sam. No eran amigos, pero jamás habría esperado una crueldad así.

—No, ya lo veo —le espetó Sky—. Si yo tuviera una hermana menor, no querría que se separase de mí ni un segundo. Pero a diferencia de ti, yo no tengo familia.

Se levantó del banco y se alejó a un paso veloz. Las luces de las ventanas salientes del castillo se difuminaron hasta desaparecer y, a la que quiso darse cuenta, ya estaba bajando el amplio tramo de escaleras hasta el vestíbulo. Las puertas del castillo eran transparentes como ventanas, y las ventanas verdes en arco del vestíbulo eran tan grandes como las puertas, de manera que la luz del sol se reflejaba en las lámparas de latón que colgaban del techo. El bosque se divisaba detrás del cristal y lo tentaba a huir.

—¡Espera! —gritó Sam tras él, bajando estruendosamente las escaleras.

Sky se dio la vuelta y le esperó. Sam tuvo que detenerse para recuperar el aliento, se puso de cuclillas en un escalón y murmuró que los especialistas eran demasiado rápidos.

—Oye, creo que no me has entendido —dijo Sam una vez que dejó de jadear—. Me refería a que tú no tienes que esforzarte para molar y ser popular.

—Ya, lo que tú digas —dijo Sky—. ¿No crees que lo otro es mucho más importante?

—Sí —musitó Sam—. Lo es. Siento haber sido un imbécil.

Se hizo el silencio entre los dos. Cuando las conversaciones se ponían incómodas, Sky nunca sabía qué decir. Cuando Silva y él se quedaban sin tema de conversación, solían ir a echar un combate con los bastones, las ballestas o las espadas.

Dudaba que Sam quisiera hacer nada de eso.

—No te preocupes —murmuró Sky.

Sam asintió.

—Gracias de nuevo por avisarme, tío.

Y ya. Sam, que creía que Sky llevaba una vida fácil, no tenía nada más que decirle. Sky posó la mirada en el cartel de bienvenida pintarrajeado que Riven había colgado junto a las enredaderas que crecían en los muros. Al menos Riven siempre tenía algo que decir.

—De nada —le dijo a Sam—. Hasta luego.

Bajó trotando hasta el final de la escalera y, en lugar de escapar, recorrió los pasillos y colocó el resto de los carteles para la jornada de puertas abiertas. Tenía que echar una mano. Stella confiaba en él y Sky no quería defraudar a nadie.

LUZ

Stella tenía que admitir que la delincuencia sí servía para algo. Riven le había proporcionado los horarios detallados de la señorita Dowling y su secretario y ahora actuaban en consecuencia. Mientras supervisaba la decoración de la escuela, Stella se había dirigido al escritorio de Callum y lo había visto vacío cuando no debería estarlo. Quizá no fuera nada. Quizá solo intentara aprovecharse de la ausencia de la señorita Dowling. Riven había informado de que la señorita Dowling tardaba treinta minutos en almorzar y su ayudante solo disponía de quince; no era tiempo suficiente ni siquiera para un bocadillo en condiciones.

Pero era algo.

Stella se había llevado a Riven para investigar aquel asunto. Podrían sorprenderla durante la desagradable investigación y si caía, no lo haría sola. Arrastraría a Riven y su mente sucia con ella.

Mientras subían los estrechos escalones de piedra hacia el despacho de la señorita Dowling, Stella decidió que tenían que ponerse de acuerdo.

—Deberíamos tener una explicación preparada por si alguien nos encuentra husmeando.

Él dudó.

—La razón más creíble para que un chico y una chica se escabullan juntos es que estén buscando un sitio apartado para enrollarse. —Se le notaba muy reacio a contar aquella historia.

Hubo una pausa de asombro mientras ambos asimilaban las implicaciones de aquello. Stella se fijó en que él se había puesto la capucha de la sudadera, como si eso hiciera más difícil verlo. Aún no se había burlado de él, aunque se mereciese las burlas, porque la capucha hacía más difícil verle la cara y eso era una ventaja para ella.

—Tienes razón —corroboró Stella al final—, pero prefiero morir a que alguien piense eso de nosotros.

—Lo mismo digo —coincidió él—. Digamos que nos escabullimos para batirnos en duelo.

—Vale —le dijo—. Si alguien pregunta, he ganado yo.

—¿Por qué tienes que ganar tú?

Ella le dedicó una sonrisa radiante.

—¡Solo intento que la historia sea creíble, Riven!

Se adelantó y encabezó la comitiva como debe hacer una princesa. Él resopló y la siguió a regañadientes.

Encontraron el escritorio de Callum todavía vacío. Stella y Riven pasaron junto al archivador gris y se miraron. Ella se negaba a admitirlo, pero no sabía cómo actuar.

—Quizá Callum se haya retrasado. Quizá esté vomitando en el baño —sugirió él—. Puede que haya comido una seta en mal estado. Los humanos son sensibles. —Hizo una pausa—. O tal vez se esté liando a lo loco con la señorita Dowling en su despacho ahora mismo.

Stella soltó un leve gruñido de protesta.

—Pero ¿qué dices? ¡Eres un cretino vulgar y malhablado! Lo más seguro es que ella aún no haya regresado.

Riven se encogió de hombros.

—Solo hay una forma de averiguarlo.

A pesar de su vehemencia, Stella se percató de que Riven no hacía amago siquiera de acercarse al despacho de la directora. Una vez más, la realeza tenía que marcar el camino. Las mujeres tenían que hacerlo porque los hombres eran unos completos inútiles.

Irguió la cabeza, se acercó y empujó la pesada puerta tallada para abrirla. Ambos la cruzaron. Vieron a Callum con la cabeza llena de rizos inclinada sobre el contenido del escritorio de la señorita Dowling: estaba revisando papeles, pasando rápido la pluma por encima de una página.

Cuando Callum levantó la mirada, tenía una expresión de absoluta culpabilidad en el rostro.

Ellos se quedaron plantados en la puerta. Riven intentó coger a Stella de la chaqueta, pero ella se zafó de él —era una prenda de pata de gallo impecable— y le sonrió con inocencia a Callum.

—Ay, no. Lo siento —se disculpó Stella con una voz etérea que significaba «De hecho, no tengo por qué disculparme; soy una princesa»—. Nos hemos metido en el despacho sin querer mientras buscábamos un lugar para...

—Enrollarnos —añadió Riven, preso del pánico.

—¡Retarnos a duelo! —exclamó ella y lo miró con el ceño fruncido—. ¡A muerte!

—Eso, eso —se corrigió él—. Espera, ¿qué?

Stella y Riven se fulminaron con la mirada, dando a entender que se habían decepcionado mutuamente como conspiradores. Entonces, ella se acercó al amplio escritorio de caoba de la señorita Dowling. La ventana circular sobre la mesa era un mosaico de vidrio multicolor, una espiral azul, verde y amarilla. Era muy bonita y creaba una luz tenue de color aguamarina con la que era difícil escudriñar los documentos desde lejos.

—¿Puedo saber por qué está en el despacho de la señorita Dowling? —preguntó Stella—. ¿No lo dejó cerrado?

Callum se apresuró a doblar el papel.

—Obviamente tengo una llave, puesto que soy su secretario. Y no me venga con acusaciones. Puede que su madre sea la gobernante de Solaria, pero la señorita Dowling es la autoridad en Alfea y usted aquí es estudiante antes que princesa. Han entrado sin permiso.

Ella se acercó más al escritorio, con la esperanza de ver lo que Callum había estado escribiendo o cualquiera de los otros papeles colocados sobre el escritorio. Un globo terráqueo le impedía ver.

Con una firmeza sorprendente en alguien con una barbilla tan fina, Callum los acompañó hasta la puerta del despacho de la señorita Dowling. Stella y Riven bajaron en silencio los escalones de piedra hasta que se aseguraron de que Callum ya no podía oírlos y luego se volvieron el uno hacia el otro.

—¿Te has fijado? —siseó él—. Es culpable.

—Callum siempre tiene cara de culpable. Es porque parece un perro salchicha de pelo rojizo con traje de pana —explicó Stella con impaciencia.

—¡Pero más que de costumbre!

Tal vez llevara razón.

—Estoy de acuerdo en que se ha comportado de manera muy sospechosa —convino ella—, pero eso no significa nada. Tal vez esté haciendo algo malo. Quizá le esté robando.

En ese caso, Callum debería ir a la cárcel. ¿Podría una princesa ordenar el arresto de un ciudadano?

—Ella le dio una llave —señaló Riven—. Le estaba escribiendo una notita de amor para escondérsela en el escritorio. Es evidente.

Ahí lo único evidente era que, en el fondo, Riven era un romántico empalagoso. Esperaba que a Ricki le gustara ese rasgo suyo, porque a ella le revolvía el estómago. Recorrieron el pasillo con lentitud, perdidos en sus propios pensamientos. Abajo, más allá de la barandilla del balcón, Stella vio a los estudiantes de Alfea deambular bajo las pancartas y los lazos de la jornada de puertas abiertas.

—Tenemos que zanjar este asunto de una vez por todas.

Hasta que no los veamos juntos en un contexto que pueda prestarse al romance, esto es pura especulación.

Riven frunció el ceño.

—¿Cómo van a encontrarse la señorita Dowling y Callum en un contexto romántico así por casualidad?

—Eso déjamelo a mí —dijo con tranquilidad—. Nos vemos mañana.

Era una verdadera dama. Podía organizar comidas de ocho platos sin despeinarse y preguntar «¿Lo tenéis en una talla treinta y ocho?» en diez idiomas. Para ella, estaría chupado.

—Hasta mañana, princesa —respondió—. Prepárate para perder tus lucecitas.

Ella puso los ojos en blanco y se sacudió la trenza. Riven no merecía nada más.

Mientras bajaba sola por la escalinata, utilizó su poder para probar la magia de luz que había colocado alrededor del castillo con un diseño intrincado y elaborado. La luz se avivaba con cada pisada, la trenza rebotaba con cada zancada y todo el mundo emitía sonidos de asombro que la seguían, como si cada uno de los pasos provocara un eco de adoración.

Había plata en el árbol. Oro en las ventanas curvas, como si las estrellas hubieran venido volando para posarse en los cristales. La magia se expandía por los jardines y la nieve parecía hecha de luz congelada en lugar de agua helada. La luz que llenaba de resplandor las ventanas arqueadas proyectaba las sombras de las ramas cercanas sobre el suelo de piedra, de modo que el castillo parecía rodeado por un seto encantado. En el último peldaño de la escalera, Stella activó la magia que había escondido debajo de cada escalón. El poder brotó y convirtió la escalera en una cascada de resplandor, en una catarata de espuma radiante de la que ella acababa de salir. Mantuvo la cabeza erguida, bañada en una luminosidad intensa.

La gente empezó a aplaudir y los aplausos se elevaron hasta el alto techo abovedado. Algunos se protegieron los ojos con las manos, pero ella se convenció de que estaban saludando a su princesa.

Alfea brillaba por todas partes gracias a ella.

Luces, cámara y acción. La escena estaba preparada para la jornada de puertas abiertas.

El futuro era glorioso.

AGUA

Tratar de cambiar de estilo para la jornada de puertas abiertas había sido un error. Parecía que Aisha hubiera asesinado a una sirena en el baño.

Pensándolo bien, no tenía mucha suerte con los lavabos. Recordó el incidente de los retretes desbordados en su anterior colegio.

Ahora que era demasiado tarde, reconocía que al tomar aquella decisión se había dejado llevar por el pánico. Se había dicho a sí misma que por fin iba a ir a Alfea, donde aprendería a ser un hacha con la magia. Era el momento perfecto para teñirse las trencitas de color azul cobalto, como siempre había pensado hacer aunque nunca se había atrevido. La gente se sorprendía de que a Aisha le gustaran los vestidos vaporosos, las joyas y el maquillaje, así como los deportes, por lo que se sentía un poco cohibida al incorporar un nuevo peinado a esa combinación. Sin embargo, y aunque le preocupaban las expectativas que los demás tuvieran de ella, creía en hacer lo que quería.

Cogió el bote y se puso manos a la obra.

Una hora más tarde, se miraba horrorizada en el espejo. Cuando se percató de que las cosas iban mal, intentó retirar la humedad del tinte con magia. Como el tinte estaba casi seco y sus poderes no eran muy fiables —todavía no—, había acabado con un terrible efecto parcheado de azul fosforito.

—¿Preparada para la jornada de puertas abiertas de Alfea? —le había preguntado antes su entrenador.

—¡Ya me conoce, entrenador! —había contestado ella—. Nací preparada.

Pero no, no estaba segura de estar preparada.

No. Se inclinó hacia delante y miró a la chica que le devolvía la mirada en el espejo. Se concentró en los ojos, no en el pelo. Se esforzó por armarse de sensatez. «Tú puedes, campeona».

Ganar era cuestión de actitud. Quería que esto saliera bien, así que tenía que creer que así sería. Se perdían tantas competiciones por los nervios como por la falta de habilidad. No podía perder los nervios. No tenía por qué estar preparada para ejercer de líder todavía. Nadie le exigiría nada mañana mismo.

133

La jornada de puertas abiertas era un día de presentación para los futuros alumnos, destinada a mostrarles los entresijos de la academia. Era una simple sesión de entrenamiento cuyo objetivo era prepararla para la vida en Alfea.

Se señaló a sí misma en el espejo con severidad.

—Concéntrate en el juego.

¿Qué podría salir mal?

TIERRA

¡Mañana era la jornada de puertas abiertas! Terra estaba sumamente emocionada. ¡Seguro que conocería a su mejor amiga! A ver, tampoco era exigente; si formaban un grupo y se caían bien los unos a los otros por igual, también sería divertido. Podrían hacer fiestas de pijamas en la sala común de su apartamento, construir un fuerte con mantas ¡y hablar de chicos! O si alguna de sus amigas quería hablar de chicas, también estaría allí para escucharla. Estaba muy dispuesta a ser una amiga comprensiva y servicial.

No debía adelantarse a los acontecimientos. Esa noche también sería increíble. Papá le iba a confiar algo enorme y se moría de ganas de enseñárselo a Riven.

Tarareaba mientras se dirigía al invernadero con un cofre lleno de viales recién lavados en los brazos. Tomó el camino más largo para hablar con sus amigas las plantas: pasó por el madroño que llegaba hasta el suelo y bajo el haya púrpura, el tilo y el alerce. Echó un vistazo a los lagos de los especialistas, pero los campos de entrenamiento estaban vacíos y el agua tranquila reflejaba el cielo del atardecer.

—¿Cómo estás, Ter? —le preguntó Sam cuando se puso a su lado.

Ver a su hermano la ponía de mal humor. No lo veía nunca últimamente. Ya ni siquiera comía con ella y con papá.

—Ah, estoy bien —le aseguró ella con voz quebradiza—. Muy ocupada. Al igual que tú con tus nuevos amigos.

Pasaba de ser paciente con él solo porque se hubiera acordado, por fin, de que tenía una hermana. Ella siguió avanzando por la gravilla.

—Hay un especialista que... —empezó Sam.

—¿Qué especialista? —exclamó Terra.

No se le daba bien mentir. Su hermano la miró extrañado; tenía que reconocer que se lo había ganado.

—Vaaale —dijo Sam—. Lo mismo lo has visto por ahí.

—¡No lo conozco! —insistió.

—Es un chico grandote de segundo año que se llama Matt —continuó Sam.

—Ah —dijo ella—. Ah, pues no, no lo conozco. —Eso sonaba demasiado sospechoso, incluso para ella—. No conozco a nadie —añadió con firmeza—. ¿Cómo voy a conocer a la gente de Alfea? Tampoco es que me hayas presentado a tus amigos.

Sam se quedó descolocado.

—Oye, los tiros no van por ahí.

—¿Y por dónde van, Sam?

Él la miró impotente.

—Como te he dicho, estoy ocupada —le repitió—. Ahora,

135

si me disculpas, he quedado con alguien que sí quiere pasar el rato conmigo.

Dejó a su hermano en el jardín y se fue corriendo a buscar cobijo entre las plantitas *Osmanthus*, inspirando el aroma del jazmín para calmarse. Fue examinando las flores como si saludara a viejos conocidos, aunque no podía detenerse. Verónicas, margaritas, rododendros y flores de saúco en un estallido de motitas rosas, como el vestido de una niña que asiste a una fiesta muy esperada.

Estaba muy enfadada con Sam. El hermano que salvaba lombrices de tierra con ella cuando llovía o el sol brillaba con demasiada fuerza. El hermano que era amable con todo el mundo, pero no con ella. Sam era un incordio y lo odiaba.

Cuando abrió la puerta del invernadero, Riven ya estaba allí esperándola con la cabeza apoyada en los brazos.

Ella se apresuró a dejar el cofre en la mesa del laboratorio y se le acercó. Le dio unos golpecitos afectuosos en la cabeza. Él levantó la vista parpadeando con tristeza.

—¿Ha pasado algo malo? —preguntó ella en tono de compasión.

—Sí, he tenido que pasar una hora en compañía de Stella.

—¡Vaya!

Estaba impresionada. Él le lanzó una mirada acusadora.

—No. De «vaya» nada.

—Pues yo creo que Stella es genial —repuso ella—. De una manera aterradora. Muy muy aterradora. Pero es preciosa e impresionante, ¿no te parece?

Riven hizo un gesto de contrariedad.

—Es la personificación de un dolor de muelas.

—Ah —dijo sorprendida—. Creía que a todos los chicos les gustaba Stella. Porque es hermosa como el sol...

Él resopló.

—Sí, tú mírala durante mucho tiempo y te dejará ciega.

—¿Ella también te está acosando?

—¿Cómo que también? —le espetó—. No me está acosando nadie.

—Ya, ya —dijo Terra en un tono tranquilizador. Sabía que debía tener cuidado con el orgullo susceptible de Riven—. Fijo que Stella es horrible.

Echó un vistazo por el invernadero en busca de inspiración para animarlo y se fijó en las cajas que contenían las campánulas de la verdad.

—Así que... estuviste... —A Riven le costaba dar con las palabras adecuadas—. Esto... ¿estuviste con Sky ayer?

Ella se mordió el labio.

—Ah, entonces se dio cuenta, ¿no?

Él parecía sorprendido.

—¡Entonces es cierto!

—Ay, madre —dijo angustiada—. Sí... Supongo que sí.

No podía mentir; no le gustaban nada las mentiras. Mentir a la gente estaba mal, sobre todo si esas personas te importaban. Y entre amigos no había lugar para mentiras.

—¿Te mola o algo así? —murmuró Riven.

Entonces fue ella la que se quedó atónita.

—¡¿Sky?! —Empezó a reírse—. Qué cosas se te ocurren...

¿No se había fijado Riven en que Sky llevaba un pelo muy raro algunas veces? Le caía de una forma extraña. Si Sky fuera una planta, se preguntaría qué le pasaba en los pétalos. Además, cada vez que la veía, decía: «Terra, ¿verdad?». Se conocían de toda la vida, pero se ve que no se acordaba bien de su nombre. Vale, sí, sabía que Sky era genial y todo eso, pero ella también tenía su orgullo.

—Sí, muy ocurrente. —Riven parecía más tranquilo—. Pero... ¿en serio? ¿Por qué? Creía que Sky era el tipo de chico que... que le gustaría a cualquier chica.

—¿Igual que Stella en el caso de los chicos?

Él se quedó patitieso al oírla.

—Qué va, Terra, para nada. Al menos, Sky no da la impresión de comerse la cabeza de alguien después de acostarse con ella.

—Eso es cierto —reconoció ella—. Da menos miedo que Stella. Puede cortarte con la espada, sí, pero ella te lacera con palabras, y eso es mucho peor. También puede quemarte con su magia de luz y hasta hacer que te ejecuten. ¿Puede ejecutar a la gente? Es una princesa, así que supongo que sí. Ay, estoy hablando demasiado —concluyó—. Sé que estoy hablando demasiado.

A veces Terra empezaba a divagar y perdía el hilo de la conversación. Sobre todo, cuando estaba nerviosa o entusiasmada. Era muy consciente de eso, pero siempre se daba cuenta demasiado tarde, cuando ya había hecho el ridículo.

Riven negó con la cabeza.

—No pasa nada.

Tenía la voz más suave que de costumbre. En realidad, no parecía molesto con ella, así que podía estar tranquila. Riven siempre dejaba muy claro cuando estaba molesto por algo.

—A ver, es guapo —continuó ella, analizando el asunto mientras él fruncía el ceño—, pero no atrae.

A Riven se le iluminó la cara.

—Tienes mucha razón, Ter.

No se imaginaba que Sky necesitara que lo cuidaran. Era una especie de héroe, impertérrito cual pared de mármol. Además, cualquiera que soñara con acercarse a él tendría que vérselas con Stella y eso, obviamente, significaría la muerte.

Terra no tenía ningún interés en flirtear con la muerte. Le interesaba el romance, pero siempre había pensado que le llegaría cuando empezara las clases en Alfea. Entonces tendría amigas y un novio. Y así empezaría su vida.

Se dijo que era como una planta, esperando el momento adecuado para florecer. Las plantas eran de lo más románticas: los amantes se regalaban rosas. Muchas flores tenían nombres cariñosos, como los nomeolvides y los pensamientos. Y, por supuesto, las flores servían para hacer pociones de amor. La gente hablaba de plantar besos y no solo se referían al típico beso que le daba su padre en la cabeza cuando la veía encorvada sobre un microscopio en el invernadero o durmiendo en la cama. Se referían a plantar uno, de verdad. Todo lo que se plantaba debía regarse y cuidarse. Y Terra tenía grandes planes para su primer beso.

Algún día, el amor florecería para ella. Conocería a un chico supermajo y sabría que era el indicado.

Hasta entonces, le incomodaba un poco pensar en ello. El padre de Terra le había dicho que ella era de floración tardía, pero no físicamente. Tenía trece años cuando oyó a un par de especialistas hablar de su cuerpo. Uno de ellos había sido favorable y otro no, y no sabía qué le daba más repelús. Sabía lo que decían los chicos de las chicas como ella.

Quería que su novio fuera dulce y amable y que nunca dijera nada malo de nadie. Que nunca pensara nada malo de ella. Quería que la considerara genial y, si fuera posible, también hermosa.

Riven parecía desconcertado.

—Entonces, ¿por qué lo estabas siguiendo?

Se alegró de aclarar la confusión.

—Seguía a Sky para hacerlo tropezar con las enredaderas, porque se mete contigo en las clases. Pero las esquivó, así que estoy trazando un plan alternativo.

Riven se había quedado atónito.

—¿Que estás trazando un qué?

—¡Un plan de venganza!

—Ah, un plan de venganza —dijo bajito.

—No estoy del lado de Sky —le aseguró Terra—, sino del tuyo.

Seguía patidifuso, pero su rictus entre enfurruñado y neutro de siempre se transformó en una leve sonrisa.

—Así que has oído… —empezó—. Mira, he oído a alguien decir algo gracioso. Quizá a ti también te lo parezca. ¿Sabes que estás muy…?

Ella se lo quedó mirando con una confusión total. No tenía ni idea de a qué se refería.

El silencio reinaba entre las plantas del invernadero.

—Da igual —dijo él—. No es importante. Oye, algunas de estas plantas podrían usarse con fines… divertidos, ¿no?

—¿Quieres decir que tienen formas simpáticas?

Por supuesto, Terra había ido a muchos mercados con su padre para comprar frutas a los duendes. Había un puesto de verduras y en él siempre tenían alguna verdura sobre la que alguien hacía un comentario de mal gusto. Había oído que los humanos escribían poemas sobre las frutas de las hadas, pero no había oído que nadie escribiera poemas sobre las verduras graciosas de las hadas.

Él carraspeó.

—No, me refiero a... propósitos recreativos, alucinógenos, vaya.

—¡Riven!

Estaba escandalizada. Luego se preguntó si eso la hacía poco guay. Riven era un año mayor que ella y hasta había ido a la fiesta de los especialistas de último año, aunque se había pasado el resto del fin de semana acurrucado en el invernadero bajo la manta de punto de su abuela, mientras ella le llevaba infusiones. Al parecer, había sido un fiestón de aúpa.

—Quiero decir... eh... —dijo Terra y le dio unas palmaditas en el brazo para demostrarle que no estaba nada tensa—. A ver, sí, hay plantas de ese tipo en el invernadero. Y si de verdad quieres, podría..., pero ¿no deberías pensarlo dos veces antes de... je, je, por decir algo, destrozarte el futuro drogándote sin parar? ¿No crees que sería desperdiciar el potencial que tienes y que les romperías el corazón a quienes se preocupan por ti? Ja, ja. Solo estoy barajando posibilidades, ¿eh? Que a mí me da igual. Mira qué tranquila estoy. Estoy supertranqui. Ja, ja.

Por la mirada que Riven le lanzó, Terra sospechó que no

se había mostrado del todo tranquila. Tras un momento, Riven le preguntó con cierta prudencia:

—¿Crees que tengo potencial?

—¡Muchísimo! —repuso ella, entusiasmada—. Procuro ver tus combates con Sky siempre que puedo.

Él abrió los ojos de par en par.

—Ay, no.

—¡Tienes muy buenos reflejos! —le aseguró—. ¡Aprendes muy rápido lo que te enseña Sky! Más rápido que cualquier otro especialista, creo. Pero, claro, si reduces los reflejos y pones en peligro tu futuro por la presión de tus compañeros y las ganas de pasártelo bien, pues...

—Vale, vale. —Riven se echó a reír—. Di no a las plantas recreativas. Lo he pillado. Ahora no te vengues de mí, terrorista.

Llamar «terrorista» a alguien no era precisamente bonito, pero no se lo había dicho a malas. Era como si le impresionara que Terra pudiera ser una terrorista. Que no lo era, claro, pero era divertido fingirlo.

—Tengo muchas ganas de que llegue la jornada de puertas abiertas —le confesó ella.

Le entraron ganas de pedirle que estuviera a su lado y la hiciera parecer enrollada ante las hadas cuya amistad quería ganarse, pero sabía que no podía.

—Stella va a hacer que sea algo rara —predijo él—. Está desquiciada.

Ella le volvió a dar unas palmaditas. A veces pensaba que Riven tenía una visión demasiado oscura del mundo. Señaló con la cabeza los helechos cercanos y estos extendieron las hojas para acariciarlo también. Las caricias continuarían hasta que consiguiera subirle el ánimo.

Terra le proporcionó otro punto de vista.

—Pues yo creo que será genial. ¿Y sabes qué? Las campánulas de la verdad florecerán esta noche ¡y papá me ha pedido que recoja el polen! Puedes ayudarme —añadió contenta de ofrecerle un incentivo, ya que al parecer Riven tenía un mal día.

Le dio un frasquito y se acercó a la caja de madera, que destapó una última vez para colocar las flores en torno a ambos, formando un círculo plateado, mientras esperaban a que llegara la hora, justo cuando la última estrella apareciera sobre Alfea.

Con la última estrella, las campánulas de la verdad desplegaron sus pétalos vaporosos en las macetitas de piedra, como si fueran hermosas mujeres con velo que salieran de una decena de pozos. El polen surgió del centro de las flores en brillantes cascadas, derramando en el aire pequeñas semillas danzarinas de campánula. Las flores desprendían un brillo plateado oscuro, pero las semillas eran de color fuego, cobalto, ocre, jade y destellos de sol, y pintaban el aire con unos tonos de fantasía. Las campánulas de la verdad tintineaban cual campanillas, como si quisieran proclamar la verdad. Terra rio con deleite y levantó dos frasquitos al tiempo que empezaba a girar con una alegría vertiginosa: tenía la cabeza inclinada hacia atrás y los tonos eléctricos del arcoíris jugueteaban en sus párpados cerrados. Esas plantas habían crecido en un lugar que otras personas creían sucio y oscuro, pero la verdad era belleza y la belleza era verdad.

Terra, radiante de felicidad, se giró para mirar a Riven.

—¡¿No es lo más maravilloso y bonito que hayas visto nunca?!

Él la observaba girar y volvió a esbozar aquella sonrisa tan breve y escasa, aunque esta vez la mantuvo. Quedó atrapada en sus labios, como la flor que se prensa en un libro para conservarla para siempre.

—Sí —dijo con suavidad—. No es lo peor.

MENTE

Ahora que iban de camino, Musa estaba convencida de que la jornada de puertas abiertas de Alfea sería un fracaso. Se envolvió con su chaqueta morada y se preguntó por qué se había molestado en ir.

El autocar que llevaba a los futuros estudiantes a Alfea era de color calabaza. No tenía forma de calabaza, sino de autobús escolar normal, pero Musa se preguntó si era así como empezaban los cuentos sobre cómo llegaba una al castillo mágico.

Miró a los demás ocupantes del autocar calabaza. Hacía tiempo que no estaba tan cerca de tanta gente, al menos a propósito, y la proximidad la desorientaba. Había una chica con parches azules en las trencitas, lo cual molaba mucho, pero debajo de aquellos tonos negros y azules tan divertidos, Musa percibió un objetivo determinado y una preocupación frenética. Saltó de aquella mente a la de una chica de pelo cobrizo y ojos oscuros que pensaba en secretos y luego se apartó a toda prisa. No quería saber nada de secretos. Un chico con el pelo rapado miraba por la ventana pensando en miedo, pánico y... ¿más secretos?

No creía que ninguno de aquellos posibles estudiantes fuera un hada de la mente como ella. Enarcó las cejas al verse reflejada en la ventana. Era la única persona consciente de ello. ¿No había nadie a bordo del autocar escolar que no tuviera un oscuro secreto?

Probablemente no. La gente era así de culpable. Ella misma se sentía así.

Prefería viajar sola, pero ahí estaba, embutida junto a los demás en aquel largo viaje que bordeaba acantilados y cruzaba bosques.

Si la multitud fuera un bosque, ella sería un árbol protegido por una alambrada. Los otros árboles podrían intentar acercarse y tocarla con las ramas a través de la alambrada, molestándola con el incesante frufrú de las hojas, pero no tenía por qué formar parte del bosque. Había escogido no serlo.

Probaría esta academia para aprender a protegerse mejor, pero no le interesaba conocer a la gente. Prefería mantener a distancia a todo el mundo, que era lo más seguro. Para los demás y para ella misma.

Su madre y ella habían hecho muchos viajes en coche, cantando al ritmo de rock clásico, pero Musa ya no pensaba en ella. Se puso los auriculares y dejó que la música ahogara todos los pensamientos, incluso los suyos. La música era lo único que la reconfortaba. A veces le parecía más mágica que su propia capacidad de leer mentes. Más que una habilidad, era una maldición.

El ritmo furioso de la música la tranquilizaba y se sumió en él mientras tamborileaba con los dedos en el cristal. Entonces el autocar giró en la sinuosa carretera que rodeaba las altas montañas de granito salpicadas de árboles y Alfea se alzó ante ella.

Había leído los folletos, sabía qué esperar y se dejaba impresionar con facilidad.

Bajo lo que todavía era un cielo frío y estrellado, había bosques profundos y oscuros, con la Barrera mágica escondida entre los pinos, robles y abetos que enmarcaban la luna a medida que esta palidecía en el cielo, y se alzaba un castillo con aspecto de fortaleza impresionante. Alfea parecía mágica, sí, pero más que mágica, parecía remota. Muy alejada de las calles bulliciosas, de las mentes ocupadas y del dolor.

Alfea le ofrecía una posibilidad de paz. Hacía mucho tiempo que Musa no se sentía en paz.

EL CORAZÓN
ENVEJECE

El día agonizaba en el mundo humano. La línea roja en el horizonte, como la sangre que rebosa por el borde de un cáliz, no se debía únicamente al sol del atardecer. Lo que se proyectaba en las palmeras y torres blancas era la luz de unas llamas auténticas.

Farah había leído que los incendios eran frecuentes en California, así que le prestó poca atención al horizonte. Y aunque se la hubiera prestado, tampoco habría sabido que ese fuego se había originado en la tienda de antigüedades donde aquel mismo día habían engañado a una mujer.

Cansada tras su infructuosa búsqueda, la directora de Alfea dio la espalda a los incendios y partió hacia los reinos de las hadas.

PEOR NO SE PUEDE OBRAR

Estimado señor:

Me temo que debo informarle de que algunos de los alumnos de Alfea sospechan de mí. Había aprovechado la ausencia de Dowling para revisar sus papeles secretos y los estaba copiando para usted cuando la princesa Stella y un especialista, que creo que es el compañero de habitación de Sky, entraron de sopetón en el despacho y me interrumpieron. Pusieron excusas muy poco convincentes para justificar su presencia allí, pero yo los calé de inmediato.

No me han informado de que la princesa esté al tanto de nuestros tratos con el palacio, así que puede que esté actuando en nombre de otros.

Es una desgracia y sé que algún día cambiará, pero por ahora Sky es leal hasta el fanatismo a Silva, director de los especialistas, que a su vez es el perrito faldero de Dowling. Es fundamental que averigüe lo que creen que saben estos dos críos espías.

Por suerte, el profesor Harvey ha recolectado campánulas de la verdad esta misma tarde y ha elaborado una poción de la verdad. No será difícil obtenerla y administrársela a los fisgones.

Para que luego diga que nunca tomo la iniciativa.

Reciba un cordial saludo,

CALLUM HUNTER

149

CUENTO
DE HADAS N.º 4

Aceptarás cuanto te ofrezcan
y soñarás que todo el mundo es tu amigo,
sufrirás como sufrió tu madre,
y acabarás igual de roto.

W. B. YEATS

ESPECIALISTA

La mañana de la jornada de puertas abiertas, Sky corrió un circuito por Alfea al alba, como todos los días. Le gustaban esos momentos luminosos y tranquilos en que la luz del sol iluminaba los acantilados, pero no los bosques profundos y oscuros, y el camino frente a él estaba despejado.

Al regresar, el profesor Harvey lo esperaba frente al cuartel de los especialistas con una bandeja de cartón en la que llevaba cafés en vasos de papel desechables. La cafetería ofrecía café, pero solo a ciertas horas, y en ese momento era demasiado temprano. Además, al echar un vistazo bajo la tapa, Sky observó que llevaban crema y canela.

—Hemos recibido noticias de la señorita Dowling —anunció el profesor Harvey—. Está volviendo. Quería haceros llegar este pequeño obsequio dirigido a quienes Callum llamó «el comité», si mal no recuerdo, para agradeceros el buen trabajo que habéis llevado a cabo organizando la jornada de puertas abiertas desde que ella tuvo que ausentarse.

Sky sonrió.

—Genial. Gracias, profesor Harvey.

El profesor le entregó los cafés y le revolvió el pelo, que le cayó sobre los ojos: era la posición favorita del pelo de Sky, que se negaba a ser tan disciplinado como el resto de él. El profesor Harvey era extremadamente agradable, una especie de padre apacible que siempre vestía camisas de franela a cuadros algo raídas. Sky opinaba que Sam y Terra tenían una gran suerte al contar con él.

Sky subió a toda prisa la escalera del cuartel y entró en su cuarto canturreando. Dejó los cafés en el escritorio grande que había bajo la ventana, entre su cama y la de Riven.

—*Guebasa* —balbuceó Riven al tiempo que emergía de un nido de mantas enmarañadas—. ¿Para mí?

—¿Café?

—Para mí —repitió Riven lanzando manotazos al aire.

Sky se compadeció de él y le colocó un café en la mano. Riven le dio un buen sorbo. Sky se cambió, se peinó el pelo para que dejase de caerle sobre los ojos y tomó su vaso de café. Tal vez el profesor Harvey o la señorita Dowling le dijeran a Silva que, en su opinión, Sky había hecho un buen trabajo con el comité organizador de la jornada de puertas abiertas. Silva se alegraría al saber que la señorita Dowling iba a volver, y quizá también estaría complacido con Sky.

—¿Para qué te molestas en peinarte? —preguntó Riven—. Te queda mejor en cuanto te levantas de la cama que a mí tras una hora tratando de conseguir un peinado de recién levantado.

—Vaya —dijo Sky, sorprendido. Riven también parecía algo azorado.

Sin embargo, era un comentario amable, ¿verdad? Sky asintió para agradecérselo y le dedicó una breve sonrisa a Riven. De todos modos, sabía perfectamente que Riven dedicaba bastante tiempo a cuidar su aspecto. Sky tenía la desgracia de estar siempre presente cuando Riven se tomaba selfis para Instagram.

—Vamos, hay que ponerse en marcha —lo urgió Sky—.

Stella querrá que lo hagamos todo a la perfección. Siempre quiere que esté todo perfecto, y siempre tengo la sensación de que no cumplo con sus elevadas expectativas, aunque en el fondo siempre me he sentido así.

Riven se atragantó con el café.

—Oye, que ya me estoy levantando. ¡No me retrasaré! ¡Puedes ahorrarte el chantaje emocional!

No pretendía hacerle un chantaje emocional a Riven. De hecho, ni siquiera pretendía decir esas palabras. Frunció el ceño y miró el vaso de café.

Riven se puso la chaqueta de cuero encima de la sudadera con capucha y miró a Sky de reojo con cierta preocupación. Se reunieron con Stella en el patio. A esas alturas, Stella y Riven habían desarrollado un método rápido para expresar el desagrado mutuo que se inspiraban, y se dedicaban fugaces sonrisas despectivas, arrugaban la nariz y fruncían los labios durante un instante ínfimo, tras lo cual cada uno seguía con su vida.

Sky dio a Stella su café y un beso.

—Estás preciosa —le dijo—. Siempre pensé que si lograba salvar a la princesa me convertiría en un héroe, pero empiezo a creer que no quieres que te salve.

Stella buscó a Riven con sus ojos azul cristalino, pero él se encogió de hombros.

—No sé por qué habla así. Supongo que la presión de salir contigo le ha acabado fundiendo los sesos. No me sorprende. Y admito que tiene razón: estás cañón, y eso, pero me duelen los ojos con tanta lentejuela. Ah, y además eres una chalada que da miedo.

El vestido de la madre de Stella también era de lo más chispeante. Sky suponía que la reina Luna podía ser el icono de la moda para Stella y no su modelo a seguir en la vida, pero seguía preocupado, y se sorprendió queriendo expresarlo en voz alta. Le resultaba sorprendentemente complicado mantener la boca cerrada.

—Riven, si no entiendes de alta costura no es mi problema —replicó Stella malhumorada—. De todos modos, este no es mi vestido oficial de la jornada de puertas abiertas. Me cambio al menos dos veces al día para estar siempre presentable por si se presenta una oportunidad para tomarme una fotografía y, según parece, tú solo tienes un par de tejanos sudados. No somos iguales.

Stella alargó la mano que le quedaba libre y le acarició la espalda a Sky con un gesto posesivo.

—Sky, no puedes sufrir una crisis de confianza y pensar que tal vez no me mereces justo durante la jornada de puertas abiertas. No tengo tiempo para ocuparme de esto. Eres el chico más guapo de Alfea, aunque la competencia es más bien escasa. Enhorabuena. ¡Te has llevado a la princesa!

Rodeó uno de los bancos bajos y señaló imperiosamente una banderola que se había descolgado de una columna.

—Mi más sentido pésame, te has llevado a la princesa —masculló Riven y, a su pesar, se dispuso a colocar bien la banderola siguiendo las órdenes de Stella.

Sky apoyó una mano en la pared.

—¿Alguien más se siente… un poco raro?

—No, yo me siento totalmente normal —respondió Riven.

—Yo no estoy normal… —dijo Stella.

—Se avecina una sorpresa… —intervino Riven.

—… ¡Estoy totalmente concentrada en la jornada de puertas abiertas! —trinó Stella—. Si me disculpáis, tengo que ir a probarme el vestido oficial y a peinarme. Espero poder fiarme de vosotros para que os ocupéis de dar los toques finales al trabajo que hemos hecho. Confío en ti completamente, Sky. No sé qué haría si un día dejaras de ser tan fiable. Y Riven, espero que un día te caigas de las plataformas donde practicáis combate y te ahogues en el lago para que Sky se pueda buscar un amigo mejor que tú.

Riven saludó a Stella alzando el vaso de café y ella se despidió de Sky con un gesto y volvió a subir la escalera.

—Te ayudo con la banderola —se ofreció Sky.

Recuperó la calma y se sirvió de su altura para devolver la banderola a su lugar. Riven resopló y lo dejó hacer.

—Siempre tienes que alardear.

—No estoy alardeando de nada —protestó Sky, dolido—. Solo intento hacer las cosas lo mejor que puedo, Riv.

Bajó de un salto del banco al que se había encaramado y aterrizó junto a Riven, que dio un paso atrás.

—Puede que tengas razón, pero a ojos de todos los demás estás alardeando. Por cierto, siempre me he preguntado por qué me llamas Riv. Lo siento si te parece que todos los nombres deberían ser de una sola sílaba, *Sky*, pero el mío solo tiene dos. ¿Tanto te cuesta decirlo entero?

Estaba claro que aquello no era normal. Sky frunció el ceño e intentó espabilarse y pensar con claridad. Algo no encajaba, pero no sabía de qué se trataba. No lograba concentrarse más que en la intensa necesidad de decir la verdad que lo acuciaba, pero aquello no era nada malo.

Parpadeó y dijo:

—Te llamo Riv porque somos amigos.

—¿Amigos? —repitió Riven. El matiz cínico de incredulidad que le impregnaba la voz era claramente sincero—. Te pasas el día poniéndome en ridículo y pegándome.

¡No era cierto! Al ver a Riven, que era más pequeño y algo enclenque, había querido acogerlo bajo su ala. Había intentado hacer lo correcto, pero, por lo visto, había fracasado una vez más.

—Yo... —comenzó Sky—. No, intento ayudarte...

—Yo no lo veo igual. Jamás te he considerado mi amigo.

Riven frunció los labios y le lanzó una mirada fría. Sky sabía que a veces Riven decía cosas que en realidad no sentía.

Estaba bastante seguro de que aquello sí lo sentía.

Sky siempre quería ayudar, pero, al parecer, no había sido de ayuda.

—Tengo que irme —balbuceó, y se dirigió a los lagos de los especialistas, en busca de consuelo y de Silva.

Silva estaba allí, como tantas veces, porque se sentía más cómodo en la zona de entrenamiento que en su habitación austera e impersonal. Silva contemplaba con los ojos entornados los charcos de luz que habían distribuido a intervalos estratégicos en los lagos y que hacían que el agua centellease como si fuera un espejo en el que las estrellas se reflejaban incluso de día.

—Es innegable que tu Stella adora las chispas —observó Silva mientras Sky se le acercaba.

—Se supone que las hadas deben mejorar el mundo —dijo Sky—. ¿Acaso no es el motivo por el que luchamos para protegerlas? ¿Qué sentido tiene luchar a menos que el mundo vaya a ser un lugar mejor?

A Silva le centellearon los ojos como dos balizas azules, en un gesto de desaprobación. Apretó los dientes, decidido a fingir que Sky no había dicho esa sarta de tonterías.

—Bien —replicó secamente—. Parece que no te vendría mal un combate de entrenamiento antes de empezar ese paripé sin sentido que es la jornada de puertas abiertas.

—¿Por qué crees que no tiene sentido? —preguntó Sky—. Stella ha trabajado duro para que sea un día hermoso. Yo he hecho todo lo posible para ayudarla. ¿Qué tiene de malo mostrar a los estudiantes que son bienvenidos en Alfea?

En lugar de responder de inmediato, Silva tomó un bastón y lo miró con el ceño fruncido. Todas las conversaciones que mantenían terminaban con una batalla de uno u otro tipo.

—Les demuestro que son bienvenidos enseñándoles a pelear —contestó Silva brevemente—. Tu padre…

—¡Ya empezamos con mi padre! —estalló Sky—. «Tu padre era un gran luchador y murió luchando». Es cuanto me explicas de él, que luchaba. ¿Por qué no me cuentas nunca cosas reales?

Silva curvó repentinamente hacia abajo las comisuras de los labios. En condiciones normales, Sky habría dado un paso atrás ante una muestra de descontento como aquella y habría fingido que sus preguntas no tenían relevancia alguna, pero, por algún motivo, ese día era incapaz de fingir.

159

—¿Por qué no me cuentas nunca detalles que fueran importantes de veras? —aclaró Sky.

—¿Y qué hay más real que la vida y la muerte? —preguntó Silva en un tono irritado.

Estaban de pie uno frente al otro como si estuvieran a punto de pelear. Una pelea en serio, que no se detendría hasta que alguien sangrase.

—¿Mi padre te importaba? —le espetó Sky—. ¿Te importo yo?

Se contuvo antes de preguntarle si lo quería. Nunca podría hacerle esa pregunta a Silva. Antes habría preferido cortarse la lengua.

La situación ya era bastante mala.

—¡Sky! —exclamó Silva, que sonaba estupefacto.

Debía parar. Silva se iba a sentir muy decepcionado con él por ese incidente.

—A mí tú me importas —afirmó Sky en un tono desesperado—. Por eso te pregunté si podía llamarte papá cuando era pequeño, pero no me lo consentiste. Ni siquiera sé si me aprecias.

Silva empalideció.

—No estás bien. Vamos a que te vea el profesor Harvey.

No. No podía quedarse con Silva o diría más cosas horribles. Sky todavía no lamentaba lo que había dicho, pero lo carcomía el convencimiento pavoroso de que pronto sería así, de que pronto se arrepentiría de sus palabras. ¿Y si no podía volver a mirar a Silva a la cara? ¿Y si Silva acababa deseando haber abandonado a Sky en Eraklyon?

Silva lo había criado para ser un guerrero valeroso, pero

esa mañana, Sky dio media vuelta y echó a correr. Corrió como nunca tratando de batir los récords de velocidad de Silva, recorrió la avenida flanqueada por árboles y pasó junto al autobús naranja que transportaba a los alumnos potenciales que acudían a la jornada de puertas abiertas.

AGUA

El chico blanco que acababa de pasar como una exhalación junto a la ventanilla de Aisha, con el pelo rubio alisado por el viento, corría más que el autobús. Debía de ser un especialista.

—Caramba, yo no corro tanto —masculló el muchacho del otro lado del pasillo.

Aisha lo miró y arqueó una ceja mostrando una curiosidad afable.

—¿Es un especialista?

El chico sonrió tímidamente a modo de disculpa y le mostró los dientes blancos.

—Supongo. No estoy seguro.

Aisha le dedicó una sonrisa compasiva.

—Me han dicho que el entrenamiento es muy duro.

La sonrisa desapareció.

—Eso no lo dudo —dijo él en tono distante.

—Por cierto, me llamo Aisha.

—Yo me llamo Dane —murmuró el muchacho, pero Aisha ya había perdido su atención. El joven, que llevaba el pelo moreno muy corto, se había girado de nuevo hacia la ventana.

No podía echárselo en cara. Aisha también miró a través del cristal y se quedó embelesada contemplando cómo se abrían las verjas de Alfea para dejarlos pasar.

Las puertas eran de hierro negro con hojas doradas que se enroscaban sobre un calado de espinas de color ébano. Coronaba las puertas una gran «A» áurea con intricadas espadas cruzadas que atravesaban el emblema de Alfea. El autobús llegó al final de la larga avenida arbolada y franqueó las puertas negras y doradas.

Un camino de grava sinuoso conducía a un imponente edificio gris con torres y pináculos. Contaba con ventanas de todo tipo: ventanas a bisagra, de aguilón y saledizas; hendiduras de flecha y troneras que debían dejar pasar la luz del sol dándole todas las formas posibles. El autobús rodeó el círculo de césped del camino de grava y se detuvo frente a las puertas de Alfea.

Al bajar del autobús, los recién llegados se encontraron en un patio con farolas negras de hierro y hiedra verde que se encaramaba por las paredes grises. En el balcón situado justo encima de las puertas enormes se había desplegado una bandera dorada, pero Aisha no distinguía los símbolos que lucía porque junto a ella se alzaba una pancarta que rezaba en letras brillantes y fluidas: ¡BIENVENIDOS A ALFEA!

Aquello era obra de alguien muy motivado.

Delante del autobús, Aisha y los demás se encontraron de pie frente a Alfea. La escuela era enorme, como un país entero encerrado entre muros de piedra. Las torres y las chimeneas eran las montañas y las ventanas panorámicas hacían las veces de lagos. Contemplando el castillo, Aisha se sentía muy pequeña.

Ante las puertas abiertas del centro había dos hombres de pie bajo un farol. Uno de ellos, calvo y vestido con una chaqueta de *tweed* con coderas sobre una camisa de franela, los observaba con unos ojos tranquilos y amables tras los cristales de unas gafas redondas. El otro hombre, de ojos azules penetrantes y pelo muy corto aparentemente engominado a toda prisa, iba vestido de negro y parecía irritado incluso estando en posición de firmes.

—Hola, hola a todos —saludó el hombre de las gafas—. Soy el profesor Harvey y este es el director de especialistas Silva.

El hombre de negro asintió con aspereza y desvió la mirada como si la presentación le resultase una interacción personal vergonzante.

El profesor Harvey siguió hablando, pero todo el mundo, incluida Aisha, había desviado la mirada hacia lo que se veía tras él.

Más allá de las puertas abiertas de par en par había un salón y una escalera iluminada como una galaxia al nacer. Una chica con un vestido de seda de tonos bronce y melocotón, los colores de las nubes al alba, bajaba los escalones estrellados. Llevaba el cabello rubio en una trenza francesa sujeta con una cinta dorada. Al llegar al pie de la escalera, flanqueada por dos guivernos de piedra, abrió los brazos como si quisiera mostrar la escuela o simplemente mostrarse a sí misma. Lucía en una mano un gran anillo de oro con un diseño complejo que irradiaba magia.

Aisha sospechaba que había dado con el cerebro que se ocultaba tras la centelleante pancarta de bienvenida.

LUZ

Stella llegó al pie de la escalera envuelta en un manto de luz mágica y rayos de sol, y encontró junto a la entrada a un grupo de críos boquiabiertos que acudían a la jornada de puertas abiertas. Los entendía perfectamente. Debían de estar abrumados.

—Bienvenidos a Alfea —dijo en su tono más cortés, al tiempo que se acercaba a la chica con la expresión más perdida y miedosa, y la indumentaria más desafortunada—. Veo que vas a necesitar una guía. Si me lo permites, te enseñaré la escuela.

Se hizo un silencio peculiar.

—Conozco bien Alfea —afirmó la muchacha—. Vivo aquí, Stella.

Stella frunció el ceño.

—¿De verdad?

—Soy Terra Harvey —se presentó la chica—. La hija del profesor Harvey. He vivido aquí desde que nací. Ya nos conocemos.

—No lo recuerdo —murmuró Stella—. Y seguro que me acordaría de alguien con un gusto tan espantoso para la ropa.

Terra abrió los ojos como platos, dolida. No le hizo falta forzar una expresión de cervatillo herido. ¡Si Stella no era sincera con ella, Terra no podría intentar mejorar! Sin embargo, tal vez Stella había sido demasiado dura. Quería que todo el mundo disfrutase la jornada de puertas abiertas.

—Me hago yo misma la ropa —susurró Terra.

—Puede que tu indumentaria de hoy sea algo puntual —observó Stella con generosidad—. A lo mejor es el único estampado floral que tienes en el armario.

A Terra le temblaban los labios.

—Me encantan las flores. ¿Hay alguien a quien no le gusten? Son hermosas y útiles. Precisamente hace poco recibimos en el invernadero un cargamento de campánulas de la verdad que florecieron anoche, y me dieron permiso para que me ocupase de recoger el polen. Hay que cerrar los viales con mucho cuidado para evitar que la verdad se escape. De hecho, el ciclo de la campanilla de la verdad es muy interesante...

Stella se sintió obligada a interrumpirla:

—No, no lo es. Estás muy equivocada, eres extremadamente aburrida y deberías cerrar el pico un rato. ¡Disfruta la jornada de puertas abiertas!

Despidió a Terra con un ademán firme y buscó a alguien más útil y menos parlanchín a su alrededor. Había pensado en un hada de tierra para llevar a cabo su plan, pero, pensándolo mejor, no le parecía que la luz y la tierra formasen una gran combinación. Un hada del agua sería mucho más adecuada. O tal vez un hada de aire. Había muchas posibilidades abiertas.

Stella peinó la multitud con la mirada y encontró a las tres candidatas con mayor potencial entre las nuevas hadas.

Se fijó en una chica con un vestido suelto hasta media pierna en tonos púrpura y azul, los colores de un pavo real, que le combinaban de forma muy favorecedora con la piel morena, y una chaqueta tejana demasiado informal para el gusto de Stella. Llevaba distintas partes del pelo teñidas de azul, y aunque Stella no acababa de entender su peinado alternativo, si estaba bastante segura de saber lo que significaba el color azul. Un hada del agua.

—¿Nombre? —preguntó.

—Aisha —respondió el hada del agua.

Stella valoró la segunda opción, una chica de piel cetrina, barbilla partida y ojos brillantes y astutos. Jugueteaba distraídamente haciendo circular aire alrededor de sus dedos, vestía una falda a cuadros y tenía un aire de empollona elegante.

—¿Nombre? —preguntó al hada de aire.

La chica le hizo un saludo militar burlón.

—¡Beatrix, señora! ¡A sus órdenes, señora!

No, Stella decidió descartar la segunda opción. La actitud de Beatrix le recordaba desagradablemente a Riven.

Stella examinó la tercera posibilidad: una chica baja de piel aceitunada que se revolvía bajo la cazadora como un erizo enfurecido. Tenía un cabello peculiar, pero le quedaba bien. Stella no acababa de saber qué tipo de hada era, pero el misterio era intrigante.

—¿Cómo te llamas? —preguntó con una sonrisa magnánima.

—Musa —respondió el hada misteriosa, y miró a Stella con una intensidad tan inquietante que la hizo retroceder un paso en contra de su voluntad. No quería que la mirasen de ese modo—. Y no sé qué quieres de mí, pero la respuesta es no. No, gracias. No me interesa. Nada. Ni hablar.

Estupendo, la decisión estaba tomada. Stella dio la espalda a Beatrix y Musa y se acercó a Aisha, el hada del agua, como un barco dorado que confía en que el mar lo lleve a la victoria.

—¡Hola! Me llamo Stella.

La chica abrió los ojos como platos.

—¿Stella? ¿La princesa Stella?

—La misma —confirmó—. La futura reina. ¡No pretendo presumir! No pretendía intimidarte. Bueno, la verdad es que no me importa intimidarte, pero no quería decir eso.

La chica la miraba atónita. ¿Se había pasado de la raya? Stella se rio jovialmente para dejar atrás el momento incómodo y decidió que no había ido demasiado lejos. Había sido sincera y encantadora.

—Creo que de momento estoy bien —dijo la chica—. Si me resultas extremadamente intimidante en el futuro, serás la primera en saberlo.

—¡Aisha! —exclamó Stella—. ¡Es un nombre muy bonito! Eres un hada del agua, ¿verdad?

Aisha vaciló un instante.

—Sí.

—Espléndido —dijo Stella, y la cogió del brazo—. Acompáñame.

Aisha se liberó de un tirón y le dedicó a Stella una mirada

tan transparente como irritante. ¿Tanto le costaba hacerle un favor a Stella y dejarse deslumbrar por la realeza?

—¿Te importa si te pregunto por qué?

—Bueno… —comenzó Stella, pensando a toda velocidad—. ¡En realidad soy una orientadora!

Estuvo a punto de atragantarse al decirlo, lo cual era una reacción extraña. Tal vez se sintiera culpable por mentir a una chica más joven que ella, aunque en realidad no había mentido. En cierto sentido, Stella era mentora de toda la escuela. Enseñaba a los demás a ser fabulosos predicando con el ejemplo. Optó por poner punto final a las mentirijillas limitándose a explicar su plan.

—Te voy a enseñar la escuela y te pediré que me hagas una pequeña demostración de tus habilidades.

Al oírla mencionar sus habilidades, Aisha bajó la mirada al suelo. Por lo visto, a alguien le daba vergüenza hablar de sus poderes, pensó Stella, saboreando al fin la victoria.

—No querrás decepcionar a tu mentora, ¿verdad?

—¡No! —exclamó Aisha—. ¡Claro que no!

—Excelente —dijo Stella.

Permaneció junto a Aisha durante todo el recorrido por el castillo y observó al grupo, que paseaba la mirada por la magia de luz que parpadeaba en los arcos y se entrelazaba, como si se tratara de radiantes plantas enredaderas, en las columnas del salón y el patio. Stella se regodeaba por dentro. Su madre siempre decía que lo más importante era lo que la gente veía y, gracias a Stella, el grupo de nuevos alumnos contemplaba la mejor versión posible de Alfea.

—¿Qué hay allí? —preguntó Aisha.

Stella se prestó amablemente a compartir sus conocimientos.

—El ala este abandonada. No nos acercamos a ella precisamente porque está abandonada.

—¿Es una estructura peligrosa? —preguntó Aisha, el hada del agua gafe, arrugando la nariz—. Si lo es, ¿no deberían derrumbarla?

—Me han dicho que celebran fiestas dentro —comentó Beatrix tras ellas.

Ricki caminaba detrás de Beatrix, cumpliendo escrupulosamente con su parte del trabajo en la jornada de puertas abiertas y ocupándose de las hadas más jóvenes. Al oír el comentario de Beatrix, Ricki silbó y desvió la mirada con una expresión culpable hacia las viejas puertas rojas del granero. El profesor Harvey se volvió y lanzó una mirada interrogante con sus ojos afables desde detrás del cristal de las gafas. Probablemente no lo invitaban a las fiestas ni siquiera cuando era joven.

Stella abrió la boca para decir: «Nunca he oído hablar de esas fiestas», pero se sorprendió diciendo:

—Una vez fui a una de esas fiestas. No las recomiendo especialmente.

O el profesor Harvey no la oyó o decidió no dar importancia al asunto. Stella cerró la boca y apretó los labios con fuerza para evitar que uno de esos extraños arrebatos de sinceridad la metieran en problemas.

Llegado el momento, Stella volvió a coger a Aisha por el brazo y la llevó a la parte de atrás del castillo, donde se hallaban el lago de los especialistas y el césped suave como un manto de seda verde. Bajo la cuidadosa supervisión de Stella, habían iluminado los exteriores con la misma distribución estratégica de luces que en el interior del centro. Una estatua alada sujetaba un cetro resplandeciente y las plataformas de los especialistas refulgían.

Era el momento de Stella. El resto del grupo observaba el entrenamiento de los especialistas, mientras Sky reunía al resto y se ocupaba de ellos. Podía confiar en él para que mantuviese a todo el mundo ocupado. No le había pedido que distrajera a nadie, porque engañar a los demás no encajaba en la naturaleza de Sky, pero Stella estaba segura de que Sky congregaría a cualquier patito perdido y lo conduciría junto a los demás.

Ojalá estuviese allí la señorita Dowling. Según Sky, el profesor Harvey había dicho que iba a volver ese día, así que ¿dónde se había metido?

Stella había dejado una nota dirigida a la señora Dowling, firmada por Callum, en el escritorio de la profesora, y otra dirigida a Callum, firmada por la señorita Dowling, en el escritorio del secretario. Las notas no eran explícitamente románticas, pero ambas proponían a la persona a quien iban destinadas un encuentro en el laberinto. Si Riven tenía razón, sería una cita romántica, pero si tenía razón Stella… Callum estaba abocado a pasar un mal rato.

—¿Y qué pasa si me niego a ayudarte? —preguntó Aisha, la chica nueva.

—¿Qué sentido tendría negarte? —replicó Stella—. Quieres mostrar a todo el mundo de lo que eres capaz, ¿no? Quieres demostrar que tu lugar está aquí.

Aisha la miró fijamente, como si Stella le hubiese iluminado el alma con un foco en lugar de limitarse a describir cómo se sentía ella misma cuando estaba en Alfea y cómo se imaginaba que también debían de sentirse los demás.

Stella sonrió a la otra chica con arrogancia.

—Lo tomaré como un sí.

Hacía diez minutos que Callum Hunter, con aspecto vagamente azorado, había cruzado el césped en dirección al laberinto. No le había parecido un hombre camino de una cita romántica.

—Ni siquiera entiendo por qué quieres que lo haga —continuó Aisha.

—Aisha, Aisha, Aisha —dijo Stella—. Si ni siquiera podemos tener el control de cada minúsculo detalle de nuestras vidas, ¿qué nos queda?

—¿Salud emocional? —sugirió Aisha.

—No sé de qué estás hablando —respondió Stella, y enseguida frunció un poco el ceño, disgustada consigo misma. Ese comentario no proyectaba su habitual actitud chic.

La señorita Dowling apareció por fin, caminando a toda prisa a través del césped con un vestido entallado de color verde oliva con bolsillos. La señorita Dowling tenía estilo, aunque de una forma discreta. La sencillez no era el fuerte de Stella, pero sabía valorarla.

«No se preocupe, señorita Dowling», pensó Stella. «Demostraré que las acusaciones injuriosas de Riven son falsas. ¡Y después lo obligaré a hacer todo lo que le ordene!».

Sin embargo, cada minuto que pasaba confiaba menos en que Riven fuera la pareja adecuada para Ricki.

Aisha escrutaba a Stella con desconfianza.

—¿Qué pasa?

Stella siguió a la señorita Dowling con la mirada.

—Pensaba lo increíblemente segura de sí misma que debe estar una persona para no desear desesperadamente que la mire todo el mundo. Mi madre cree que, si la gente no te mira, nada de lo que hagas cuenta. Y lo que yo haga tiene que contar. No quiero desvanecerme en la oscuridad.

Aisha parpadeó.

—¿Perdona?

Era normal que Aisha estuviera desconcertada, porque ¡lo que Stella estaba diciendo era escandaloso! Stella volvió la vista hacia el otro lado de las aguas resplandecientes para mirar a Sky, que tal vez pudiera ayudarla, y recordó con una punzada de incomodidad que Terra, la patética chica floral, había mencionado las campánulas de la verdad. ¿Y si había ingerido alguna accidentalmente?

No, Stella no tenía tiempo para preocuparse por ideas absurdas. Volvió a mirar al frente y llevó a Aisha consigo al laberinto, siguiendo los pasos de la señorita Dowling. Era hora de poner en práctica su plan.

MENTE

Musa trataba de mantenerse al final del grupo y se dejó los auriculares puestos como medida de protección. No estaba allí para hacer amigos. Estaba allí para comprobar si podía soportar la experiencia de permanecer atrapada en un nido de pensamientos ajenos a cambio de aprender el modo de controlar sus poderes mentales.

Un par de personas más le habían preguntado cómo se llamaba, pero lamentaba incluso habérselo dicho a la princesa rara. Musa no compartía información personal. Ni siquiera había decidido en firme si quería asistir a la escuela.

Musa había mirado al resto de personas que le habían preguntado el nombre con los ojos muy abiertos, les había sonreído plácidamente y se había señalado los auriculares.

—No te oigo —proclamaba.

Después de aquello, los otros captaban la indirecta y la dejaban tranquila mientras admiraba la escuela. Musa se consideraba una posmoderna, pero Alfea no estaba mal si te atraía una enorme montaña histórica de granito antiguo. Las puertas de ambos lados del salón eran de cristal cubierto de ramas y enredaderas de hierro forjado, formando un complejo calado que hacía que el castillo pareciese estar rodeado de zarzas de hierro.

Musa se acercó ligeramente al grupo, apartándose de los arbustos espinosos de metal, y su mente rozó la de Aisha, la chica de las mechas azules: captó preocupación, vergüenza y una intensa concentración en sus poderes. Normalmente, la ansiedad que asaltaba a la mayoría de las personas era mucho más general que aquella. Aisha parecía una chica resuelta.

Lo cierto era que Musa envidiaba profundamente a las personas que tenían que concentrarse para activar su magia. La suya acudía a ella con la misma facilidad con la que respiraba. Una inspiración y absorbía una oleada de pensamientos intrusivos, una espiración y los volvía a rechazar, aunque repelerlos era un esfuerzo estéril porque siempre la volvían a abrumar nuevos pensamientos ajenos. Lo único que podía hacer Musa era tratar de contener la respiración.

Sin embargo, el deseo de Aisha de ir a Alfea, poderoso como un tsunami, inspiró a Musa a mirar a su alrededor y apreciar un poco más la escuela.

El amable profesor Harvey los acompañó a ver muros decorados con decenas de fotografías en blanco y negro, y tallos de bambú en enormes marcos de color verde oscuro llenos de hojas vivas y brillantes y flores rosas.

Finalmente, los llevó a la cafetería. Habían dispuesto comida en una vasta mesa. En realidad, dedujo Musa, eran varias mesas juntas para dar la impresión de que se trataba de un auténtico banquete. Principalmente era un surtido de frutas relucientes de distintos colores, entre las que había naranjas, peras, manzanas y, por supuesto, otras frutas más exóticas.

—Oooh, hay peras —murmuró alguien en un tono claramente entusiasta.

Musa detestaba las peras.

—Dicen que hay que ir con cuidado con lo que comes aquí —le susurró a Musa una chica de ojos oscuros que llevaba una falda a cuadros y unas medias negras de encaje—. Si comes fruta de las hadas, te tienes que quedar, por supuesto. Me llamo Beatrix.

Tras pensar un momento, Beatrix se decidió por una manzana de color rojo intenso.

Musa se señaló los auriculares con una expresión de disculpa.

—No te oigo.

—Mmm —dijo Beatrix, y hundió los dientes blancos en la superficie roja de la fruta—. ¿De verdad? Me encantan las manzanas.

Musa miró la fruta de las hadas y después observó a la multitud inquieta: la majestuosa princesa rubia que se esforzaba al máximo para llevar la voz cantante, la apasionada de las peras que lucía un estampado floral, la chica de las mechas azules que parecía incómoda y seguía junto a la rubia, y los dos profesores, que exhibían dos actitudes radicalmente distintas ante la enseñanza. Cogió la fruta y se la guardó en el bolsillo. No tenía prisa por tomar la decisión.

Subieron la escalera y recorrieron un largo pasillo con una barandilla de cristal decorada con cenefas de alas blancas y vieron dormitorios con vidrios en forma de diamante en las ventanas, aulas equipadas con librerías protegidas por una vitrina, y repisas de chimenea embellecidas por flores de hierro forjado. A continuación, volvieron a bajar al salón para encaminarse al jardín.

Un techo de cristal abovedado coronaba el gran salón y permitía que la luz bañara la piedra.

Beatrix, la chica de mente astuta que llevaba una falda a cuadros, le guiñó un ojo a Musa.

—Una racha de viento mágico y me planto en lo alto de un mundo de suelos de cristal.

Musa sonrió tímidamente, pero se retrasó un paso más, de modo que cerraba el grupo mientras visitaban el invernadero con el suelo de mármol, diseños que recordaban piezas de joyería en el techo curvado y plantas en flor que colgaban del tejado como velos.

—Eso es jazmín —aportó con un aire esperanzado, dirigiéndose a Beatrix, la chica a quien le gustaban las peras y que debía de ser un hada de tierra.

—Nadie te ha preguntado —le espetó Beatrix, y el hada de tierra se marchitó como una flor falta de riego.

El grupo salió al exterior para bajar a los jardines y visitar los setos esculpidos, el parterre, la terraza de granito, la torre del reloj mágico impulsado por agua y las estatuas de hadas famosas, águilas, fénix y guivernos como los que se alzaban al pie de la majestuosa escalera interior. Seres alados inmortalizados en piedra. Seres alados como, según decían las historias, lo habían sido las hadas en otros tiempos, aunque aquel pasado era ya muy lejano. Sin duda, Musa había nacido siglos después de la era del vuelo.

Beatrix la miró con un aire especulativo, pero Musa no estaba allí para hacer amigos, y tenía un extraño presentimiento respecto a Beatrix. Rozar la mente de Beatrix era como adentrarse en el laberinto de Alfea. Estaba repleta de curvas y recovecos. Era más seguro escuchar música y mirar las flores, que formaban prominentes montículos amarillos, estallidos de color y manchas blancas que crecían como perlas entre la hierba.

—Eso son rododendros —dijo animadamente la chica que probablemente era un hada de tierra—. Y azalea amarilla, *Libertia grandiflora* y estrellas fugaces.

Musa decidió esquivar la mirada errante y desesperada

del hada de tierra, que no estaba en el autobús e intentaba hacerse amiga de la primera persona que veía. Esa chica no era ningún laberinto: era la zona cero de un estallido de ansiedad.

El hada de tierra, que además de la blusa con el estampado floral lucía una flor en el cabello, dejó de intentar llamar la atención de Musa y dijo:

—Me llamo Terra.

—No te oigo —murmuró Musa.

Esperaba que aquello bastase, como había ocurrido con todos los demás, por lo que se alarmó ligeramente al ver que Terra inspiraba hondo y gritaba a pleno pulmón:

—¡ME LLAMO TERRA!

—Entendido, te llamas Terra y no sabes captar una indirecta —masculló Musa, pero con un hilo de voz para que Terra no la oyese.

No pretendía ser desagradable. Simplemente, no quería implicarse. Le dedicó a Terra una sonrisa de lo más desconcertante y se dio media vuelta.

Un especialista rubio sudado y agobiado decidió ir a enseñar los lagos a Beatrix y Dane. La expresión de ambos indicaba que los había tomado como rehenes un secuestrador muy amable.

—Permitidme que sea vuestro guía —se ofreció el chico rubio dirigiéndose a todos—. ¿Alguien necesita que le indique dónde está el lavabo? Me llamo Sky. Vivo para sentirme útil.

«Oh, no, chico especialista, ¿qué haces? —le preguntó Musa mentalmente—. ¡Haz el favor de decir esas cosas con tu cerebro interior! Así solo yo conoceré tus problemas e intentaré no prestarles atención».

La vergüenza ajena la obligó a desviar la mirada bruscamente hacia el césped. La princesa rubia y alta con lunares y la nariz respingona, la que iba vestida como una política elegante, tenía las zarpas con pintaúñas de tonos pastel sobre Aisha y no la dejaba escapar.

—No estoy segura... —balbuceaba Aisha.

—¡Si la gente no me ayuda a hacer realidad mis planes, es posible que todo el castillo acabe en ruinas! —exclamó la chica rubia con una intensidad dramática.

Si Musa tuviera una moneda de oro por cada persona rubia despampanante sin ningún tipo de filtro a la hora de hablar que había visto en Alfea, tendría dos monedas de oro. No eran muchas, pero igualmente era raro que hubiese sucedido lo mismo dos veces.

Al ver lo que el profesor Harvey denominó los lagos de los especialistas, dejó de prestar atención a Aisha y la chica de oro. Junto a los lagos paralelos se alzaban plataformas negras que pasaban por encima de las aguas cristalinas. Cada una de las plataformas exhibía unas alas rojas y la «A» azul de Alfea. A un lado había flechas, arcos y espadas dispuestos en fundas talladas, estructuras para hacer flexiones, sacos de boxeo, guantes y bastones alineados, a punto para que los empuñasen.

Una chica delgada con una nube de cabello moreno recogido tras la cabeza combatía contra un muchacho fornido y musculoso sobre una de las plataformas. La chica iba ganando: saltaba ágilmente con ambos pies y le propinaba patadas en la cara al chico robusto. A Musa le recordó un baile, y pensó en lo mucho que le gustaba y en el motivo por el que lo encontraba tan atractivo. Nada de mentes, solo cuerpos. Era un hada de la mente y no estaba allí para convertirse en uno de los especialistas que vagaban por el recinto vestidos con uniformes oscuros, sin mangas o con camiseta de manga larga debajo, sencillos o con piezas de piel y malla para reforzar el blindaje. La opción más colorida de la que disponían era un jersey caqui. Quizá era mejor no ser especialista: Musa prefería su cazadora lila a un uniforme negro. Independientemente de lo que deseara, su poder implicaba que jamás podría ser una luchadora, pero ver el combate era divertido de todos modos. Sintió la tentación de sentarse en uno de los bancos toscos que había junto a las plataformas, bajo los sicomoros, y presenciar la victoria de la chica morena.

Musa no se dio cuenta de que estaba sonriendo hasta que se le acercó otro especialista. La sonrisa se esfumó de sus labios.

El estilo desaliñado, la chupa de cuero y la sonrisa impostada del especialista le otorgaban un atractivo que a Musa le interesó durante un instante, pero la voz de la sensatez no tardó en apartarse un paso de su cuerpo y lanzarle una advertencia: «Echa el freno, chica. Este muchacho tiene la cabeza hecha un desastre».

—¿Estás viendo a los especialistas? —preguntó el chico—. Es hermoso ver a Kat barriendo el suelo con Mikey.

Musa también dio un paso atrás. No sabía qué estaba pasando bajo ese pelo castaño que trataba de rizarse y se rendía a medio camino, pero estaba segura de que no quería formar parte de ello.

—Eh, tranquila —dijo el muchacho arrastrando las palabras—. No te hagas una idea equivocada, no intento agobiar a la carne fresca.

—Puede que la gente se haga una idea equivocada de ti si te refieres a las chicas nuevas como «carne fresca» —replicó Musa.

—Os he cosificado sin ninguna necesidad —dijo el chico sarcásticamente, pero enseguida se obligó a adoptar un tono más relajado—. Me llamo Riven.

—Pues lo siento por ti, pero no es problema mío —murmuró Musa.

—Me gustaría que me ayudases con algo.

—¡Todo el mundo que se me acerca tiene la misma cara dura! —protestó Musa—. No tengo intención alguna de ayudarte a hacer nada.

Unas cuantas cabezas se volvieron al oírla alzar la voz. Musa estaba muy molesta con él por haber conseguido que montara una escena cuando ella solo quería pasar desapercibida. Este tal Riven era una fuente de problemas y no le apetecía saber nada de él.

—¡Oye, que no quiero nada raro, solo te iba a pedir tu opinión sobre un tema! —aclaró Riven—. ¿Te importaría venir a ver a un par de personas y decirme si mantienen una relación?

Musa enmudeció. Oh, no, ¿cómo había sabido que era un hada de la mente? ¿Cómo era posible? No era el tipo de información que le gustaba que supiese todo el mundo. En cuanto se enteraban de su poder, todos querían que leyese los sentimientos de todo el mundo salvo ellos mismos, y una vez se daban cuenta de que Musa no podía evitar percibir también sus emociones, se alejaban de ella a toda velocidad. Nadie tenía la confianza suficiente para ver con buenos ojos que le escudriñasen el corazón.

Su madre solía decirle que un día conocería a personas que confiarían lo bastante en ella para no preocuparse por el hecho de ser vulnerables a su poder. Cuando llegara ese día, Musa debería ser un libro abierto para ellas para compensarlas.

Sí, su madre decía muchas cosas. Hasta que murió entre dolores agónicos que trataba de reprimir para que Musa no los pudiera percibir. Musa había intentado repartir el dolor entre las dos, pero era abrumador. Cuando el dolor se agravó, llegó a un extremo en el que su madre ni siquiera podía tratar de ocultárselo. Al final, Musa se apartó de su madre, aterrorizada y dolida, incapaz de soportar siquiera el eco de sus gemidos en su lecho de muerte.

Allí era donde la había conducido estrechar lazos con otras personas. Musa no quería leer ningún libro abierto si el dolor era el protagonista de la historia.

Musa no había logrado hallar el camino de regreso al mundo desde entonces.

—¿Y bien? —insistió Riven.

—¡De acuerdo! —exclamó Musa—. Lo haré, pero solo si no le cuentas a nadie lo que soy, ¿entendido?

Riven la miró con extrañeza.

—Eh… entendido, supongo. Por aquí.

A pesar de lo que le dictaba el sentido común, Musa siguió a Riven al interior del laberinto. Pasaron frente a una estatua de un hada de corta edad que no tenía alas: parecía triste y que se aferraba a un libro como si ansiase desesperadamente adquirir nuevos conocimientos.

EL CORAZÓN
ENVEJECE

Vanessa Peters sabía que su hija poseía magia. No entendía cómo era posible que los demás no se percatasen de ello. También la fascinaba que ni siquiera la propia Bloom fuera consciente de su poder.

Antes de la llegada de Bloom, la vida de Vanessa parecía bendecida. Había nacido un día de verano en California y desde entonces casi todos los días habían sido igual de radiantes. Obtuvo sobresalientes en todas las asignaturas, fue animadora, la coronaron reina del baile de graduación, al cual acudió con un nutrido grupo de amigas. Luego se matriculó en la universidad y Michael Peters se enamoró de ella a primera vista. La filosofía de vida de Vanessa afirmaba que, si te centrabas lo suficiente, las cosas siempre acababan saliendo bien. ¿Compaginar su carrera incipiente con el cuidado de un bebé? Podía enfrentarse a ese reto sin reparos. Cualquiera de sus compañeras del equipo de animadoras habría podido confirmar que Vanessa era flexible y decidida, una de esas chicas que nunca se caen de lo alto de la pirámide humana.

Entonces los médicos les comunicaron a Michael y a Vanessa que el bebé —una niña— tenía una dolencia cardíaca y que no viviría ni un solo día tras nacer. Michael le tomó la mano y lloró.

Vanessa se negó a llorar. No estaba dispuesta a aceptar lo que le habían dicho que era inevitable. A veces te tambaleabas y perdías el equilibrio mientras estabas encaramada a la pirámide, pero lograbas recobrarlo. Siguió tomando las vitaminas previas al parto y asistiendo a las clases de preparación para el gran momento. Pintó ella sola la habitación del bebé y aprendió a hacer unos patucos espantosos, apretando los dientes cada vez que se le escapaba una puntada.

La motivación y su carácter decidido siempre le habían permitido conseguir todo aquello que se había propuesto.

Tras dar a luz, Vanessa vio en la cara de los médicos que su coraje no había desembocado en un milagro. Los médicos estaban dispuestos a luchar como lo había hecho ella. Todo el mundo hizo cuanto pudo, y el corazón de su bebé intentaba latir, pero todo fue inútil.

Hasta que dejó de serlo. Hasta que el tiempo pareció detenerse y ocurrió el milagro.

—Es la primera vez que veo algo así —afirmó el médico, mientras les contaba lo insólito del caso y les decía que el corazón del bebé estaba en perfecto estado, unas palabras a las cuales Michael se aferró desesperadamente.

Vanessa apenas oía al médico. Estaba muy ocupada contemplando la cara de su bebé, suave como una perla recién nacida. Era como si su hija no hubiese conocido ni un solo instante de dolor, como si fuera una niña totalmente distinta que le habían puesto en los brazos como por arte de magia, una niña sana y perfecta salida directamente de los sueños de Vanessa. Mientras la miraba, extasiada, el corazón le dio un vuelco y se le perdió en un lugar muy profundo. Por primera vez en su vida, Vanessa cayó, impotente.

Pensó que a partir de entonces todo iría de perlas, pero el amor desesperado no facilitaba las cosas. El amor lo complicaba todo, y la magnitud de las complicaciones era proporcional a la profundidad de ese amor.

Una mañana californiana tan radiante como cualquier otra mañana californiana, Vanessa leyó que la tienda de antigüedades que habían visitado se había incendiado. Subió enseguida al dormitorio de Bloom y tuvo que llamar y esperar a que su hija respondiera.

—Pasa, mamá —la invitó Bloom tras un largo rato en el que la oyó correteando y haciendo ruido en la habitación.

Vanessa entró y le contó la noticia a su hija.

—¿Verdad que el otro día también hubo un incendio grave en vuestro laboratorio de ciencias? —preguntó Vanessa, abrazando a Bloom—. Ve con mucho cuidado. Dicen que las cosas siempre vienen de tres en tres.

—Entonces ¿no puedo seguir haciendo malabares con cerillas encendidas? Me acabas de fastidiar los planes para el fin de semana.

Vanessa se rio, pero en el fondo le hubiera gustado que Bloom tuviera planes para el fin de semana. Bloom era extremadamente solitaria, y Vanessa estaba preocupada. Sabía que Bloom creía que Vanessa quería que fuese animadora como ella, pero no era cierto. Solo quería ver a Bloom rodeada de amistades, segura, colmada de amor y a salvo de todo peligro. De bebé, Bloom era muy buena y tranquila. En cuanto aprendió a caminar, eso cambió, y se metía en problemas de cabeza, pero de pequeña dormía como un tronco todas las noches. Cuando estaba despierta, lloraba muy poco y miraba el mundo con unos ojos brillantes y maravillados, como si estuviera encantada de estar allí.

Daba igual que su bebé durmiera toda la noche, porque Vanessa nunca lo conseguía. Se despertaba a cada hora y, con el corazón en un puño, se acercaba de puntillas a la cuna para comprobar si su hija respiraba.

Cuando Vanessa era pequeña, la abuela irlandesa de su amiga les contaba cuentos de hadas y niños intercambiados en la cuna. Las historias siempre seguían el mismo patrón: las hadas se llevaban a tu hijo y dejaban a un bebé de hada pálido y enfermizo que se iba marchitando lentamente, pero de forma irreversible. La historia de Vanessa parecía lo contrario de esos cuentos de niños intercambiados, porque ella había sido bendecida de repente y, en lugar de a una niña moribunda, le habían puesto en los brazos a una niña sana con las mejillas rosadas.

Vanessa llamó a la niña Bloom, «Flor», aunque Michael y ella no eran amigos de las excentricidades y la madre de Vanessa decía que la gente pensaría que eran hippies. Sin embargo, por algún motivo, ese nombre era más adecuado para ella que cualquier otro más común.

«No cuestiones el milagro», se repetía Vanessa. Michael lo había aceptado sin hacer preguntas, amaba a su hija sin hacer preguntas y tenía una relación con Bloom mucho más sencilla que la que unía a Bloom y a Vanessa. Quizás en el amor entre una madre y su hija siempre mediaran preguntas y dudas.

—¿Qué me dirías si te propongo ir a una clase de yoga para madres e hijas? —le preguntó Vanessa—. Mi amiga Stacey dice que es muy divertido, y creo que te llevarías bien con su hija, Camilla. Según Stacey, a Cami le encanta el arte.

—Mamá, cumplí dieciséis en diciembre. Me parece que soy mayor para que me lleves a jugar con amiguitas.

La voz de Bloom había adoptado un tono mordaz, y Vanessa reprimió el impulso de replicar e iniciar una de esas discusiones que últimamente tenían cada vez más a menudo. No quería discutir.

—Como quieras —dijo finalmente, y se volvió hacia la puerta.

—Ojalá te gustase tal como soy —murmuró Bloom.

Vanessa se giró.

—Me gustas tal como eres. Solo quiero…

—¿Que sea un poco diferente? —la interrumpió Bloom—. ¿Que encaje un poco mejor?

Vanessa no pudo contestar, porque la respuesta sincera era que sí. La habría hecho muy feliz que Bloom aprendiese a integrarse mejor en el mundo. No podía olvidar cómo se sentía cada vez que llevaba a su hija al parque. Bloom iba preciosa, con un vestido muy bonito y el pelo rojo tan bien cepillado que resplandecía, pero los otros niños no jugaban con ella.

A Vanessa se le partía el corazón al ver a Bloom vagando sola como una nube teñida de rojo, trotando por el parque y jugando sin compañía en los columpios y las casitas de madera.

Cuando Bloom se reía, el sonido era extraño y más plateado que las carcajadas de los demás niños, y las ramas de los árboles se agitaban y se inclinaban hacia ella, como diciéndole: «Márchate». Cada vez que Bloom se encaramaba a la copa de un árbol, Vanessa la esperaba bajo las ramas con el corazón encogido, pues tenía la sensación de que Bloom iba a saltar desde lo alto y alejarse volando.

Salió del dormitorio de Bloom sin replicar.

Fuera, se apoyó en la puerta de la habitación de su adorada hija, en la hermosa casa que poseía con el marido al que todavía amaba, en aquella urbanización segura y agradable. Vanessa estaba exhausta.

Había leído mil libros sobre la crianza de los hijos. Siempre había sido una estudiante brillante y metódica, capaz de recopilar conocimientos y ponerlos en práctica con facilidad. ¿Todos los padres se sentían como si fuesen improvisando sobre la marcha? ¿Todas las madres se preocupaban tan desesperadamente por sus hijos y sentían la misma desconexión de aquello que tanto amaban y que debería estar tan cerca de ellas?

Quizá sí. Seguro que sí. No podía ser la única.

Vanessa sacudió la cabeza y recobró la compostura.

Todo iba a salir bien. Solo debía esforzarse más.

Quizá fuera un poco sobreprotectora. A veces tenía que reprimir el impulso de arrancar la puerta de Bloom de las bisagras para poder verla a todas horas.

Vanessa se repetía una y otra vez que era pura paranoia causada porque Bloom había estado a punto de morir al nacer. Aquello había sucedido hacía mucho tiempo. Ya no había peligro. Bloom estaba bien.

Cuando Bloom se mantenía al margen de los otros niños, balanceándose entre los árboles mecida por el viento, o bajaba de las ramas tras una nueva aventura aterradora, Vanessa corría a su lado y la tomaba en brazos. En cada una de esas ocasiones la abrumaban el asombro y la gratitud por ese milagro, y giraba en círculos sintiendo el latido del corazón de Bloom junto a su pecho, sabiendo que su niña estaba a salvo en sus brazos. «Mi niña, mi niña bonita. Oh, mi bebé».

Entonces no le había importado lo distinta que podía ser Bloom. Vanessa conservaba muchos álbumes de fotos de la infancia de Bloom. Cada segundo le parecía tan precioso que tenía que inmortalizarlo. Últimamente revisaba esos álbumes a menudo. A Vanessa le habría encantado dar con un mapa que le permitiese regresar a esa época en la que Bloom y ella todavía estaban muy unidas. No le habría importado que fuese un mapa de una tierra remota: estaba dispuesta a recorrer cualquier camino, por extraño que fuese, para volver a conectar con Bloom.

Seguía despertándose todas las noches, pero ya no se levantaba de la cama. Respiraba hondo, cerraba los ojos y aseguraba a su corazón desbocado que se equivocaba. Su hija no corría ningún peligro.

Tenía pensado regalar a Bloom la lámpara que había comprado en la tienda de antigüedades, pero si se la daba en ese momento, tal vez la asociara a la conversación que acaba-

189

ban de mantener. Vanessa no podía dársela ese día, pero quería que Bloom tuviera la lámpara a pesar de todo. Bloom se había emocionado mucho al verla y había hablado entusiásticamente de la posibilidad de transformar ese trasto viejo y agrietado en un objeto hermoso.

Vanessa fue a buscar la lámpara a un estante de su armario ropero y volvió a la puerta del dormitorio de Bloom con ella en la mano. El pasillo estaba oscuro y la lámpara ennegrecida, pero Vanessa conocía bien a su niña. Bloom la haría brillar.

Se agachó y dejó la lámpara frente a la puerta de su hija, como una ofrenda silenciosa, para decirle: «Te quiero mucho. Lamento que no nos entendamos. Te daría el mundo, Bloom. Y si hubiese otro mundo, también te lo daría».

CUENTO
DE HADAS N.º 5

Sé que hallaré mi destino
en algún lugar entre las nubes;
no odio a aquellos contra quienes lucho
ni amo a aquellos a quienes protejo.

W. B. Yeats

AGUA

En el corazón del laberinto, rodeada de altos setos, se hallaba una fuente de aguas inmóviles cubiertas de nenúfares. Apenas se distinguían destellos de la superficie entre el manto verde. Aisha tenía un mal presentimiento.

—Espera —murmuró Stella.

Aisha no sabía qué planeaba la princesa exactamente: Stella le había asegurado que tenía un plan y que lo único que tenía que hacer ella era llevar a cabo su parte.

Un hombre con una chaqueta de pana esperaba al otro lado de los nenúfares, frotándose las manos con un nerviosismo enérgico, y una mujer de mirada directa lo observaba fijamente desde su lado de la fuente.

Algo en aquella mujer le hizo pensar a Aisha que se trataba de alguien importante. Debía de ser una profesora del centro que había acudido a medir el poder de Aisha. Tenía sentido que pusieran a prueba sus habilidades durante la jornada de puertas abiertas. Así funcionaba la escuela. Alfea buscaba potencial mágico cuando admitía a nuevas hadas y peinaba las tierras en busca de hadas que pudieran ser útiles a los reinos. Sin embargo, Aisha era quien deseaba ir a Alfea y quien había acudido a la escuela para solicitar su admisión, y no al revés. Esa era su oportunidad para exhibir las aptitudes mágicas que había adquirido con tanto esfuerzo.

—¿Piensa decirme para qué me ha hecho venir, Callum? —preguntó la mujer al tiempo que rodeaba la fuente para acercarse al hombre—. Acabo de llegar y debo atender la jornada de puertas abiertas.

El hombre abrió los ojos como platos, perplejo.

—¿Dice que yo la he llamado?

—Ahora —ordenó la princesa Stella.

Como si esprintase en el tramo final de una carrera, Aisha proyectó su poder al agua que seguía en calma bajo los nenúfares. La fuente cobró vida, convertida en una ola brillante que se alzó en el aire como una enorme salpicadura.

Stella le soltó el brazo a Aisha y levantó las manos. Las gotas minúsculas de agua se elevaron frente a un fondo de luz pura y radiante. Cuando la luz mágica golpeó el agua, la hizo brillar tanto que Aisha ahogó una exclamación y giró la cabeza para evitar que la cegara, al tiempo que sentía que el poder volvía a escapar a su control. El estallido de poder de Stella tiñó de blanco el mundo entero.

Cuando Aisha pudo volver a mirar, vio que la salpicadura se había convertido en un pequeño torbellino de agua plateada que giraba igual que un tornado ante el cielo y la luz. Luego cayó como un maremoto no solo sobre los árboles altos que rodeaban el laberinto, sino también sobre el hombre y la mujer. El hombre chilló aterrorizado y se lanzó hacia atrás para refugiarse entre el seto, de modo que la mujer se llevó la peor parte del chaparrón. Se quedó quieta como una estatua, empapada pero muy digna.

—Esperaba que este momento fuera muy distinto —susurró Stella—. ¡Me imaginaba que una luz suave envolvería una lluvia juguetona de rocío, y que las gotas centellearían en el cabello de ella mientras él la miraba embelesado!

Aisha miró a Stella, pero no embelesada.

Oyeron el ruido de decenas de pasos a la carrera mientras una multitud entraba a toda prisa en el laberinto, atraída por el estrépito del agua, la baliza de luz que brillaba sobre el seto y los gritos.

Las primeras personas que rodearon los setos fueron un especialista y una chica que llevaba una cazadora lila y auriculares. Ambos contemplaron la escena boquiabiertos. Nadie habría podido recriminarles esa reacción, porque cualquiera habría hecho lo mismo en su lugar.

Los siguientes en llegar fueron las personas al mando.

El director de especialistas Silva echó un vistazo rápido a la situación y de inmediato se quitó la chaqueta militar negra y se la arrojó a la mujer, que atrapó la prenda al vuelo sin mayor dificultad, la hizo ondear y se la colocó sobre los hombros. De pronto, el aura autoritaria de la mujer dejó muy claro quién debía ser.

Oh, no. A Aisha se le encogió el corazón. Había cometido un error espantoso.

—Callum, vaya a limpiarse. Stella —dijo la directora Dowling—, me gustaría hablar contigo en privado una vez haya pronunciado el discurso de clausura de la jornada de puertas abiertas y hayamos despedido a nuestros invitados.

Stella agachó la orgullosa cabeza rubia.

Aisha llevaba poco más de una hora en Alfea y ya había perdido el control de sus poderes y había empapado a la persona más importante de toda la escuela. Sin embargo, no era de las que rehúyen las responsabilidades. Eso solo lo hacían las malas compañeras.

Aisha se aclaró la voz y miró a la directora Dowling a los ojos.

—¿Hola? Me llamo Aisha. Oiga, lo siento mucho. Yo… He perdido el control de mi magia de agua y he provocado el incidente.

La señorita Dowling escrutó el rostro de Aisha con la mirada.

—Dudo que la idea de usar tus poderes haya sido solo tuya.

—¡No, por supuesto que no! —confirmó Aisha, sacrificando a Stella sin reparo alguno—. Ha sido idea de Stella. Me ha dicho que era mentora, y yo quería demostrarle mi valía, pero no lo he conseguido. El agua forma parte de mi naturaleza, pero el poder nunca ha acudido a mí sin esfuerzo, y sé que ha visto cómo se me escurría entre los dedos. De todos modos, no creo que ese detalle deba impedirme estudiar en Alfea —añadió a la desesperada—. Si me da una oportunidad, le juro que podré dominar la magia del agua.

La mujer tenía los ojos marrones como la corteza de los árboles que se alzaban a su espalda. Lucía una expresión severa, pero Aisha —que seguía observándola con gesto suplicante— no tardó en darse cuenta de que también eran unos ojos amables.

—No te hemos invitado a la jornada de puertas abiertas de Alfea para ponerte a prueba —explicó la señorita Dowling—. Te hemos invitado para darte la bienvenida. La magia de agua siempre es un poder escurridizo. En Alfea te enseñaremos a canalizarla adecuadamente. Como directora de la escuela, debo pedirte disculpas si la conducta de alguna de mis alumnas te ha hecho sentir que este no es tu lugar. Te aseguro que sí lo es.

Era lo último que Aisha esperaba escuchar después de haber provocado un caos semejante. Sintió un alivio tan intenso que prácticamente le parecía un triunfo.

—Oh —susurró—. Muchas gracias.

—No te has metido en ningún lío —insistió la señorita Dowling—. Y ahora, el profesor Harvey reanudará la visita a la escuela. Os veré en el discurso de clausura y espero veros también en Alfea el año que viene.

El profesor Harvey se apresuró a obedecer la orden de la señorita Dowling y Aisha se dirigió hacia él, aliviada.

—¿Aisha? —dijo la señorita Dowling antes de que abandonara el laberinto—. Una cosa más.

Aisha volvió la cabeza para mirar por última vez a la directora de Alfea, que seguía de pie bajo los árboles verdes. Sin duda era una mujer seria, pero Aisha veía más allá de esa fachada de severidad.

—Debes concentrarte en dar forma a tu poder meticulosamente y en obligar al agua a obedecer tu voluntad —le advirtió la señorita Dowling—. La disciplina es fundamental.

Su primera lección en Alfea. No pudo reprimir una sonrisa y tuvo que contenerse para no responder: «Sí, entrenadora».

MENTE

Musa estaba acostumbrada al caos de mentes ajenas que se arremolinaba constantemente a su alrededor. Sin embargo, no estaba acostumbrada a presenciar una catástrofe real en un laberinto tras el choque deslumbrante de magia de luz y magia de agua. No estaba segura del tipo de desastre al que la habían arrastrado.

Una cosa sí estaba totalmente clara. De pie junto al idiota de Riven, echó un vistazo al tipo agazapado en el seto y a la dama sobre la que habían derramado media fuente, y aunque ni siquiera necesitaba usar sus poderes para discernir la verdad, proyectó hacia ellos el brillo lila de su magia durante un instante para asegurarse al cien por cien.

—Ese hombre y esa mujer no tienen el menor interés sentimental el uno en el otro —dijo Musa en un tono neutro.

—¿Eres un hada de la mente? —dijo Riven, que parecía asombrado.

Musa también estaba sorprendida.

—¿No lo sabías?

—Pues… No —admitió Riven.

—¿Entonces por qué me has pedido que te acompañase al laberinto para determinar si dos personas mantenían algún tipo de relación? ¡Explícate!

Riven se miró las botas.

—Pensaba… No sé, que te lo diría la intuición femenina, o algo así. Además, también me ha parecido que estaría bien hablar contigo, porque estás como un queso.

—Estoy como un queso —repitió Musa—. ¿Y qué se supone que debo responder a ese comentario?

Riven levantó la vista de las botas y le guiñó un ojo.

—Podrías decir que yo también estoy como un queso.

Musa lo fulminó con la mirada incrédula que se merecía. Quizá los especialistas le prestaran un bastón para poder luchar contra él.

—Riven —dijo el director Silva, que estaba de pie justo tras ellos, con un matiz siniestro en su voz ronca—. ¿Debo entender que has tenido algo que ver con esto?

Los hombres solo servían para dar problemas. Musa miró las hojas del borde del seto e intentó proyectar la imagen de que ella no tenía nada que ver con aquella situación... Ni con Riven.

—Sí, ha sido culpa mía al cien por cien —informó Riven de inmediato—. Y de Stella.

La princesa rubia volvió la cabeza y le lanzó una mirada asesina.

—Es la pura verdad.

Musa se percató de que ambos estaban sorprendidos de su franqueza radical.

La señorita Dowling entrelazó los dedos delante del cuerpo y Musa percibió que la directora de Alfea trataba de obligarse a mostrar paciencia.

—Bien, me alegra que ambos sufráis una crisis de conciencia lo bastante importante para confesar.

—¡Yo no sufro ninguna crisis de conciencia! —protestó Riven—. ¡Si apenas tengo conciencia!

Nadie parecía impresionado por su sinceridad.

—Dime por qué lo habéis hecho —le espetó Silva.

Riven se frotó la frente.

—Entendido. El caso es que Stella intentaba emparejarme con su amiga Ricki…

—¿Qué? —exclamó una joven atractiva.

Musa supuso que debía de ser Ricki, pues los estaba mirando por encima del hombro del profesor Harvey con los ojos y la boca muy abiertos. Musa podía empatizar con el disgusto azorado de Ricki.

—¡Cállate, Riven! —rugió Stella—. ¡Perdona, Ricki, ahora me doy cuenta de que fue un terrible error!

—Está claro que tu plan no podía funcionar, porque es evidente quién le gusta en realidad —continuó Riven.

—¡Cállate, Riven! —gritó Ricki en un tono agudo por el pánico.

Musa envió un zarcillo de poder hacia ella por pura curiosidad, pero en cuanto su mente rozó la de Ricki, percibió un terror auténtico que aplastó por completo su curiosidad. La persona que de verdad le gustaba a Ricki no era asunto suyo.

—¿Por qué todo el mundo me grita siempre «Cállate, Riven» y nunca, pero nunca, me dice «Sigue hablando, Riven, lo estás haciendo genial»? —preguntó Riven.

—Sigue hablando, Riven, puede que acabes expulsado o muerto —lo animó el director de especialistas Silva—. Todavía no lo he decidido.

Riven parecía comprensiblemente estresado por esa declaración.

—De acuerdo, el caso es que teníamos una teoría sobre la vida sentimental de la directora Dowling…

Musa había percibido con claridad el marcado instinto protector de Silva hacia la directora cuando la chaqueta del director había volado por los aires para que Dowling la atrapase.

—Cállate —le ordenó Silva—. Ahora mismo.

—¿No es ligeramente contradictorio…? —comenzó Riven.

Silva rodeó a Riven como si tuviera un arma en la mano o estuviera a punto de tenerla.

—Veo que has elegido la muerte.

Riven se calló y Musa pensó que el silencio le favorecía. Debería guardar silencio más a menudo.

El especialista más alto, rubio y bienintencionado, se acercó a Musa.

—¿Te está molestando? —le preguntó en voz baja.

—¿Si yo la estoy molestando? —se burló Riven—. Yo no soy el que ha estado obligando a escuchar mis indicaciones a literalmente cada nueva cara que veía, Sky.

—Solo intento ayudar… —comenzó Sky, y se mordió el labio.

Riven y él proyectaban en todas direcciones una angustia insoportable para una inocente hada de la mente. Todo aquel desastre le estaba provocando a Musa una jaqueca horrible. A diferencia de lo que cabría esperar, la paz parecía un bien escaso en Alfea. Quizá esa escuela no fuera para ella.

—Me está molestando —respondió Musa.

—Me lo llevo —se ofreció Sky.

—¡Me puedo ir solo! —exclamó Riven indignado, y se adentró en el laberinto.

Se había marchado en la dirección equivocada y era inevitable que acabara atrapado en el laberinto. Musa y Sky se miraron, confirmando que ambos lo sabían, y lo vieron marcharse.

Inesperadamente, Stella lo siguió. Musa vio que Stella alcanzaba a Riven justo antes de que doblara la esquina y entrara en los pasillos del laberinto. Riven parecía más que sorprendido de verla.

—Has perdido nuestra apuesta, Riven. —Stella esbozó una sonrisa de una luminosidad tan aterradora que Musa se preguntó si había usado magia de la luz en los dientes—. Y después de lo que acaba de pasar, es imposible que Ricki quiera salir contigo.

—Era imposible desde el principio —gruñó Riven.

—¡Y eso significa que ya no me resultas útil! —declaró Stella—. Aunque estoy de muy mal humor y es posible que verte humillado me anime. Y ahora escúchame…

Lo agarró por el codo y lo arrastró hacia su perdición. Ambos desaparecieron dentro del laberinto.

—Siento lo de Riven —le dijo a Musa el chico llamado Sky.

—Sí, si fuera mi amigo, yo también lo sentiría —replicó Musa.

Sky parpadeó e irradió más angustia. «Basta», le suplicó Musa mentalmente. «¿Por qué tenéis los chicos tantos sentimientos?».

—Espero que lo que haya hecho Riven no altere tu opinión de Alfea. Sé que Riven no debe de haberte causado una buena primera impresión, pero esta escuela es magnífica. Lo digo en serio.

Una vez acabada la escena dramática, la multitud empezaba a abandonar el laberinto. Musa salió despacio, caminando junto a Sky. Él la miraba fijamente: el deseo de compensar el comportamiento de su amigo le ardía en la mente, pero Musa no precisaba indicaciones.

—Tu amigo no será un factor determinante a la hora de tomar mi decisión final. Antes de conocerlo ya tenía dudas respecto a Alfea. De hecho, tenía dudas incluso antes de venir —le confió Musa con tranquilidad—. ¿Por qué quisiste venir a Alfea?

El especialista llamado Sky parpadeó como si nadie le hubiese hecho nunca esa pregunta. Entonces sus ojos de color azul oscuro se volvieron más claros y adoptaron el color del mar tras una tormenta.

—En Alfea te enseñan a ser un héroe —respondió con firmeza.

—Yo no creo en los héroes —declaró Musa.

—Si conocieras al director Silva, creerías en ellos —afirmó Sky con confianza.

Musa asintió con timidez y esbozó una sonrisa todavía más tímida mientras salían del laberinto y se separaban. Después se marchó sola, como más le gustaba.

Compadecía un poco a Sky. La mente de su amigo Riven era un desastre esperando el momento de estallar. Por otro lado, a juzgar por lo que había visto de la mente del director Silva, albergaba mucha más culpa e ira que heroísmo. Musa no recordaba haber visto a nadie que se sintiera heroico. Quizá los héroes no existían.

Un día, Sky abriría los ojos a la realidad.

Tarde o temprano, todo el mundo acababa desilusio-
nándose.

TIERRA

Terra estaba más que desilusionada con la jornada de puertas abiertas. Ninguna de las otras chicas quería ser su amiga.
Le había pasado lo de siempre, pero esta vez era todavía
peor, porque ese día se suponía que debía encajar en el grupo. Esta vez el problema no era que Terra fuese demasiado
joven. El problema era que Terra era Terra.

La chica de lila con los auriculares parecía fría y distante,
pero Terra había pensado que quizá era tímida y que agradecería que Terra hiciera el esfuerzo de acercarse a ella. No
había sido así.

Por otra parte, Stella había puesto en marcha un extraño
espectáculo de luces por algún motivo que se le escapaba y,
al parecer, Riven quería salir con Ricki. Terra supuso que
tenía sentido. Saldría con Ricki y no volvería al invernadero
porque tendría cosas mejores que hacer. Ricki formaba parte
de la corte de Stella, era una de las chicas atractivas y populares: la típica chica que gustaba a todos los chicos y de la
que todas las chicas querían ser amigas.

¡Terra hacía todo lo posible por tener amigos! No entendía qué estaba haciendo mal. Se sentía fatal.

Estaba tan desconsolada que no participó en la última
vuelta a la escuela en la que había vivido toda la vida. Volve-

ría con los demás para asistir al discurso de clausura de la señorita Dowling, pero necesitaba estar sola de verdad un rato, en lugar de sentirse sola entre una multitud.

Bajo los árboles verdes y exuberantes por el tiempo primaveral, Terra contempló el reflejo de las plantas que bailaban en el espejo del cielo. Vio un destello negro y gris en el agua en calma: el uniforme de los especialistas. Quizá Riven se había dado cuenta de que estaba sola y había ido a hacerle compañía.

Sin embargo, era el día de los chascos, porque se trataba de un completo desconocido. Era mucho más alto que Terra, tanto que casi le doblaba la altura.

—He visto que te quedabas por aquí —dijo el chico—. La verdad es que era difícil no verte. No estás precisamente en los huesos, pequeña hada.

Le guiñó un ojo para dejarle claro que bromeaba, pero el brillo de sus ojos indicaba que lo pensaba de verdad. Las bromas groseras siempre la ponían de los nervios. Entreabrió los labios, tratando de pensar una réplica ingeniosa, pero acabó boqueando como un pescado con poca gracia para el intercambio de puyas.

—¿Buscabas a alguien? Puede que te valga cualquiera con uniforme. Te van los especialistas, ¿verdad? —dijo el chico, volviendo a guiñarle el ojo.

—¿Perdona? —dijo Terra.

—¿Quieres que nos divirtamos un rato? —preguntó el especialista musculoso al que Terra no conocía, al tiempo que hacía el ademán de agarrarle el brazo.

—¡No, por Dios! —exclamó Terra, muy azorada.

Debía de ser el baboso de Matt, sobre quien ya la había advertido su hermano.

Terra hizo un gesto brusco para invocar la magia de tierra, y las ramas de los castaños que se alzaban junto al lago descendieron y golpearon varias veces en la cara a Matt. Acto seguido, la hierba se le enredó en los pies y lo hizo trastabillar y caer al lago. En cuanto estuvo en el agua, Terra pidió en silencio a las hierbas del lago que lo sumergieran enérgicamente unas cuantas veces.

—No deberías ir por ahí agarrando a desconocidas. Es de muy mala educación —le advirtió Terra, poniendo énfasis en sus palabras.

El especialista jadeaba y escupía agua cada vez que sacaba la cabeza del agua, y Terra lo interpretó como una admisión de que estaba muy arrepentido y cambiaría su forma de actuar. Pasados unos minutos, Terra ordenó a las hierbas que lo soltaran y siguió el camino que conducía al invernadero, lejos del chapoteo y el lenguaje soez del lago.

Tal vez había reaccionado de forma desproporcionada. Mientras se alejaba del lago, Terra se sintió culpable.

No, había hecho lo correcto. ¿Y si Matt hubiera asustado a alguna de las chicas que asistían a la jornada de puertas abiertas? ¡Habría causado una primera impresión espantosa de su maravillosa escuela! La disciplina estricta había sido la respuesta más adecuada.

Se dijo que solo necesitaba recomponerse. Terra echaría un vistazo rápido al invernadero y quizá metiera la cara entre el jazmín e inhalaría hondo. Acto seguido, volvería junto a aquel grupo de personas que no querían saber nada de ella.

Abrió la puerta del invernadero, entró y vio a Riven de pie en la raya diagonal de una baldosa de mármol, bañado por una luz teñida de verde que se colaba por el cristal de la ventana.

Riven sonrió al verla.

—Esperaba que vinieras. Ha sido un día espantoso, Ter. No te creerás lo que Stella quiere que haga ahora.

En condiciones normales, Terra habría mostrado una preocupación sincera y habría preguntado qué planeaba hacerle Stella al pobre Riven.

En condiciones normales, Riven y Terra no se veían a menos que estuvieran en el invernadero. Pero ese día se habían visto. O, mejor dicho, ella lo había visto y él había desviado la mirada.

—Oh —se limitó a decir Terra.

Riven se le acercó.

—Odio esta escuela, Ter.

En condiciones normales, Terra consolaría a Riven y le diría que no estaba tan mal, mientras soñaba en privado con lo fantástico que sería estudiar en Alfea algún día. Sin embargo, ese día no se sentía con fuerzas para animar a Riven. Ese día era ella quien necesitaba consuelo.

Si algo estaba claro era que Riven no se lo iba a ofrecer. Siempre había pensado que eran amigos y, aunque Terra no estaba muy acostumbrada a las amistades, sí sabía que en teoría no debían fluir en una sola dirección.

Riven había hablado en público con la chica de lila porque era atractiva y guapa. Si fingía no conocer a Terra no era porque Terra fuera más pequeña, sino porque era una empollona y no podía molar menos. No tenía buen aspecto ni se comportaba con elegancia, así que Riven se avergonzaba de conocerla. No quería que nadie supiera que le interesaban las plantas, ni que solía esconderse en el invernadero. Jamás habría confesado a nadie que pasaba el rato con Terra mientras estaba allí, ni le habría contado a nadie todas las cosas que ella le había enseñado. Terra era una vergüenza para él. Riven se abochornaba de conocerla.

—Tú lo odias todo, Riven —le dijo en el tono más incisivo que jamás había usado con él—. ¿Qué tiene Alfea de malo?

Se percató de que el tono incisivo hería el orgullo de Riven, pero estaba convencida de que ya había alimentado lo bastante su ego.

—Es una fábrica diseñada para convertirnos a todos en cajitas —respondió Riven de inmediato en un tono duro—. Hada de la tierra, hada del aire, hada del fuego, hada del agua o especialista, y nunca podrás ser ni más ni menos que eso. Incluso están aplastando el individualismo de Sky, y prácticamente carece de él.

Al menos Sky había estado tratando de ayudar a los alumnos más jóvenes, aunque a veces pudiera mostrar un comportamiento ligeramente patriarcal y sabelotodo al hacerlo. Al menos él intentaba portarse bien con los demás. Terra empezaba a pensar que no había interpretado bien la interacción entre Sky y Riven.

Contempló a Riven con una mirada nueva, desprovista de prejuicios, y lo vio desencajar la expresión al sentirse observado.

—Eso ha sido muy grosero —observó Terra, disgustada.

—¡Yo soy grosero! —exclamó Riven—. ¿Cómo es posible que todavía no te hayas dado cuenta? ¿Tan idiota eres?

Se tambaleó unos pasos hacia atrás, alejándose de él. Le pareció atisbar una chispa de remordimiento en el rostro de Riven, pero lo ahuyentó una ira el doble de poderosa que cualquier rastro de arrepentimiento.

—Perdona, me he equivocado —balbuceó Terra.

—Terra… —empezó a decir Riven.

Terra se negaba a rendirse al llanto.

—Hoy ni siquiera has hablado conmigo. No quieres que nadie sepa que hablamos.

—Es cierto, no quiero que se sepa.

Riven empalideció y tensó las facciones, pero había respondido de forma automática. Terra tomó aire, ofendida, sintiéndose como si se hubiera clavado una espina, y se obligó a asentir. Podía soportar el dolor. A fin de cuentas, era ella quien había tocado zarzas.

—Crees que soy una empollona solitaria sin remedio, y lo bastante tonta para portarme bien contigo.

Riven respondió apretando los dientes, pero tan instantáneamente como la vez anterior.

—Sí, eso creo —confirmó Riven.

—Soy idiota. Intenté ver tu mejor cara porque pensaba que éramos amigos —prosiguió Terra, paralizada.

—Yo no quiero ser tu amigo —gruñó Riven, y se mordió el labio con una furia salvaje.

Riven hablaba mucho, y siempre se le ocurría algo ingenioso que decir. Hasta ese momento, Terra no lo había visto nunca intentando no hablar.

Quizá intentaba no hacer más comentarios horribles, pero ya había hablado bastante. Y lo que había dicho le habría resultado obvio a cualquier persona que no fuera tan tonta como Terra. Nunca habían sido amigos. El invernadero solo era un buen refugio para un empollón solitario: allí podía desahogarse con una chica que siempre estaba dispuesta a escucharlo y lamentar con amargura lo poco atractivo que se sentía.

—Entendido —dijo Terra con la voz entrecortada—. Lo entiendo perfectamente. ¿No tienes que ir con los chicos populares, Riven? Ve a cumplir las órdenes de Stella. Ve a ser un Sky de segunda.

—Al menos a mí me hablan otras personas —le soltó Riven—. ¿Crees que el año que viene lo cambiará todo, Terra? Pues espera y verás. Entonces tú también odiarás Alfea.

Se dio la vuelta, se marchó indignado y dio un portazo con tanta fuerza que los cristales temblaron como esmeraldas y diamantes colgados de un collar.

Terra se aferró a una mesa de laboratorio y se obligó a no llorar ni destrozar nada. Sus sentimientos heridos no tenían importancia. Había un problema que era preciso resolver, un desastre que había que enmendar, y Terra era la única que podía hacerlo. Riven había hablado de un modo impropio en él. Él era más amigo de las medias verdades engreídas, las fanfarronadas y las bromas para eludir la realidad. No pretendía decir la verdad, pero lo había hecho a pesar de todo.

Terra dedujo que alguien debía de haberle dado a Riven la poción de la verdad. ¿Quién había sido? ¿Stella?

Pensó que daba igual quién hubiese sido el responsable. Por un momento, estuvo tentada de dejar que Riven se pudriese. A ella le daba exactamente igual que fuese por ahí hablando con todo el mundo y arruinándose la vida. Sin embargo, aquello no estaba bien. Ese problema se había originado en el invernadero y debía solucionarlo. Disponía de las herramientas y los conocimientos necesarios, así que la responsabilidad de arreglar la situación recaía sobre ella.

Terra se secó las lágrimas del rabillo de los ojos con el dorso de la mano y alargó el brazo hacia el cofre de viales plateados. Debía ser práctica. Se sentía sola y triste, pero tenía trabajo.

AGUA

Había dos grandes escalones de piedra frente a las puertas con grabados de ramas de hierro retorcidas. A medida que el sol iba descendiendo, la bóveda de cristal del techo dejaba ver que el azul oscuro de la cúpula del cielo se había ido volviendo más plateado. La señorita Dowling estaba en lo alto de la escalera y, cuando se dirigió a los futuros alumnos de Alfea, la luz natural transformó las puertas que tenía a su espalda en un fondo escénico de árboles plateados y sombras.

—Alumnos y futuros alumnos de Alfea —dijo con una voz que retumbó en la piedra—. Gracias por haber acudido a nuestra jornada de puertas abiertas. Esta escuela se fundó para ayudaros a alcanzar vuestros objetivos y convertiros en las personas que deseáis ser. Os agradezco que depositéis vuestra confianza en nosotros. Sin vosotros, Alfea solo sería un castillo vacío en el bosque. Con vosotros, Alfea es un sueño que sigue vivo.

Aisha suspiró, cautivada por sus palabras. Junto a ella, Beatrix, la de la falda a cuadros y el cuaderno, bostezó. Aisha la fulminó con la mirada.

—Muestra un poco de respeto, ¿quieres? Creo que la señorita Dowling es una inspiración.

Beatrix se encogió de hombros con delicadeza.

—Si crees todo eso…

Hizo un gesto para indicar los pilares bañados por la luz y el techo de cristal abovedado en el que se reflejaba luz mágica para salpicar de estrellas un cielo azul.

—Como muestra de agradecimiento por vuestra visita, hemos preparado pociones de buena suerte en nuestro invernadero que todas las hadas pueden pasar a recoger. Y creo que un especialista está trayendo una selección de dagas que nuestros futuros especialistas pueden llevarse… a casa…

Riven, el especialista, franqueó las puertas del árbol plateado con una maleta abierta llena de dagas en forma de hoja. Y sin camisa. Aisha puso los ojos en blanco.

Bajo la mirada atónita de los presentes, Riven cargó la maleta en silencio y la dejó al pie de los escalones sobre los que esperaba la señorita Dowling.

La señorita Dowling se frotó la frente, como si quisiera aliviarse una violenta jaqueca.

—¿En serio, Riven?

—Stella me ha obligado a hacerlo —gimió Riven—. ¡Teníamos una apuesta!

—Lo mataré, Farah —prometió el director Silva, surgiendo de entre las sombras, desde donde había presenciado el discurso junto al profesor Harvey.

—¡Ese comentario es inapropiado!

Silva asintió.

—Es verdad, lo siento. Lo mataré, directora Dowling. Lo mandaré disecar y lo colocaré en la entrada del cuartel de los especialistas a modo de advertencia temible para los demás.

—¡Siempre he sospechado que intentaba matarme! —exclamó Riven.

Silva puso los ojos en blanco.

—No me tientes.

Alzó una mano con la clara intención de agarrar a Riven por el cuello de la camisa, pero enseguida se dio cuenta de que Riven no llevaba. Silva suspiró como un mártir torturado hasta la muerte, agarró a Riven por la oreja y se lo llevó a rastras.

La señorita Dowling también suspiró y pidió a la primera fila de jóvenes que se acercasen a recoger las pociones y las dagas. El resto de los presentes se sumieron en un alboroto de cuchicheos.

Aisha echó un vistazo a su alrededor y comprobó que los demás asistentes a la jornada de puertas abiertas compartían su sorpresa ante el giro que habían dado los acontecimientos. Vio la expresión de incredulidad en el rostro de Dane, pero parecía un escepticismo muy distinto a la emoción que Aisha estaba experimentando. El muchacho tenía los ojos clavados en el director Silva y en Riven.

—Caramba, ¿quién es ese? —preguntó Dane, admirado.

—Un paliducho enclenque que apenas tiene abdominales, así que contrólate —le aconsejó Aisha—. Y debo añadir que los está exhibiendo en un lugar extremadamente inapropiado, así que es un lunático y sus abdominales no merecen tu tiempo. Mucha gente tiene abdominales. Yo misma tengo abdominales, aunque hoy no los pienso enseñar. No hay para tanto.

Probablemente Dane también tenía mejores abdominales, porque era corpulento, aunque no muy alto, pero Aisha pensó que sobre gustos no hay nada escrito.

—¿A qué te refieres? Yo no estaba mirando... —replicó Dane.

A pesar de lo que decía, Dane seguía mirándolo. Sumamente concentrado. Beatrix se inclinó hacia delante y se sumó a Dane. El grupo de admiradores de Riven estaba creciendo. Aisha supuso que algunas personas no podían resistirse a los camorristas. Parecían ajenos al hecho de que quizá las reglas existían por algún motivo.

—Estoy de acuerdo, esos abdominales no están nada mal —valoró Beatrix arrastrando las palabras. Dane contempló con admiración las elaboradas trenzas teñidas de color carmesí de Beatrix y sus ojos oscuros y taimados, antes de volver a centrarse en Riven como una brújula que indica el norte—. Pero tengo cosas más importantes que hacer —añadió la joven.

Aisha decidió que Dane, que seguía embelesado, era una causa perdida, así que se volvió hacia Beatrix, la Chica Cínica del Cuaderno. Al menos ella parecía tener un objetivo en la vida. Quizá pudieran llevarse bien.

—Como todos, ¿no crees? —coincidió Aisha—. Llevo todo el día tratando de encontrar todos los lugares en los que puedo nadar en el recinto. Me llamo Aisha.

—No soy una gran deportista —confesó la chica—. Pienso centrarme mucho en los estudios.

Se dieron la mano, pero Aisha se arrepintió de haberse presentado. Beatrix tenía un aire desdeñoso y unos ojos de mirada tan intensa como hostil. Tuvo la sensación de que Beatrix era capaz de ver todas sus carencias mediante la magia, pero también que no iba a apiadarse de ella.

—¿Quieres venir a estudiar a Alfea? —preguntó Aisha.

—Digamos que estoy considerando todas las opciones —respondió Beatrix arrastrando las palabras—. Me ha parecido buena idea venir a echar un vistazo.

Fantástico. Beatrix ni siquiera estaba segura de querer ir a Alfea y Aisha, en cambio, estaba desesperada por poder ir. Le sonrió a Beatrix sin convicción e hizo un gesto vago, como si tuviera que ir a algún lugar importante. Se escabulló para salir al aire libre y vio que Beatrix le susurraba alguna cosa a Dane. Seguramente ese par iba a llevarse mejor entre ellos que con ella.

Desanimada, salió del castillo, bajó los escalones de camino al jardín y estuvo a punto de tropezar con la chica de los auriculares, que estaba agazapada tras un árbol cuidadosamente podado.

—¡Oh! —exclamó Aisha, sobresaltada—. Hola... No sé cómo te llamas. ¿Estás bien?

—Me llamo Musa y solo estoy un poco abrumada —admitió Musa, mientras sacudía la cabeza y hacía oscilar sus pendientes de aro—. Ha sido un día... muy cargante.

Aisha también llevaba pendientes de aro, pero mucho más pequeños y con una turquesa incrustada. No estaba segura de poder ponerse unos aros tan enormes como los de Musa o hacerse su peinado de princesa Leia punk-rock y que le quedase bien, pero a Musa ambas cosas le sentaban de maravilla.

—Perdona que te haya molestado —se disculpó—. Ya me voy.

Musa volvió a negar con la cabeza.

—No pasa nada.

Aisha pretendía bajar a admirar los lagos de los especialistas. Pensaba que mirar un rato el agua le serviría para relajarse y centrarse antes de tener que regresar al autobús. De haber podido, se habría dado un chapuzón rápido y habría cronometrado cuánto tiempo tardaba en dar diez vueltas a uno de esos lagos. Sin embargo, Musa le había insinuado que no le importaba que se quedase un rato con ella, y la verdad era que Aisha presentía que Musa no debería quedarse sola. Parecía muy inestable, encerrada en sí misma como si la aplastase una carga enorme que Aisha no podía ver. Lo mínimo que podía hacer era quedarse un rato con ella.

Así pues, Aisha se quedó. Montó guardia en silencio junto al árbol, mientras Musa escuchaba música hasta que la respiración se le estabilizó un poco y pareció un poco menos probable que se desintegrara si tenía que soportar un segundo más de interacción con otra persona.

—Me gustan tus pendientes —dijo finalmente Aisha.

Musa sonrió con timidez y le brillaron los dientes.

—A mí me gusta tu pelo.

Aquel halago, procedente de una chica con tanto estilo, hizo que Aisha se sintiera más optimista acerca de su pelo. Le encantaba el color. Solo tenía que ajustar el azul del tinte para que formara mechas propiamente dichas en lugar de manchas. Con una confianza cada vez mayor, Aisha pensó que bastaría con eso para que le quedase genial.

—Cuando he llegado a Alfea también me he sentido abrumada —admitió Aisha—, pero luego he pensado: «Oye, a lo mejor también te divertirás en Alfea».

—Es posible —dijo Musa—. Gracias por dejarme seguir mi curso.

—Soy un hada del agua. Siempre dejamos que las cosas sigan su curso.

Aisha hizo un pequeño gesto que provocó que varias gotas de rocío rebotaran en el aire, como si hubiera hecho rebotar una piedra sobre el agua. Musa y ella contemplaron juntas el arco centelleante, como un minúsculo arcoíris de cristal que se extendía hacia las montañas del horizonte, y Aisha sonrió con aire triunfal.

Por una vez, su magia había funcionado a la perfección.

ESPECIALISTA

El hecho de que fuera la jornada de puertas abiertas y todas las personas que conocía estuvieran comportándose de un modo extraño no significaba que Sky fuera a saltarse el circuito que recorría todos los días por Alfea a la puesta de sol. Estaba corriendo bajo las ramas de los árboles y las sombras que comenzaban a congregarse cuando ahogó un grito de sorpresa al salirle Terra al paso como un champiñón.

—Te debo una disculpa —dijo Terra—. Por muchas cosas. Muchas, muchas...

La voz de Terra se fue apagando hasta reducirse a un balbuceo que contenía las palabras «Riven» y «acoso».

—¿Riven se ha metido en algún lío? —preguntó Sky—. Si es así, será mejor que me lo digas. —Hizo una pausa—. Un momento, ¿esto es por lo duro que soy con él cuando entrenamos? ¡Lo hago para ayudarlo a mejorar! Tiene mucho potencial.

No le cabía en la cabeza que a la gente le costara tanto entenderlo. En los ojos de Terra brillaron lágrimas de arrepentimiento.

¿Había visto Terra los combates de entrenamiento de los especialistas y había sacado conclusiones equivocadas? Las hadas no luchaban como los especialistas. Silva siempre había advertido a Sky que tuviera cuidado cuando estuviera cerca de Sam. «Por si se parece a Ben», había añadido.

Probablemente aquello también era aplicable a Terra.

—Siento que te hayas disgustado —dijo Sky con cautela.

—¡Claro que no lo estabas acosando! —exclamó Terra—. Ahora lo tengo claro. Solo intentabas ayudar. Ambos deberíamos estarte agradecidos, pero él es una comadreja ingrata y malvada…

—Cálmate, Terra.

Sky conocía a personas muy tensas, pero Terra vibraba literalmente.

—Lamento haber dudado de ti —le dijo Terra de todo corazón—. Sobre todo si herí tus sentimientos.

—No lo hiciste porque no sabía que… dudabas de mí —confesó Sky.

—¡Eres un tipo genial y una persona excelente!

—Pues… Gracias… —balbuceó Sky.

—Perdona por enviarte esas plantas enredaderas para que te pusieran la zancadilla y por el arbusto de espinas largas como espadas que cultivé para atraparte.

Sky parpadeó.

—Perdona, ¿el qué?

Terra frunció el ceño y asintió rápidamente.

—Supongo que todavía no has tropezado con el arbusto de espinas. Mejor. Yo me ocuparé de él. ¡Olvídalo, no he dicho nada!

Sky pensó que un arbusto lleno de espinas del tamaño de espadas sería algo difícil de olvidar, pero Terra lo miraba con el rostro compungido, como la niña pequeña que jugaba con su hermano en los jardines de Alfea cuando Sky pasaba trotando junto a ella con Silva y una espada. Nunca había sabido cómo hablar con ella y no creía que fuera a descubrirlo en ese momento, pero tampoco quería verla triste. Además, si esa chica era capaz de cultivar espinas del tamaño de espadas en un abrir y cerrar de ojos, parecía sensato no hacerla enfadar más de la cuenta.

Sky sonrió y asintió.

—De acuerdo, lo olvidaré.

—Ah, y también te han envenenado.

¿Ahora Terra se dedicaba a envenenar a la gente? ¿Por qué? Era alarmante. Todo el mundo decía que Stella daba miedo, pero Stella no iba por ahí envenenando a la gente. Además, contaba con unas habilidades sociales bastante mejores que las de Terra.

Comparada con alguien que envenenaba a la gente, Stella era muy relajada.

—Pero yo me encuentro bien…

—A juzgar por todo lo que has dicho hoy, estoy bastante segura de que te han dado una poción de la verdad —explicó Terra—. ¡Pero puedo solucionarlo! Te he preparado un antídoto, y dos más por si acaso… alguien más lo necesita. Creo que puede que otra persona lo necesite, ¿sabes? No estoy segura de quién es, pero no me importa. Y será mejor que lleves uno de repuesto por si acaso.

Mientras escuchaba el flujo sinuoso del monólogo de Terra, Sky recordó con una sensación incómoda lo que había dicho a Silva esa misma mañana. Aquello no había sido muy propio de él.

Terra le entregó tres viales pequeños de un líquido azul oscuro que brillaba intensamente al reflejar la luz del sol. Estaban tapados con sellos de cera que tenían pensamientos estampados en la parte superior. Era extraño que Terra hubiera empaquetado el antídoto con tanto cuidado, pero era una chica rara. Llevaba mucha ropa con estampado de flores. Sky seguía sin saber por qué lo había envenenado, pero ahora Terra lo miraba con unos ojos suplicantes y decididos. Supuso que ella no tenía la culpa de que él se hubiera puesto en ridículo delante de Silva. Una poción de la verdad era algo positivo, porque decir la verdad era algo bueno. Si Sky se había metido en un lío, la culpa solo la tenía él.

—No te preocupes, Terra —le dijo suavemente.

Sky tomó los viales y se guardó dos en la chaqueta. Destapó el último y se vertió el líquido azul directamente en la boca.

Terra corrió hacia Sky y lo abrazó. No se conocían lo suficiente para un abrazo como ese, pero Sky le dio unos golpecitos cautelosos en la espalda a pesar de todo.

Terra le sonrió y los ojos le brillaron a la luz de la puesta de sol.

—Te prometo que les diría a todas mis amigas que eres uno de los pocos buenos tipos que hay por aquí. Si tuviera amigas, claro. Y si no estuvieras saliendo con Stella. Ja, ja. No quiero morir.

Lo soltó, le hizo un gesto con ambos pulgares levantados y se largó. Sky la siguió con la mirada. Había sido una interacción intensamente extraña.

A continuación, siguió corriendo alrededor del castillo.

Apenas había echado a correr cuando oyó el chillido de una chica.

LUZ

La señorita Dowling le había pedido a Stella que se reuniera con ella en su despacho.

Stella entró con el corazón acelerado, atemorizada porque sabía que se había metido en problemas y la iban a castigar, y se sorprendió al comprobar que ver a la directora en su despacho le ralentizaba el pulso en lugar de acelerárselo todavía más.

La señorita Dowling no era una visión sentada en un trono. Estaba de pie junto a su escritorio, flanqueada por libros antiguos y el globo de los reinos de las hadas, y parecía severa, pero también tranquila y razonable. Tal vez castigaría a Stella, pero no le haría daño.

La señorita Dowling se había secado y se había cambiado antes de pronunciar el discurso de clausura. Ya no llevaba un vestido de color verde aceituna, sino uno de color marrón oxidado. Se había recogido el pelo en lo alto de la cabeza y algunos mechones rubios le colgaban del moño. Lucía colgado al cuello un medallón de oro con un símbolo que podría ser el del Árbol del Conocimiento, y no llevaba más joyas. Al ver a Stella, la señorita Dowling sonrió, a pesar de que Stella se había metido en un lío. No era una sonrisa deslumbrante, pues apenas movió la boca, pero un hálito de buen humor le iluminó la cara pese a todo.

Todo el mundo decía que la reina Luna era la mujer más hermosa de todos los reinos, más bella de lo que jamás podría llegar a ser Stella, pero a Stella le gustaba más admirar el rostro de la señorita Dowling.

—Hoy las cosas se han salido un poco de madre, ¿verdad, Stella? —valoró la señorita Dowling.

—¡No se enfade conmigo y no se sienta decepcionada! —le espetó Stella, y enseguida se mordió el labio inferior y recordó de nuevo que Terra había dicho algo sobre las campánulas de la verdad.

Aunque alguien le hubiera administrado poción de la verdad, Stella no podía permitir que la señorita Dowling lo descubriera. Ya había decepcionado bastante a su directora por un día. Debería ser capaz de manejar la situación ella sola.

—Ni me siento decepcionada ni estoy enfadada —aclaró la señorita Dowling en un tono comedido—. Bien, lo cierto es que sí me he irritado un poco cuando me ha caído media fuente en la cabeza.

Stella hizo una mueca.

—Especular sobre la vida sentimental de los profesores no es una conducta especialmente apropiada.

—Y tampoco es propia de una princesa —dijo Stella con voz monótona.

—No es propia de una alumna de Alfea —la corrigió la señorita Dowling—. No te aplico unos estándares distintos a los del resto. No sería justo.

La vida no era justa. ¿Acaso era justo que Stella fuera una princesa, tuviera más atractivo y disfrutara de una mejor posición que los demás? Todos aquellos privilegios tenían un precio que debía pagar.

—Ha sido una estúpida idea de Riven —explicó Stella, e incluso ella misma se dio cuenta de que estaba gimoteando. Los gimoteos eran lo que más irritaba a su madre. Siempre le costaba pasar más tiempo sola y a oscuras.

—El director Silva disciplinará adecuadamente a Riven —dijo la señorita Dowling—. Está bajo su responsabilidad. Y tú bajo la mía.

—No quiero ser ni una carga ni una decepción —dijo Stella, que odiaba las pociones de la verdad, pero también a sí misma.

Incapaz de sostener la mirada de la directora y ver cómo la juzgaba, Stella se concentró en los tarros de cristal alineados a lo largo del escritorio de la señorita Dowling.

—No eres ninguna de esas cosas —la tranquilizó la señorita Dowling—. Eres un privilegio.

Era una idea agradable, porque le permitía verse como algo encantador, como una tiara o un título, algo de lo que la gente se enorgullecía y que hacía que todos quisieran estar a su altura. Stella despegó los ojos de los tarros y sonrió vagamente.

—Sin embargo, sería un error no castigarte por haber engañado a una futura alumna durante la jornada de puertas abiertas —dijo la señorita Dowling—. ¿Has dicho a un hada del agua que eras una mentora? El castigo por lo que has hecho parece claro: si el año que viene considero que alguna alumna se enfrenta a dificultades especiales, te nombraré su mentora. Intenta hacerlo mejor que hoy con Aisha.

La voz interior de su madre gritó enfurecida que la señorita Dowling no tenía ningún derecho a castigar a una princesa, pero Stella no consintió que esas palabras abandonaran sus labios. Mientras el alivio y el resentimiento combatían dentro de su cabeza, se limitó a asentir.

La señorita Dowling también inclinó la cabeza a modo de saludo.

—Muy bien, Stella. Y una cosa más. Hoy, cuando Aisha y tú habéis combinado vuestra magia, he observado que tu magia de luz poseía una intensidad extrema. Lo he visto a menudo en clase, pero todavía más fuera de clase. ¿Con qué frecuencia usas la magia de luz en tu vida cotidiana? Temo que dependas demasiado de ella.

—¿Acaso no dependemos todas de la magia? —preguntó Stella—. ¡Esta es una escuela para aprender a usar la magia!

Se hizo un silencio durante el cual Stella trató de seguir callada y su directora parecía pensativa. Círculos azules, verdes y amarillos rodeaban la cabeza de la señorita Dowling como joyas gigantes en una corona.

—Es cierto —concedió la señorita Dowling—, pero las clases no os enseñan a acumular poder a cualquier precio. Eres un hada extremadamente poderosa, Stella, pero un poder sin control puede ser tan dañino para tus amigos como para tus enemigos. La calibración es incluso más importante que la brillantez.

No hablaba como si Stella estuviera en apuros, sino como si estuviera en clase. El tono pedagógico era relajante y, por un momento, se sintió como si estuviera sentada junto a Ricki en un pupitre situado en un aula tapizada de damasco verde, mirando tranquilamente por las ventanas panorámicas, mientras la señorita Dowling les hablaba en su tono amable y seco.

Cuando Stella fuese reina, quería que sus súbditos se sintieran así.

—¿Qué te parecería dar algunas clases privadas de calibración? —insistió la señorita Dowling. A Stella le parecía una oferta muy tentadora—. Si aprendieses a aplacar tu magia gradualmente, creo que sentirías que la controlas mucho más.

Stella se imaginó con una claridad espantosa la reacción de su madre cuando se enterara de que Stella había aprendido a atenuar su magia de luz, pues la reina Luna siempre había pensado que la luz de Stella no brillaba con suficiente intensidad. ¿Y qué pasaría si la reina Luna se enteraba de que Stella había necesitado clases de refuerzo porque no tenía suficiente control sobre su magia? Su madre la consideraría un fracaso a todos los niveles.

Stella no lo podía permitir.

—¡No quiero! No quiero pedir ayuda a nadie. No pretendía que todo se complicase tanto. Puedo hacerlo mejor. Me esforzaré más. Confíe en mí, por favor —imploró Stella.

—Confío en ti, Stella —dijo la señorita Dowling con serenidad—, pero pedir ayuda no es una muestra de debilidad. —Levantó una mano para anticiparse a las protestas de Stella—. No temas.

«No temo a nada», habría querido chillar Stella, pero no podía decirlo porque era una gran mentira.

—No te obligaré a hacer nada contra tu voluntad. No estoy diciendo que necesites ayuda. Lo que digo es que, si en algún momento deseas que te ayude, puedes acudir a mí. —La señorita Dowling se encogió de hombros muy discretamente—. Eso es todo. Puedes marcharte.

Stella se sentía aturdida, desconcertada sobre todo por el indulto inesperado. La reina Luna no era conocida por su piedad. En cualquier caso, lo mejor que podía hacer era marcharse antes de que la señorita Dowling cambiara de opinión.

Se levantó con una torpeza temporal a causa de las botas de tacón alto que calzaba y estuvo a punto de derribar los tarros de cristal del escritorio de la señorita Dowling. Consiguió recobrar la compostura a tiempo para hacer una salida regia.

—¿Stella? —la llamó la señorita Dowling cuando Stella ya había llegado a la puerta con la cabeza bien alta—. Las luces decorativas de la jornada de puertas abiertas eran muy bonitas. Me ha encantado ver Alfea a través de tus ojos.

—Gracias —susurró Stella.

Sentirse valorada era una sensación increíblemente agradable. Volvió a sus aposentos de un humor inmejorable. Había navegado por todo aquel asunto con un aplomo mayestático, y si alguien le había administrado campánulas de la verdad para gastarle una broma en algún momento —sospechaba de Riven, concretamente—, también podía ocuparse de ello. Además, tenía una residencia llena de amigas íntimas que también eran sus acólitas leales. ¿Qué podía salir mal?

Al llegar a la residencia, encontró a Ilaria posando en la sala común, frente a un espejo suspendido en el aire. Las otras dos chicas estaban sentadas en el sofá, mientras que Ricki ocupaba la butaca.

—¿Os parece que esta me hace el culo grande? —preguntó Ilaria.

—No preguntes si tu culo parece más grande, pregunta si parece que tengas mejor gusto que las demás —le aconsejó Stella—. Y, francamente, la respuesta es que no.

Estaba claro que Stella necesitaba un antídoto con urgencia. Los desfiles de moda improvisados eran una constante en la residencia, y la sinceridad sin filtros podía desembocar en un derramamiento de sangre. De hecho, Ilaria la miraba con los ojos entornados.

—Un momento. No quería admitirlo porque odio admitir debilidades —dijo Stella, aunque odiaba las palabras que salían de sus labios y a su propia boca por pronunciarlas—, pero necesito ayuda. Creo que me han dado poción de la verdad. Por favor, que alguien vaya a buscar al profesor Harvey para que me cure.

Ricki asintió de inmediato, se puso en pie de un salto y se dirigió a la puerta, pero otra de las compañeras de residencia de Stella le cerró el paso. Stella recordó la vez que habían bloqueado las puertas para no dejar entrar a Sky. Esta vez no lo encontraba tan divertido.

Ilaria seguía teniendo los ojos entrecerrados. A Stella se le hizo un nudo en el estómago.

Lo que más miedo le daba a Stella eran las ilusiones, y por un momento se sintió como si hubiera estado viviendo en una de ellas. Pensaba que en Alfea vivía rodeada de amigas.

Se equivocaba.

—No tan deprisa —dijo Ilaria, acercándose a Stella y agarrándole el brazo con fuerza—. Ya que estás aquí, puede que sea un buen momento para comentar algunos cotilleos de palacio. Siempre has sido muy reservada, princesa Stella.

¿Acaso crees que los oídos de las plebeyas no son dignos de escuchar los secretos de la realeza? Cuéntanos cómo es en realidad vivir con la reina Luna.

Eso no. Cualquier cosa menos eso.

La mancha bailarina de magia de luz multifacética, que seguía a Stella por la pared como un práctico foco personal para todas las ocasiones, estalló con el brillo destructivo de una estrella al explotar. Ilaria retrocedió y le soltó el brazo a Stella, y esta echó a correr como un ciervo que huye del cazador por el sotobosque. Al encontrar la salida bloqueada, esprintó hacia su dormitorio: solo pensaba en escapar, convertida en una niña que quería esconderse bajo las sábanas.

Ilaria y las demás la siguieron y franquearon la puerta atropelladamente.

—No es para tanto —dijo Ilaria. Su risa era como una puñalada que laceraba la mente de Stella—. Solo sentimos curiosidad. Si de verdad fuésemos sus amigas, nos lo contaría sin haber bebido poción de la verdad. Stella, dinos solo una cosa…

Stella apoyó la espalda en la pared, arrinconada y reducida a una niña asustada. No quedaba ni rastro de la princesa que era. Se tapó los oídos para no oír sus preguntas y se mordió el labio tan fuerte que se le llenó la boca de sangre.

—¡Cállate, Ilaria! —rugió Ricki enfurecida—. ¡Callaos todas! ¡Largo de aquí, largo…!

La luz, angulosa como si se reflejase en un espejo roto, inundó la habitación. Las otras chicas chillaron, se taparon los ojos y huyeron aterrorizadas de la luz.

—¡De acuerdo, Stella, haz lo que quieras como siempre! —gritó Ilaria al tiempo que retrocedía—. Vámonos, Ricki, es una psicópata.

Ricki corrió, pero no fue a la puerta con las demás, sino a otro lugar.

—¡Sky! —gritó Ricki por la ventana de la torre—. ¡Sky, ven enseguida, Stella necesita ayuda!

Se hizo el silencio. Estaba claro que Sky no estaba allí. De haber sido así, ya les habría gritado alguna pregunta. Stella esperó, temblando y esforzándose por oír su voz.

En lugar de eso, oyó el roce de dagas y botas sobre piedra. Ricki se apartó de la ventana y Stella se preguntó, confundida, por qué lo hacía. Entonces Sky entró por la ventana, agachando la cabeza para no golpeársela en la piedra, y Stella se dio cuenta, asombrada, de lo que acababa de ocurrir.

Su chico de oro había escalado la torre para rescatar a la princesa. Stella se dejó caer al suelo, escondió la cabeza entre las manos y se echó a llorar desconsoladamente.

—Gracias por venir. Muchas gracias, creo que eres el mejor... —decía Ricki.

—No te preocupes, siempre corro un circuito alrededor de Alfea cuando se pone el sol —replicó Sky sin prestar atención. Pasó junto a Ricki como un hombre completamente concentrado en su misión—. ¿Stella? Oh, Stel...

Se dejó caer de rodillas sobre el suelo de piedra fría y la tomó entre sus brazos. Le acarició la trenza dorada con una mano encallecida por las armas, pero delicada.

—Ha dicho que le han dado una poción de la verdad —le dijo Ricki a Sky.

Sky mantuvo una mano firme en el pelo de Stella, calmándola.

—No pasa nada. Tengo el antídoto.

Sacó uno de los viales azules que guardaba en la chaqueta. Stella jamás habría bebido una poción desconocida de manos de nadie, pero confiaba ciegamente en Sky. Además, le parecía de lo más razonable que tuviera la solución a todos sus problemas y el remedio a todos sus dolores de cabeza. Era el chico en el que siempre había confiado, el único que la conocía. El mismo chico que había mirado más allá de la reina con sus firmes ojos azules y había visto a Stella.

—Sky. —A Stella se le rompió la voz en un sollozo—. No quiero quedarme sola.

—Estoy aquí, Stel —murmuró él meciéndola como si fuese una niña pequeña—. Estoy aquí, siempre estaré aquí.

Stella se encaramó a su regazo, se aferró a su chaqueta con ambas manos y creyó sus palabras. Mientras él permaneciera a su lado, estaría protegida.

Stella no lo dejaría ir jamás.

ESPECIALISTA

Riven tardó un buen rato en explicar todas sus infracciones al director Silva, en parte porque llegados a ese punto había cometido un montón de faltas y en parte porque Silva lo interrumpía constantemente para gritarle.

—¿Qué has dicho que pensabas de la señorita Dowling?

¿Con ese..., con su ayudante humano? —le espetó Silva—. ¿Y dices que especulabas acerca de su vida personal junto a otros alumnos y la pusisteis en una situación embarazosa? ¡Veinte vueltas a Alfea, ahora mismo!

Veinte vueltas eran muchas vueltas.

—Ya sé que Callum se parece un poco a una comadreja, pero a algunas personas les gustan esas cosas —se defendió Riven a la desesperada—. Y todas las damas tienen sus necesidades.

El rostro de Silva era una máscara de acero.

—Treinta vueltas. Y que no te vuelva a oír faltarle el respeto a la señorita Dowling.

Treinta vueltas eran todavía más vueltas.

—¡Disculpe si la señorita Dowling es su novia secreta, señor! —exclamó Riven—. ¡No lo sabía! Enhorabuena, no está nada mal para ser una persona mayor.

Silva miró a Riven con una expresión extremadamente aterradora. «Se acabó», pensó Riven. «Voy a morir». Ni siquiera lo iba a echar nadie de menos, porque se las había ingeniado para cabrear a todas las personas que conocía.

—¿Sabes qué te digo, Riven? —rugió Silva—. Tú corre y ya está. Ya te avisaré cuando puedas detenerte.

—¿Y si me niego a correr? —preguntó Riven, desesperado—. ¿Me puede obligar a hacerlo?

Silva dio un solo paso hacia él. Riven echó a correr.

Muchas horas más tarde, Riven cruzó arrastrándose el umbral del cuartel de los especialistas. Estaba muerto. Necesitaba su cama. Necesitaba agua. Se preguntaba si Sky le llevaría un poco de agua a la cama, dado que se estaba muriendo.

Entonces recordó que había cabreado a Sky incluso más

que a Terra. Inspiró profundamente, agotado, y lanzó una exclamación de sorpresa porque estuvo a punto de tropezar con Matt.

Matt tenía un ojo morado.

—¡Vaya! —exclamó Riven—. ¿Quién te ha dado un puñetazo en el ojo? ¿Ha sido Sky? ¿Has faltado al respeto a alguna chavala hablando con él? Ya sabes que esas cosas no le van…

Riven no era el rey del tacto en el mejor de los casos y, además, ese no era su día. La expresión de Matt se tornó tan sombría como su ojo.

—Me ha atacado esa enorme maceta con vestido.

—¿Qué? ¿Terra?

Riven se echó a reír como un loco, gratamente sorprendido. Matt le propinó un puñetazo y le aplastó el labio contra los dientes. Riven se atragantó con la sangre sin dejar de reír.

—Sí, Terra —dijo Matt con extrema dureza—. ¡Terra la loca! O quizá debería decir Terra, las tres personas chaladas en una.

Riven golpeó a Matt con todas sus fuerzas. Lanzó el puño como Sky le había enseñado y se asombró cuando Matt inclinó violentamente la cabeza hacia atrás.

Matt se hizo crujir el cuello y le lanzó a Riven una mirada asesina. Riven buscó su daga a tientas y se dio cuenta de que la había dejado en su otra camisa antes de quitársela. Vaya, ese día tan espantoso iba a acabar con Riven destripado.

Debería tratar de persuadir a Matt para que no lo matase.

—Cierra el pico de una vez —dijo Riven—. No me interesan la mitad de las idioteces que dices. Solo finjo que sí me importan para caerte bien.

¿Por qué estaba hablando así? ¡No había sido consciente hasta entonces de que realmente quería morir! Riven imaginó que era consecuencia de la pura desesperación, dado que lo iban a asesinar de todos modos.

—Te voy a romper hasta el último hueso de ese cuerpo de perdedor que tienes —prometió Matt.

Dio un paso al frente y a Riven se le encogió el corazón. Entonces, a su espalda, Sky gritó:

—¡Agárralo, Riv!

Riven se dio la vuelta a una velocidad digna de un especialista y atrapó al vuelo el bastón que le había lanzado Sky. Entonces, indignado, vio que Sky le entregaba otro bastón a Matt.

—Tiene que ser un enfrentamiento justo, Riv —explicó Sky.

—¡No tiene por qué ser justo, Sky! —protestó Riven—. Esperaba poder luchar en un combate amañado a mi favor. ¡Son los únicos combates que me interesan!

—No hablas en serio —dijo Sky, e hizo una mueca como si se acabase de dar cuenta de algo—. Un momento, sí hablas en serio.

—¡Claro que sí! —confirmó Riven mientras Matt se abalanzaba sobre él.

En realidad, Matt no era muy rápido. Riven lo esquivó, rodó por el suelo, golpeó a Matt en las rodillas con el bastón y lo vio tambalearse. Por increíble que resultase, Matt miró a Riven con una expresión recelosa, como si se enfrentase a una amenaza real.

—Puedes hacerlo —lo animó Sky.

—Si en cualquier momento te quieres unir para que seamos dos contra uno, ya sabes —lo invitó Riven.

—¡Nunca haría algo así! —exclamó Sky.

Como si Riven no lo supiera. Caray, le hubiera encantado esa pelea de dos contra uno.

Riven suspiró y le propinó una patada giratoria en el pecho a Matt.

—Eres muy irritante.

Con gran asombro, Riven se dio cuenta de que era mejor que Matt, pero también de que Matt era mucho más corpulento que él. Riven no era un prodigio como Sky, así que el combate precisaba estrategia. Riven hizo una finta con el bastón y percibió que Matt cerraba los ojos un instante. Era miedo. Riven conocía muy bien esa sensación.

Realizó dos fintas más, golpeó a Matt una vez, encajó un golpe tan fuerte que vio las estrellas y después lanzó el bastón por los aires como solía hacer con su daga. Mientras Matt miraba el bastón, Riven se abalanzó sobre él, lo derribó para eliminar la ventaja de altura de Matt y lo agarró por el cuello. Lo estranguló sin piedad hasta que Matt dio unos golpes en el suelo para rendirse.

Tembloroso por el agotamiento e incapaz de creer que hubiera ganado, Riven se levantó del pecho de Matt. A partir de ese momento, pensaba llevar dos armas encima en todo momento. Así todos los combates serían de dos contra uno.

Cuando Matt se levantó tambaleándose, balbuceó:

—No ha sido un combate justo.

—Tío, eres enorme —observó Riven—. Si se me hubiera ocurrido el modo de hacer trampa, te aseguro que lo habría hecho, pero no he hecho trampa.

—No todos recibimos entrenamiento especial de Sky, el soldadito perfecto. Supongo que sabes elegir bien a tus amigos —replicó Matt con amargura.

Riven desvió la mirada bruscamente hacia Sky, pero este seguía mirando a Matt con severidad, con una furia justiciera en la expresión que Riven habría encontrado de lo más irritante... cualquier otro día.

—Supongo que sí —coincidió Riven.

Matt miró a Riven, que se apoyaba en la pared, destrozado, y vio claramente cómo vengarse de él. Riven apenas tuvo tiempo de tensar los músculos antes de que Sky se interpusiera en el camino de Matt. Matt iba armado y Sky no, pero el rostro amenazador de este último dejaba muy claro que Matt debería reconsiderar su plan.

—Uf —concluyó Matt, y se marchó hecho una fiera.

Con la ayuda del bastón que le había dado Sky y apoyándose en la pared, Riven se dirigió a los escalones y se desplomó. Cuando recobró el aliento, alzó la vista y vio a Sky de pie sobre él como una de las imponentes estatuas de especialistas distribuidas por el cuartel. Riven odiaba dar muestras de debilidad delante de otras personas.

—¿No puedes evitar ayudarme? —soltó, sabiéndose desagradecido.

—Podría haberme contenido —dijo Sky—, pero ayudarte era lo correcto. No te preocupes, antes me lo has dejado muy claro. Sé que no somos amigos.

—Es verdad... —balbuceó Riven—. ¡Hoy hablo mucho más de la cuenta!

—Y solo dices verdades —añadió Sky—. Has tomado una

poción de la verdad preparada con las campánulas de la verdad del invernadero. Aquí tienes el antídoto.

Le ofreció un pequeño vial de color azul chillón. Riven reconoció el sello de la tapa. Terra había preparado aquel antídoto. ¿Lo había hecho por él? ¿O era como Sky y lo había ayudado porque era lo correcto?

¿Por qué se había rodeado Riven de hermanitas de la caridad? Debía replantearse seriamente las decisiones que tomaba en la vida. Debía encontrar a malas personas con las que relacionarse. Los amigos deberían tener cosas en común.

—Gracias. —Riven cogió el vial, rompió el sello, lo destapó y titubeó un momento—. ¿Sky?

—¿Qué?

Sky tenía las manos detrás de la espalda. Como el eterno soldado perfecto que era, adoptaba la posición de firmes a oscuras y cuando no había nadie más a la vista. A veces Riven estaba celoso de él y otras veces Sky lo irritaba, pero lo cierto era que no quería herir sus sentimientos. Sky se había portado bien con él. Quizá lo había hecho usando un método físicamente violento que a Riven le había costado interpretar, pero ahora lo entendía.

—Vamos a ser amigos —dijo Riven—. Sabes que lo digo de corazón porque... he bebido poción de la verdad.

Sky titubeó.

—¿Por qué quieres que seamos amigos?

Riven engulló el antídoto de la poción de la verdad como si fuera un chupito.

—Ni hablar, ¡creo que basta de sinceridad por hoy! Y ahora es un buen momento para aprovecharme de nuestros lazos de amistad eterna y masculina. Anda, colega, ayúdame a levantarme y a llegar a la habitación. Y de paso consígueme un poco de agua, hermano. Me estoy muriendo.

Sky suspiró, pero cogió la mano de Riven con firmeza y lo ayudó a levantarse. Una vez estuvo de pie, Riven sintió un extraño impulso súbito que casi parecía afecto. ¿Por Sky? Matt debía de haberle golpeado en la cabeza más fuerte de lo que pensaba, pero Riven se dejó llevar.

—Ah, y gracias por no dejar que Matt me matara —añadió, dando un paso hacia Sky y abrazándolo con un solo brazo—. Los hermanos no dejan que otros hermanos mueran asesinados.

Era como abrazar un perchero, salvo que los percheros eran más relajados y sociables. Sky simplemente se quedó ahí de pie, congelado como un soldadito de juguete estropeado.

—¿Nada de abrazos entre hermanos? —dijo Riven, mientras retrocedía un paso y arqueaba las cejas—. Tomo nota.

Riven se guardó el vial vacío del antídoto que había preparado Terra, hizo una mueca y trató de no recordar todo lo que había dicho ese día.

EL CORAZÓN ENVEJECE

Ben Harvey supervisaba el regreso de las futuras hadas y los próximos especialistas de Alfea al autobús tras una jornada de puertas abiertas extremadamente accidentada. Esperaba volver a verlos a todos en unos meses, y que la experiencia no los hubiera aterrorizado. Parecían buenos muchachos. Sin duda, algunos de ellos acabarían haciéndose amigos de su Terra.

—Gracias, profesor Harvey —dijo una chica con manchas azules en el pelo que le daban un aire encantador y la hacían parecer un lirio.

El profesor le sonrió y después miró incómodamente a Callum Hunter, el ayudante que le habían asignado.

Ben consideraba que lo mejor era que las personas se inclinaran y crecieran hacia el futuro, del mismo modo que las plantas se inclinaban y crecían hacia el sol. El pasado era pasado y quedaba a su espalda. Sin embargo, Callum había dado cafés a Ben para que se los diera a los chicos y, a partir de ese momento, los chicos se habían desmadrado completamente. Casi como si hubiese habido algo en esos cafés.

—¿De verdad le pidió Farah que diera esos cafés a Sky? —preguntó.

Callum dio un respingo.

—Yo... ¡Por supuesto! No me habría atrevido a actuar por mi cuenta.

Ben permaneció en silencio. Podía comprobar si era verdad hablando con Farah. Tal vez lo hiciera.

Callum se mordió el labio.

—Sin embargo, sí que les añadí... Me pareció ver una poción de buen comportamiento en su invernadero y creí que sería buena idea apaciguar un poco a algunos muchachos. Debía de ser la poción de la verdad. ¡Lo siento! Solo quería que la jornada de puertas abiertas saliera bien. Si se lo cuenta a Farah, puede que me despida. No pasa nada. Debería decírselo. Ella tendría que despedirme. Lo merezco.

Callum se había puesto muy pálido. Ben pensó en cuando era joven y en lo asustado que había estado una vez, durante las guerras.

—Bueno, ha sido una estupidez, pero todos cometemos errores —valoró Ben—. Lo sé mejor que nadie. No ha pasado nada grave. No se lo contaré a Farah.

No quería ver sufrir a ningún joven. Sin duda, Callum había aprendido la lección y no volvería a ser tan impulsivo.

Ben había aprovechado todas las oportunidades que se le habían presentado para inculcar a Sam la lección que tanto le había costado aprender: paz mental y tranquilidad a cualquier precio. No quería que su hijo siguiera el camino del guerrero. Temía que lo que le había enseñado a su hijo y lo que Silva le había enseñado al suyo fuesen modelos tan opuestos que Sam y Sky no pudiesen ser amigos, pero si ese era el precio de la paz, Ben estaba dispuesto a pagarlo.

Una vez, cuando los niños eran tan pequeños que seguramente ni lo recordaban, Ben y Silva habían dejado a Sky, Sam y Terra jugando juntos en el césped. La sesión de juego no había tardado en descontrolarse. La pequeña Terra había hecho que una docena de ramas se abalanzasen sobre Sky a la vez, lanzándole golpes como los tentáculos de un pulpo asesino, mientras Sky las golpeaba con una espada de madera y Terra gritaba: «¡Pum! ¡Pum! ¡Pum!». Sky, Terra y Silva se habían reído a carcajadas, pero Sam se había marchado atravesando un árbol para alejarse de esa panda de chalados.

—Debes de estar muy orgulloso de Terra —le dijo Silva más tarde.

No estaba orgulloso de ella. A Ben lo aterraba ver cómo preparaban a sus hijos para la guerra.

Ben dijo que no quería que volviesen a jugar juntos, y Silva respetó sus deseos, aunque no los entendiese. Saúl siempre había sido un buen amigo. Cuando Saúl y Farah gritaban «¡Ben!» con una exasperación cariñosa, Ben Harvey siempre se sentía comprendido y querido. Cualquiera se habría sentido afortunado de tener amigos como aquellos..., pero Ben quería otros amigos y una vida distinta para sus hijos.

Terra lo preocupaba mucho más que Sam. A veces le percibía un brillo en los ojos y le daban ganas de colocarla bajo un cristal como si fuera una planta exótica que no podía brotar en esas tierras. Sin embargo, no era ninguna planta, sino su hermosa y tímida hija. A la introvertida Terra y al dulce Sam jamás se les pasaría por la cabeza enfrentarse a cualquier peligro. Jamás sufrirían como había sufrido él. Él había pagado el precio por ellos.

Todo había valido la pena, porque ellos estaban a salvo.

Una de las chicas nuevas se había detenido frente a la puerta del autobús y escuchaba la conversación entre Ben y Callum. Llevaba una falda a cuadros y tenía la edad de Terra, pero en todo lo demás era muy distinta a ella. A Ben le pareció que tenía unos ojos oscuros muy taimados y se preguntó qué debía de haber oído.

—Sube al autobús —dijo Ben, y la chica subió rápidamente los escalones y entró en el vehículo—. Buen viaje de vuelta —los despidió.

Callum se escabulló enseguida, pero Ben siguió con la mirada el autobús mientras cruzaba las puertas decoradas con hojas doradas y salía al mundo exterior.

Farah y Saúl actuaban impulsados por la culpa, atormentados por los recuerdos de las batallas que habían perdido y ganado, pero Ben era distinto. Él tenía que pensar en sus hijos.

¿En Aster Dell había niños?

Seguro que sí. Ben sabía leer las cenizas y las ruinas como los anillos de un árbol, conocía bien los residuos de la historia. Había visto un patuco y un objeto aplastado que recordaba mucho una cuna. Creía que en Aster Dell había habido al menos un niño, quizá dos. Quizá más. Niños tan inocentes como Sam y Terra. Niños que tal vez tenían la misma edad que Sam y Terra en ese momento, lo bastante mayores para haber ido a Alfea. Si hubiesen vivido.

Pero no habían vivido. Ben debía pensar en los vivos y en el futuro.

Por sus hijos.

Se acostó y durmió a pierna suelta sabiendo que había sido compasivo con el secretario de Farah. Lo que Farah desconocía no le podía causar ningún daño.

Al día siguiente, Ben Harvey se levantó al alba, silbando y arremangándose, listo para ir a trabajar al huerto. El día anterior había sido frenético, pero ese día sería pacífico y esperaba que los siguientes también lo fueran. Paz en Alfea y en todo el reino, paz sin fin.

Mientras recogía las herramientas y se alejaba del invernadero pensando en flores estivales, un chico se estrelló contra su espalda, chilló sorprendido y siguió corriendo. Ben pensó que se trataba de Riven, el joven especialista de conducta espantosa que había causado tantos problemas el día anterior. Silva debía de estar muy preocupado por ese chico. Era una lástima, porque Ben opinaba que tenía una técnica prometedora en el manejo de las pipetas, pero estaba claro que era un delincuente.

«Un día los chicos correrán como él para ir a ver a mi Terra», pensó con orgullo. Cuando Terra fuera lo bastante mayor. Quizá a los treinta años.

Y no serían muchachos como aquel. Ese chico tenía una daga.

—¡No corras si llevas cuchillos! —le gritó.

La seguridad era lo primero. Ben nunca volvía la vista hacia el pasado. Allí solo aguardaban peligros.

CUENTO
DE HADAS N.º 6

*La educación no es como llenar un cubo,
sino como encender un fuego.*

PLUTARCO

PEOR NO SE PUEDE OBRAR

Estimado señor:

¡Buenas noticias! Aunque la jornada de puertas abiertas no salió como yo había previsto, conseguí administrar poción de la verdad a tres alumnos y confirmé, sin lugar a duda, que no tienen ni idea de lo que planeamos. En Alfea nadie tiene la más remota idea de nuestros planes. Ni siquiera la hija de la reina.

Entiendo que le preocupe que diese poción de la verdad a los alumnos, pero no se produjeron consecuencias desafortunadas. Engañé a Ben Harvey para hacerle creer que había cometido un error bienintencionado y me encubrirá. Las arrogantes hadas de Alfea siempre subestiman a los humanos. Pronto se darán cuenta de su error.

Le pido paciencia. Estoy seguro de que todo ha salido a pedir de boca. Ahora que sé con certeza que nadie sospecha de mí, puedo seguir llevando a cabo nuestra gran labor. Le aseguro que pronto dispondré de la llave que nos conducirá a los secretos de Dowling y a la victoria.

Tengo motivos para pensar que Dowling encontró algo en el Primer Mundo. Le escribiré más acerca de ello en cuanto se me presente la oportunidad.

Reciba un cordial saludo,

CALLUM HUNTER

MENTE

Mientras el autobús se alejaba de Alfea, Musa se sorprendió cuando Aisha se sentó a su lado.

—¿Puedo?

Aisha tenía la mente abierta y relajada, y Musa le agradeció que se hubiera molestado en preguntar.

—Sí, si no te importa que no sea muy habladora —la avisó Musa.

—No me importa —prometió Aisha.

—Ha sido una excursión interesante, ¿eh? —murmuró Beatrix, que se había sentado junto a Dane.

Dane parecía tan sorprendido como encantado de que Beatrix se hubiese sentado con él. Por su parte, Musa se alegraba de que se hubieran encontrado. No le gustaba mucho la mente de ninguno de los dos.

La mente de Aisha, ahora que sus preocupaciones se habían apaciguado, era mucho más agradable. A Musa no le desagradaba tenerla sentada al lado, porque los pensamientos de Aisha fluían como un río que se dirige decididamente a su desembocadura. Aisha respetaba los auriculares y, aunque cuando le ofreció aperitivos saludables Musa los rechazó, antes se quitó los auriculares un instante para indicar que estaba dispuesta a hablar. El poder de Musa le permitía levantar tan pocas barreras para protegerse que las personas que respetaban los contados muros que podía alzar le caían bien de inmediato.

—Así que eso era Alfea —dijo Aisha—. ¿Qué te ha parecido?

—Un chico me ha dicho que iba a Alfea para aprender a ser un héroe —contestó Musa—. Debo decir que en Alfea hoy no me ha parecido que nadie se sintiera muy heroico.

—No sé si el heroísmo es algo que sientes en un momento dado —dijo Aisha, pensativa—. Creo que el heroísmo es un objetivo que te marcas. Por eso quiero ir a Alfea. Quiero disponer de todas las herramientas que necesito para esforzarme tanto como pueda por alcanzarlo. ¿Tiene sentido?

Musa hizo un gesto indicando que solo a medias.

—Bueno —dijo.

Como quería pensar en lo que Aisha acababa de decir, se volvió a poner los auriculares y siguió escuchando música. Tras ella, Beatrix y Dane conspiraban entre susurros, con las trenzas de ella muy cerca de la cabeza rapada de él. Musa habría podido escuchar sus mentes, pero se inclinó por no hacerlo. A su lado, Aisha elaboró un horario que parecía muy complicado e incluía una cantidad aterradora de horas dedicadas a nadar y estudiar. Aisha irradiaba determinación.

El autobús siguió circulando a través de los bosques y las colinas por la noche. Bajo la luna, el reino de Solaria lucía plateado como el mar.

—Nos vemos en Alfea —le dijo Aisha a Musa con una sonrisa cuando por fin llegaron a su parada—. Es decir… Espero que nos veamos.

Musa volvió a pensar en lo que le había dicho Aisha sobre el heroísmo, lo de que no era un sentimiento, sino un objetivo. Estaba claro que Aisha se esforzaba por alcanzarlo. Musa también lo podía intentar a su manera. Quizá en Alfea lo intentaba todo el mundo, desde el soldadito Sky al terrible Riven, pasando por la aterradora princesa Stella y esa irritante chica de las flores. Hasta la directora Dowling y el director de especialistas Silva. Todos.

La idea de abandonar el torbellino de emociones que era su mundo y pasar a la acción le resultaba atractiva.

Su madre estaba muerta; la última huella que había dejado en el mundo era un dolor que había resonado en la mente de Musa y que jamás podría olvidar, pero Musa seguía viva. ¿Adónde más podía ir? ¿Qué otra cosa podía hacer? No perdía nada por intentarlo.

Musa le devolvió la sonrisa y tomó una decisión:

—Nos vemos en Alfea.

Aisha bajó del autobús con una larga zancada atlética y el pelo azulado y moreno ondeó tras ella como un río.

—¡Esperaré ese día con impaciencia!

Musa se reclinó en el asiento y dejó que la sensación de antes la volviese a bañar, una emoción que resultaba más valiosa porque no la podía conservar: paz. Mejor aún, la esperanza de hallar paz en el futuro.

ESPECIALISTA

Sky completó el circuito matutino por Alfea y se detuvo frente al castillo. El sol teñía las ventanas de tonos dorados y el azul del cielo brillaba intensamente sobre los tejados. Ese día podía ser algo menos complicado que el anterior.

Los lagos de los especialistas también estaban cubiertos de un sencillo manto azul. Los espejos del cielo: así llamaban a los lagos, según le había dicho Stella. La primera vez que Silva había comentado que al crecer Sky se parecía mucho a su padre, Sky había ido a contemplar su reflejo en uno de los lagos de los especialistas, en busca de su padre. Había agitado la superficie del agua con un bastón para alterar la imagen y distorsionar el reflejo. Solo veía una silueta alta y rubia con la cara en penumbra, de pie con la luz a su espalda. Su reflejo no le había parecido un padre.

Silva entrenaba pasos con un bastón sobre una de las plataformas que se alzaban sobre el lago. Sky trató de pasar corriendo discretamente junto a él.

—¡Sky! —lo llamó Silva—. Detente, muchacho, no te hagas el sordo. Ven aquí.

«¡Finge que no lo oyes y sigue corriendo!», le sugirió la voz interior que empezaba a hablar como Riven. A Sky, naturalmente, ni se le habría pasado por la cabeza desobedecer las órdenes de Silva.

Se dirigió a los lagos con pasos tan pesados como la vergüenza que sentía por todo lo que había dicho el día anterior. Silva debía de pensar que era patético y que no estaba hecho de pasta de soldado.

Silva fijó la mirada en un punto situado sobre la cabeza de Sky.

—Lo de ayer fue un desastre.

—Oh —dijo Sky—. Sí. Lo siento, señor. Me dieron poción de la verdad. Creo que fue cosa de Terra.

Silva frunció el ceño.

—¿Terra? ¿Por qué?

—No estoy seguro —balbuceó Sky—. Creo que estaba molesta conmigo. Fue un malentendido.

Silva negó con la cabeza.

—Pequeña asesina —dijo afectuosamente, y Sky comprendió que Silva no metería a Terra en problemas. El director de especialistas admiraba las cosas peligrosas, como el caballo mágico que el profesor Harvey había criado en una ocasión, el corcel que comía carne humana—. No importa, la verdad no es nada malo. Sin embargo, ¿en qué estaban pensando tus amigos cuando pusieron en ridículo a la señorita Dowling?

Entre «matar a alguien» y «causar una leve molestia a la señorita Dowling», era obvio lo que Silva consideraba un pecado más grave.

—Pues… —balbuceó Sky, sintiéndose culpable.

—¿Os divierte pasar las horas libres hablando de la vida privada de la señorita Dowling? —preguntó Silva con hostilidad—. ¿Tenéis alguna otra teoría que quieras compartir conmigo?

Sky negó con la cabeza.

—¡No, señor!

Tras un largo momento durante el cual Silva miró a Sky con una desconfianza siniestra, el enfado de Silva remitió y Sky supo que iba a salvar el pellejo.

—Eso espero —refunfuñó Silva.

—A veces, cuando Stella o Riven hablan, los escucho sin prestar demasiada atención a los detalles —confesó Sky. Los detalles podían ser desagradables.

Silva gruñó.

—Es comprensible. Probablemente yo haría lo mismo si tuviera que pasar mucho tiempo con Stella o Riven.

Sky estaba dividido entre el placer que le producía que Silva hubiese insinuado que se parecían, algo que no hacía a menudo y que Sky siempre deseaba oír, y la clara sensación de que debería defender a sus amigos cuando alguien los insultaba.

—Ayer, la magia de luz de Stella era demasiado potente —continuó Silva—. No me gusta ver un arma en las manos de alguien que le dará un mal uso. Esa chica se está convirtiendo en la viva imagen de su madre.

Sky no le habría llevado la contraria a Silva para defenderse a sí mismo, pero al oír esas palabras se volvió hacia él. Le apoyó una mano firme en el brazo para que bajase el bastón y Sky lo miró directamente a los ojos. Recordó los ojos de Stella la noche anterior, húmedos por las lágrimas y brillantes como las estrellas, mientras lo miraba llena de confianza ciega. Le sostuvo la mirada a Silva para darle a entender que hablaba muy en serio.

—No es cierto —le aseguró Sky—. Stella no se parecerá jamás a su madre. Yo creo en ella.

Silva dio un paso atrás como siempre, pero asintió.

—Si tú lo dices, Sky…

Sky miró fugazmente el soporte de armas, contempló los castaños y volvió a mirar a Silva. Aunque se arriesgaba a disgustarlo, era mejor contárselo todo.

—Y además… Voy a pedirle a Riven que vuelva a ser mi compañero de habitación el año que viene. Sé que Riven no es un héroe ni nada por el estilo, como tú y mi padre —dijo Sky a trompicones—. No lo tomo demasiado en serio. Pero…

En realidad, eso era todo. Era agradable poder no tomarse algo en serio para variar. A veces era genial creer que incluso Sky podía relajarse y divertirse.

Sky se encogió de hombros, incómodo.

—Simplemente quiero hacerlo.

Silva inspiró hondo, como si tratara de reunir paciencia, y Sky esperó atemorizado que le gritase.

—En ese caso, haz lo que quieras. Eres un amigo fiel —observó Silva—. Estoy orgulloso de ti.

¿De verdad? Era algo inesperado pero positivo. Sky siempre intentaba que Silva se enorgulleciera de él. El orgullo estaba muy cerca del amor.

Sky asintió.

—Gracias, señor.

El sol se elevó cada vez más en el cielo y, por un instante, todo parecía ir bien. Entonces todo empezó a ir mal.

—Tras tomar esa poción de la verdad, dijiste… algunas cosas —dijo Silva con la voz entrecortada—. Estabas bastante disgustado. Yo soy un hombre muy sencillo. He vivido toda la vida con una espada en la mano. No soy el mejor en… el ámbito de los sentimientos, o a la hora de hablar de ellos, pero si no fueras feliz me lo dirías, ¿verdad?

Estaba de pie junto a Sky, que ya era más alto que él, y entrecerraba los ojos para protegérselos del sol.

Quizá Silva había vivido toda la vida con una espada en la mano, pero Sky había vivido la suya con una espada en la espalda, preparado para la batalla que Silva estaba convencido de que debería librar, cargando sobre los hombros con el legado del pasado y el terror que el futuro le inspiraba a Silva.

Sky irguió esos mismos hombros. Lo habían criado para ser soldado y podía ser valiente sin necesidad de beber poción de la verdad.

—A veces me pregunto… ¿Alguna vez te has arrepentido de acogerme?

Se hizo un largo silencio mientras Silva consideraba su respuesta. Siempre era cuidadoso con lo que le decía a Sky, y Sky siempre creía todo lo que Silva le decía.

—Me arrepiento de muchas cosas —confesó Silva al fin—. Supongo que también debería arrepentirme de eso. Sin embargo, es curioso, pero no lo lamento, Sky. Nunca me arrepentiré de haberte acogido. —Calló un momento y, de pronto, preguntó—: ¿Tú lamentas que te acogiera? Entendería que lo lamentaras.

Sky se puso en posición de firmes.

—No, señor.

—Sería comprensible —insistió Silva—. En Eraklyon habrías crecido rodeado de lujos. No tendrías que haberte visto arrastrado por todos los reinos de las hadas y castigado por sesiones de entrenamiento interminables a cargo de un viejo soldado patán.

—¡No lo lamento! —exclamó Sky—. Me pasa como a ti, no lo lamentaré jamás.

Una sonrisa tímida se asomó al rostro de Silva, y Sky paladeó su aprobación. Aunque Sky ya era algo más alto que Silva, siempre lo veía como una figura más grande que él.

—Bien, entonces hemos terminado —concluyó Silva.

Sky lo interpretó como una despedida y se dispuso a abandonar la plataforma. No quería molestarlo. Ya se había salvado de una buena.

—¡Oye, Sky! —lo llamó Silva de repente. Sky se volvió de inmediato y se puso de nuevo en posición de firmes—. Vuelve aquí un momento.

Cuando Sky obedeció, Silva miraba fijamente las aguas del lago, no a él. Entonces Silva lo abrazó.

Los abrazos no se le daban muy bien. De hecho, nunca había abrazado a Sky por iniciativa propia, aunque sí había correspondido a Sky cuando este había reunido coraje para abrazarlo. A veces, sin embargo, se acercaba mucho al rostro de Sky al hablar y apoyaba la frente en la del muchacho para enfatizar que hablaba desde el corazón.

A menudo lo que Silva trataba de hacerle creer de corazón era que Sky debía dejar de favorecer la izquierda.

Fue exactamente lo que hizo en ese momento, agarrando a Sky por el cuello como si fuera un cachorrito travieso. Lo zarandeó un poco y chocó la frente contra la del chico apenas un instante, aunque con demasiada fuerza.

—Y en cuanto a lo que importa de verdad… —dijo Silva con aspereza.

Sky tardó un momento en entenderlo y recordar a qué se refería, hasta que rememoró de pronto su propia verdad desastrosa. Recordó exactamente lo que le había preguntado a Silva el día anterior, sobre su padre y sobre sí mismo.

«¿Mi padre le importaba? ¿Le importo yo?».

Silva tenía la garganta tan reseca que al tragar le salió un sonido rasposo.

—Me importaba... Me importaba y me importas.

—Y a mí... —comenzó a decir Sky, y sintió que las lágrimas se le acumulaban en los ojos.

Silva se separó enseguida de Sky y le propinó un empujón.

—¡Me parece que ya hemos charlado bastante! —anunció—. ¿Podemos practicar un rato con el bastón antes de clase? Últimamente te has descuidado un poco, muchacho.

—Por supuesto —accedió Sky—. Lo siento, señor.

—Atácame.

Silva hizo un gesto a Sky para invitarlo a acercarse y Sky sonrió mientras giraba el bastón a su alrededor, listo para el combate.

—No me contendré —prometió.

En el espejo azul del cielo que era el lago, dos siluetas iniciaron los patrones de combate moviéndose a través de la plataforma que lucía la insignia de Alfea. Una de ellas era oscura y robusta, y la otra rubia y alta, pero ambas se movían en una sincronía perfecta.

Si Sky hubiese mirado sus reflejos en ese momento, tal vez habría visto lo que tanto deseaba ver.

ESPECIALISTA

Generalmente, cuando Sky se iba al alba para correr como un masoquista y la puerta se cerraba tras él, Riven se daba la vuelta en la cama, escondía la cabeza bajo la almohada y pensaba con arrogancia que, al menos durante esos breves momentos, su vida era algo mejor que la de Sky. Ese día esperó a que los pasos de Sky se alejasen, se levantó y se vistió.

De camino a la puerta agarró la daga, la lanzó, la atrapó hábilmente sin pensar siquiera y miró el arma resplandeciente que tenía en las manos con una ligera sorpresa. Perfecto. Lo interpretaría como una señal de buena suerte.

Como había hecho tantas veces ese mismo año antes y después de las clases, Riven se dirigió al invernadero. Estuvo a punto de chocar con el padre de Terra por el camino: tras rebotar en el profesor Harvey, le gritó una disculpa sin apenas volverse, pues llevaba prisa.

Terra ya estaba en el invernadero, enfrascada en la poda de los helechos colgantes. La caja de las campánulas de la verdad estaba cerrada y asegurada con un candado.

Riven se detuvo frente a la puerta. Los separaban unas catorce baldosas de mármol, pero le parecían muchas más.

—Hola —saludó Riven al ver que Terra no decía nada.

—Hola, Riven —respondió Terra en tono distante, sin dejar de podar los helechos—. ¿Qué haces aquí?

—Sky me contó que le diste el antídoto de la poción de la verdad —dijo Riven—. Respecto a lo que dije bajo la influencia de la poción, yo…

—Ah, ¿o sea que Sky te dio el antídoto? —preguntó Terra—. Lo preparé para él. Es muy buen tipo, ¿no crees? Sky, digo. Uno de los mejores, la verdad. Pero tú no sabes qué significa ser un buen tipo, ¿verdad, Riven?

Terra lo miró directamente. La mirada de Terra siempre

había sido dulce y agradable cuando veía a Riven, desde la primera vez, cuando lo había encontrado llorando en el invernadero bajo un árbol en flor. Era como si siempre lo hubiese observado a través de un velo que filtraba sus abundantes imperfecciones y solo le permitía ver sus mejores partes. Ese velo se había desgarrado por completo, y Terra lo veía ahora con la mirada clara, como Sky o Silva cada vez que Riven dejaba caer un arma. Como lo había visto la preciosa hada de la mente vestida de lila que el día anterior había contemplado su interior y había fruncido los labios, asqueada.

No parecía impresionar a nadie, pero ¿acaso era una persona impresionante?

Riven sonrió sarcásticamente y lanzó la daga al aire.

—Supongo que no.

—¿Qué haces aquí, Riven? —preguntó Terra—. ¿Te ha parecido que querría que vinieras después de averiguar cómo me ves en realidad? ¿De verdad pensabas que me tragaría el insulto y seguiría alimentando tu ego preocupándome por ti? Caray. Debes de pensar que no tengo ni una chispa de orgullo. No sabía que me considerabas tan patética.

Riven dio un paso al frente para demostrarle que no se sentía nada intimidado. El rostro se le reflejó en el cristal de la ventana que tenía enfrente y surgió entre las hojas colgantes, un poco pálido.

—Sí —le dijo al cristal—. Eres bastante patético.

Riven suponía que ambos habían sido patéticos a lo largo de ese año. Los dos habían visto lo que habían querido ver y se habían sentido tan solos que se habían engañado a sí mismos. En el invernadero, Terra había soportado una lluvia resplandeciente de verdades: si antes creía que Riven era buena persona, ya no lo pensaba.

—Puedes irte, Riven —dijo Terra en un tono cortante como una espada.

—Me parece bien. —Riven dio media vuelta—. Tengo lugares mejores a los que ir.

Si necesitaba alguna planta recreativa, siempre podía regresar al invernadero más tarde. A fin de cuentas, era lo único para lo que servía ese lugar. Se dirigió a los lagos de los especialistas. Tal vez pudiera entrenar un rato a primera hora de la mañana, como Sky. Se dio cuenta de que había estado lanzando y recogiendo al vuelo la daga mientras caminaba sin ningún esfuerzo. ¡Quizás fuera un genio de las artes marciales!

Silva y Sky ya estaban sobre una de las plataformas, hablando con aire muy serio. Iría a buscar un bastón y se uniría a ellos.

— Sé que Riven no es un héroe ni nada por el estilo, como tú y mi padre —oyó que Sky le decía a Silva—. No lo tomo demasiado en serio.

Riven se desvió de las plataformas y el lago. ¡Quizá no estuviera hecho para ser un sufrido soldado! ¡Quizás fuera el plan más estúpido que se le había ocurrido jamás! Era el momento de recuperar la idea de las plantas recreativas.

Estaba decidido a pasarlo bien para variar. Matt tenía razón respecto a Terra. Todo lo que Matt había dicho era cierto. Terra era una solitaria rara, y Riven estaba harto de ser patético. Pensaba ir de copas con tipos fenomenales y salir con chicas guapas. Seguro que podía encontrar a alguna chica a la que le hicieran gracia sus chistes groseros y a algún tipo que pensara que Riven molaba. La diversión era un buen plan de vida y, francamente, ser el *gigoló* de los reinos de las hadas sonaba mucho mejor que ser especialista.

Como Sky, Riven no se tomaba a sí mismo en serio. ¿Por qué debía importarle no estar hecho para la caja que Alfea le había asignado? Se iba a relajar. Si alguna de las múltiples actividades recreativas que se le presentaban lo ayudaba a olvidar, no tendría que pensar en la opinión que los demás tuvieran de él. Ni siquiera en lo que opinase él mismo.

En la habitación de Riven y Sky había una petaca con alcohol que había sobrado de la fiesta de los especialistas de último año. Riven volvió al cuarto, apoyó los pies en la mesa y engulló de un trago el contenido de la petaca.

Todavía le ardía la garganta cuando Sky entró en el dormitorio.

Sky parpadeó.

—Oye, Riv, ¿qué haces?

Riven le mostró los dientes.

—Divertirme un rato.

Sky parecía algo confundido, pero negó con la cabeza y sonrió, comprensivo. Tal vez por fin eran amigos.

«No lo tomo demasiado en serio», dijo la voz de Sky en la mente de Riven, pero Riven también se relajó y transformó los dientes expuestos en una sonrisa. ¿Cómo iba a enfadarse con Sky por no tomarlo en serio? Al menos él todavía se esforzaba por soportarlo.

—Oye, Riv —dijo Sky—, ¿quieres que volvamos a ser compañeros de cuarto el año que viene?

—Claro —accedió Riven en tono despreocupado—. Suena bien.

Se hizo un silencio. Riven volvió la cabeza y vio que Sky sonreía ligeramente. Al darse cuenta de que Sky había elegido a Riven a pesar de que este no era un héroe, la tristeza devastadora fue dejando paso a un creciente bienestar. Tal vez no importaba lo que Sky pensase de él. A fin de cuentas, no se había equivocado.

—Inmortalicemos este momento —propuso Riven, y sacó el teléfono—. Un selfi de hermanos.

Alzó un brazo y Sky se le acercó. Riven extendió un brazo para rodearle el cuello a Sky e hizo varias fotos desde distintos ángulos. Lamentablemente, Sky no parecía tener ningún ángulo malo.

—¿Quieres que haga un gesto como los que hacen algunos en sus fotos de Instagram? —preguntó Sky.

—¿Te refieres al gesto de la paz?

Sky parecía sorprendido.

—¿Acaso hay un gesto de la guerra?

Un abanico de tentaciones abrumó a Riven en ese momento. Estaba muy claro que Riven debía contestar inmediatamente que sí, inventarse un gesto de la guerra, pedir a Sky que lo hiciera e inmortalizar ese momento para siempre en Instagram.

Sin embargo, miró el rostro entusiasta y esperanzado de Sky y no fue capaz de hacerlo. Terra había acertado al juzgar a Sky, tanto como al juzgar a Riven. Sky era un buen tipo. El mejor.

—Tú siéntate ahí y ponte guapo, colega —le aconsejó Riven, y acto seguido alzó el móvil y tomó el primer selfi en el que aparecía Sky.

Echó un vistazo a la foto y se dio cuenta de que él había salido un poco raro. A lo mejor es que salía raro en cualquier fotografía en la que apareciera junto a Sky. Quizás esa foto solo era el primer episodio del futuro repleto de inferioridad que aguardaba a Riven como amigo de Sky.

Le apetecía bastante borrarla.

Al final, publicó la foto en Instagram pese a todo, con el comentario: «Buenas noticias, señoritas: Es oficial. Preparaos para emitir vuestros votos para los compañeros de habitación más atractivos de Alfea por segundo año consecutivo».

—¿Le has puesto un comentario ofensivo para las mujeres? —preguntó Sky en un tono desconfiado.

Riven le guiñó un ojo.

—¿Me ves capaz, Sky? Eso me ha dolido.

—Oh, no, Riven, por qué, por qué…

Los comentarios comenzaron a aparecer bajo la fotografía. Riven los leyó con una deprimente sensación de inevitabilidad.

«Imaginaos que Sky fuera vuestro compañero de habitación… ¡Qué envidia!».

«¿Quién es ESE?», con varios emoticonos de fuego.

«¡Qué suerte! Tú, no él, je, je».

«Borra esa foto», le ordenó su mente. «Borra esa foto ahora mismo». En vez de borrarla, desactivó los comentarios. Si no tenía que ver los comentarios, tampoco tenía que preocuparse por lo que los demás opinasen de él. Tenía pensado dedicar el resto del año a olvidar. Podía empezar ese mismo día.

El año siguiente sería distinto. Él también sería distinto. Sería amigo de Sky, pero también haría amigos nuevos. Y se buscaría novia. No una demente como Stella, sino una que molara. Sky y él serían iguales muy pronto. Y lo más importante de todo era que no volvería a dejarse caer por el invernadero como un perdedor.

Riven asintió decididamente, se levantó y se guardó el teléfono en un bolsillo y la petaca plateada en el otro. Pensaba rellenar la petaca en cuanto pudiera ese mismo día.

Mientras se ponía en marcha, volvió a lanzar la daga al aire y siguió con la mirada la trayectoria de la hoja, que centelleó mientras se elevaba y caía de nuevo. Riven la atrapó al vuelo con un movimiento reflejo que no le costaba ningún esfuerzo después de practicar tantas veces. Atrapó la daga, la sostuvo y la mantuvo en equilibrio. De momento.

Un instante después, a Riven se le cayó la daga al suelo por culpa de Sky, que había elegido ese preciso instante para acercársele y darle un abrazo apresurado y nervioso, con movimientos rígidos, como si no hubiese abrazado a mucha gente en toda su vida.

—Los abrazos de hermanos sí están permitidos —dijo Sky.

Riven también abrazó a Sky, le dio unos golpecitos en la espalda y se sorprendió al darse cuenta de que estaba sonriendo. Escondió la sonrisa en el hombro de Sky para que nadie pudiera verla.

—Tomo nota.

AGUA

Antes de volver a casa, Aisha debía hacer una última cosa.

Mucho tiempo atrás se había marcado el objetivo de ir a nadar dos veces todos los días, y cuando Aisha decidía algo, nunca se desviaba de su propósito. Todos los días significaba todos los días sin excepción.

Por muy raro que hubiese sido ese día.

A Aisha le encantaba el agua en todas sus manifestaciones, pero después de ver los riachuelos forestales, los lagos de los guerreros y las fuentes espectaculares de Alfea, tenía un destino concreto en mente. Se descalzó, se encaramó a lo alto de las dunas y bajó por la arena hacia el mar.

Cuando el océano quedó a sus pies y la luz del sol se reflejó en el agua y la hizo brillar como un tesoro colocado frente a una princesa, Aisha suspiró y se permitió al fin el lujo de relajarse.

Se desprendió del vestido ajustado, en tonos azul y lila, y lo dejó en la arena, donde formó un pequeño charco de tela. El agua la reclamó mientras entraba paso a paso en otro mundo y finalmente se sumergió bajo la superficie. Por fin se encontraba en su elemento.

A Aisha le encantaban las piscinas, entrenar con compañeras de equipo y las calles claramente marcadas, que te indicaban con precisión por dónde debías ir, pero había días en los que una chica necesitaba el océano. El sonido del viento sobre el mar había sido la primera nana de Aisha. Había aprendido a nadar en el mar, compitiendo contra sí misma para marcar nuevos récords y gritando triunfalmente a las olas cuando lograba batirlos. Ese día quería batir el récord de velocidad que había establecido el mes anterior.

Mientras se adentraba en el mar azul oscuro, regresó mentalmente al bosque verde oscuro. Consideró sus posibles futuras compañeras de equipo en Alfea. Musa ya le había caído bien y ya se le habían ocurrido varias formas de ayudarla a soportar la escuela. Solo necesitaba compañía que no la presionase. Aisha no confiaba en Stella ni en Beatrix, pero se había fijado en que Terra, el hada de la tierra, intentaba insistentemente ayudar a los demás y hablar con la gente. Aisha valoraba mucho el espíritu de equipo y supuso que Terra podía ser una buena amiga. Quizá acabaría compartiendo cuarto con Musa o con Terra, y la idea la entusiasmaba.

Lo fundamental en Alfea sería encontrar a una compañera de habitación con la que pudiera llevarse bien. Aisha pensaba esforzarse para que formasen equipo a menos que fuera una persona espantosa, que no quisiera ser su amiga o que la menospreciase por no tener un control total de su magia todavía.

Sintió una nueva punzada de temor que la atenazó y le retorció las entrañas al recordar cómo había perdido el control sobre sus poderes en la fuente ese día. Entonces recordó a la señorita Dowling y su absoluta impasibilidad ante una exhibición de poderes extraños.

No permitió que los pensamientos le alterasen las brazadas. Se abrió camino a través de las olas y ganó la carrera contra sí misma. Cuando emergió, lo hizo entre un estallido de espuma de mar, con el rostro elevado hacia el cielo. Todo era de un triunfal azul sobre azul.

Aisha deseaba contar con compañeras de equipo, pero si no le quedaba otra opción, también podía valerse sola. Confiaba en su poder. Ella debía ser la primera integrante de su equipo.

Con tiempo suficiente, una gota de agua constante podía atravesar la piedra. El cambio del curso de un río podía cambiar todo el paisaje. El mar podía devorar una costa. Un día, una gota de lluvia se convertiría en el océano.

Aisha estaba decidida a triunfar.

TIERRA

Alguien abrió la puerta del invernadero y Terra reprimió los sollozos y se limpió la tierra y las lágrimas de la cara. Si era Riven que volvía para humillarse y suplicarle que lo perdonase…, bien, no pensaba perdonarlo nunca, y se burlaría de él altivamente, pero si era…

No era Riven. Era Sam.

—Oh —dijo Terra, y se echó a llorar otra vez.

Su hermano parecía aterrorizado, pero corrió a su lado, se sentó junto a ella y le colocó un brazo sobre los hombros. Estaban sentados en el barro, bajo los helechos, pero estaban acostumbrados a ensuciarse juntos trabajando con las plantas. Terra tenía diez años cuando descubrió que las pecas de Sam no eran simples manchas de tierra.

Su hermano y ella no se parecían mucho, pero tenían las mismas pecas.

—¿Seguro que ese especialista te ha molestado?

—¿Qué? —preguntó Terra alarmada, pero enseguida recordó que Sam se refería al otro especialista.

Sam, siempre tranquilo y afable, lucía una expresión asesina que sorprendió a Terra. En realidad, no había entendido nada, pero era agradable comprobar que se preocupaba por ella. Le dio unos golpecitos en el brazo a Sam.

—No te preocupes por ese chaval. Le he golpeado con unos árboles y he ordenado a las hierbas del lago que lo agarrasen y lo sumergiesen unas cuantas veces.

Esa información habría sorprendido a cualquier persona de Alfea salvo a Sam, que arqueó un poco las cejas y, finalmente, suspiró y aceptó la situación.

—Cuando te metan en la cárcel por asesinar a alguien con una planta, no sé cómo se lo voy a decir a papá.

—No seas tonto, Sam —dijo Terra—. Matar está mal. Si alguna vez mato a alguien con una planta, será por un buen motivo, como la defensa propia, o que sea una persona malvada, y en ese caso antes intentaría inmovilizarla o retenerla. Nunca usaría una planta venenosa con intención de matar, porque sería una enorme irresponsabilidad. Usaría enredaderas o ramas si bastasen para levantar a la persona del suelo, o plantas acuáticas si estuviera en el agua, pero nunca sumergiría a alguien el tiempo suficiente para causarle daños cerebrales. En cualquier caso, sería una buena obra, así que no me meterían en la cárcel por ello.

Sam le propinó un codazo bromista.

—Has pensado mucho en el tema, ¿no? Oye, si ese tío no te ha alterado, ¿por qué estabas llorando?

«¿Por qué estás llorando?». Terra giró la cabeza para que Sam no la viera y ordenó a las hojas tiernas del helecho que le secasen una última lágrima.

—Supongo que me sentía un poco sola —respondió.

Sam suspiró y dejó caer los hombros.

—Lo siento mucho, Terra. Este año he dejado bastante que desear como hermano, ¿verdad?

Se hizo el silencio. Terra no pensaba llevarle la contraria. Él había sido su cómplice toda la vida, porque en toda la infancia no habían tenido otros niños cerca a excepción de Sky, que brillaba a lo lejos. Entonces Terra se había quedado sola de repente, se había rodeado de malas compañías y había tomado muy malas decisiones. Algunas relacionadas con arbustos con espinas del tamaño de espadas.

Estaba rodeada por el cristal y la piedra del invernadero, las hojas de las plantas y las macetas colgantes que pendían del techo, los cactus minúsculos y los enormes helechos. La familiaridad de aquellas plantas era como un abrazo. Aquel era el lugar de poder de Terra, y nadie iba a contaminarlo ni a mancillarlo.

Para ella, Sam era como el invernadero, un elemento familiar y muy querido, siempre vestido con la chaqueta verde raída y con el pelo moreno engominado hacia un lado porque intentaba parecer guay.

Terra recordó que Sam siempre había ido despeinado hasta ese año. Quizá Terra no era la única Harvey que trataba de integrarse.

—Normalmente no eres un hermano penoso —lo tranquilizó Terra al fin—. Aunque siempre eres bastante irritante, por supuesto.

—No eres la única que siempre ha soñado con poder ir a Alfea —dijo Sam—. Y francamente, cuando me imaginaba saliendo con amigos o en una cita con una chica guapa, no veía a mi hermanita ocupando el primer plano de la imagen. ¿Tú me imaginas a mí cerca cuando por fin tengas un club de chicas en lo alto de una casita en un árbol?

—No —admitió Terra—. Pondríamos un cartel prohibiéndote la entrada.

En realidad, ya había formado un club en el que Sam no estaba admitido para poder tomar el té en paz con sus muñecas. Por aquel entonces, sus amigas eran imaginarias. Suponía que lo seguían siendo.

¿Las plantas contaban como amigas imaginarias? Las amigas de Terra eran plantas.

Sin embargo, el año siguiente sus amistades no serían imaginarias. Serían personas, no plantas. De repente, se le ocurrió una idea magnífica que la dejó sin palabras, boquiabierta ante su propia genialidad. Regalaría plantas a sus nuevas amigas. ¡Seguro que así les caería bien! El año siguiente, sin duda,

Hasta entonces, supuso que siempre le quedaría el pesado de su hermano.

—Tendría que haber venido a ver cómo estabas —admitió Sam—. ¡No sabía que te estaban acosando especialistas salidos! Pensaba que estarías bien, trasteando las macetas del invernadero como de costumbre. Pensaba que me podía tomar un tiempo libre para hacer amigos y salir con chicas, ¿sabes?

Una planta de canna le ofreció a Terra una hoja grande en forma de pala. Terra agradeció el detalle y se sonó con ella. Sam la miró con una expresión severa por ser tan desagradable, pero Terra no estaba siendo desagradable, sino formando parte de la naturaleza.

—No te culpo por intentar salir con chicas antes de quedarte inevitablemente calvo como papá —le dijo Terra.

Sam la empujó.

—¿Por qué siempre tienes que sacar el tema? A lo mejor no me quedo calvo...

—¡Seguro que sí! Es inevitable. Se avecina como los brotes en la primavera. —Terra arrugó la nariz—. ¿Por eso te ha dado por hacerte peinados raros? Oye, lo entiendo perfectamente. ¡Disfruta del pelo mientras te quede, Sam!

—De acuerdo, pues voy a seguir ignorándote —anunció Sam.

Terra dejó de reír. Las burlas que intercambiaban seguían sonándole demasiado afiladas porque el dolor que sentía todavía era demasiado reciente, de modo que cada vez que Sam tocaba algún punto delicado, Terra quería abalanzarse sobre él.

Sam le rodeó los hombros con el brazo y la estrujó.

—Es broma. Yo te cubro, hermanita.

No la había protegido, pero al menos había acudido al verla llorar, y ahora estaba con ella, aunque hubiese pensado que era una perdedora demasiado patética para ir con ella todo el año. Tenía razón. Todo el mundo pensaba que Terra era una perdedora. Lo único que importaba era que Sam todavía la quería. Y el sentimiento era mutuo.

—Eres un bobo pesadísimo —le dijo Terra afectuosamente—. Y no has conseguido novia. ¡No me extraña!

Sam agarró un puñado de tierra e intentó metérsela a Terra por el cuello Peter Pan de la blusa. Terra se libró de él y los helechos propinaron unos cuantos latigazos a Sam para defenderla. La magia de Terra siempre había sido más agresiva. Sam era un alma plácida y pacífica, y por eso perdía el combate escandalosamente.

—No he conectado con ninguna de las chicas de mi curso a las que he llegado a conocer bien —explicó Sam en tono altivo, tras ahuyentar unos cuantos helechos a manotazos—. Ha sido una decisión consciente por mi parte.

Terra se rio.

—Sí, claro. —Titubeó—. Yo tampoco he conectado con nadie en la jornada de puertas abiertas —confesó con un hilo de voz—. Me refiero a que no he conseguido hacer ningún amigo. ¿Y si no consigo hacer nuevos amigos?

Sam la abrazó. Terra apoyó la cabeza en el hombro de su hermano mayor y resopló con tristeza.

—Harás amigos —le prometió Sam hablándole al oído—. Aunque eres una doña tragedias insoportable, te prometo que harás amigos. —Hizo una pausa—. Y si alguna de tus compañeras de residencia está para comérsela, le hablarás bien de mí.

Terra golpeó a Sam.

—¡Aléjate de mí y de mis amigas del año que viene! ¡No te acerques! ¡Mis amigas serán geniales y no permitiré que las molestes!

Sam sonrió mientras ella seguía golpeándolo. Aunque Terra todavía tenía los ojos húmedos, sentada en la tierra fértil con su hermano y envuelta en el aroma de jazmín, logró sonreír como él.

LUZ

El día siguiente a la jornada de puertas abiertas fue radiante y hermoso, y Stella planeaba ir a comer con Sky y Ricki porque estaba furiosa con el resto de sus compañeras de residencia. Se arrastraban para que las perdonase, y tal vez acabaría haciéndolo, pero, de momento, Stella quería estar con las personas en las que confiaba.

Contempló su mesa lujosa y los rostros preciosos que la ocupaban con una satisfacción suprema. Cuando su mirada dio con el único rostro mustio de comadreja, la sonrisa le flaqueó un instante, pero se obligó a mantenerla firme en su lugar.

Casi todo era maravilloso. Era una lástima que Riven estuviera allí, pero Stella supuso que la vida no podía ser perfecta. Al menos hasta que fuera reina y pudiera desterrar a Riven del reino.

—¡Mis personas favoritas! —exclamó con entusiasmo mientras dejaba la bandeja en la mesa, junto a la de Ricki—. Y Riven…

Riven alzó una petaca plateada hacia ella y después se la llevó a los labios.

—¿Estás…? —Stella no podía creer lo que veía—. ¿Estás bebiendo en la cafetería a la hora de comer? ¿En serio?

—Eres una inspiración para mí, princesa —replicó Riven.

Stella desvió la mirada hacia los retratos en blanco y negro de destacados alumnos de Alfea que se veían obligados a presenciar cómo Riven profanaba sus adorados salones.

Sky miraba a Riven con preocupación.

—La bebida no es buena para tus reflejos, Riv. Ni para ti en general.

—Los especialistas necesitan tener el hígado sano —coincidió Ricki—. ¿Qué pasaría si tuvieras el hígado enfermo y alguien te apuñalase justo ahí?

Ricki esbozó su sonrisa tan contagiosa que Stella y Sky la imitaron. Riven, que tenía el alma negra, fue el único que no le devolvió la sonrisa a Ricki. Stella pensó que su rostro era incluso más desagradable que de costumbre. No entendía cómo había podido pensar que podía ser una buena pareja para Ricki.

—Solo me divierto un poco —se defendió Riven con la expresión más amargada y triste imaginable.

Stella puso los ojos en blanco.

—¡Tu bienestar emocional y físico me da lo mismo! Yo me concentro en las cosas importantes de la vida. Piensa en cómo repercute tu comportamiento en mi reputación, Riven.

Riven frunció el ceño y Stella lo miró con desdén. Debía diseñar un nuevo plan para Riven. Probablemente tendría que enfocar la situación como si Sky hubiera sucumbido a un impulso caritativo poco razonable y hubiese adoptado un perro con incontinencia. «No le hagáis caso, ya sé que es feísimo, pero mi novio tiene un corazón de oro, ¿verdad?».

Stella asintió con determinación. Estaba segura de que eso funcionaría. Y buscaría a un hombre mejor para Ricki en la escuela. Tenía que haber alguien, aunque nadie estaba a la altura de Sky. Era una lástima que Sky fuera un triste huérfano y no tuviera un hermano atractivo para Ricki.

Miró a su alrededor disimuladamente. Gracias al pequeño candelabro de luz que había colocado sobre la mesa, sabía que todos tenían buen aspecto. Nadie parecía haberse dado cuenta de que el gamberro de Riven estaba hecho polvo. Todo el mundo la miraba con una mezcla de admiración y envidia. Stella estiró el brazo, le tocó la mano a Sky y observó que la envidia se intensificaba en la expresión de varias chicas.

Ahora que Stella se había dado cuenta de la maravillosa naturaleza de Sky y de lo poco de fiar que eran otras personas, supuso que debería empezar a tener más cuidado y a evitar que otras chicas metieran las narices en los asuntos de Sky. A excepción de Ricki, por supuesto. Confiaba ciegamente en Ricki.

—Debemos concentrarnos en los asuntos importantes. Todo el mundo coincide en decir que las decoraciones de la jornada de puertas abiertas eran fabulosas —comentó Ricki con entusiasmo—. Un brindis por la princesa.

Alzó un vaso de zumo de manzana con gas. Sky, con la sonrisa amable que esbozaba cuando Ricki andaba cerca, hizo chocar su vaso de zumo con el de ella.

—Por la princesa —dijo suavemente.

Riven fingió que vomitaba. Stella supuso que era una reacción muy propia de él. Lo ignoró por completo y miró a Sky y a Ricki con afecto.

—Y brindemos también por las personas sin sangre real. No podemos olvidarlas porque pueden ser guapísimas, ¿sabéis?

Le guiñó un ojo a Sky y vio que un mechón de su cabello trigueño amenazaba con dejarse caer frente a sus firmes ojos azules. Pensaba valorarlo más, y también a Ricki. Se inclinó sobre la mesa y le dio un beso a Sky.

Las náuseas fingidas de Riven se intensificaron.

—Obviamente, cuando hablaba de las personas sin sangre real a las que valoro, no te incluía entre ellas, Riven —dijo Stella mientras se volvía a incorporar.

—Si me considerases atractivo me vería obligado a fingir mi propia muerte —replicó Riven.

—Tarde o temprano tendréis que aprender a llevaros bien, chicos —intercedió Sky.

Stella y Riven negaron con la cabeza al unísono. Sky tenía un alma pura y estaba convencido de que la esperanza siempre se imponía al realismo, pero Stella no podía alimentar las falsas esperanzas que depositaba en la buena voluntad de los seres humanos.

—Tendréis que hacerlo —insistió Sky—, porque le he preguntado a Riven si quiere que volvamos a compartir cuarto el año que viene y me ha dicho que sí, o sea que os veréis muy a menudo…

—Me estoy replanteando lo de compartir habitación. Me lo estoy replanteando todo —dijo Riven, y Sky le lanzó una lluvia de golpes.

Riven contraatacó con puñetazos flojos pero malintencionados.

—Me horroriza oír que has tomado una decisión tan nefasta, Sky —dijo Stella con total sinceridad—, pero me acabas de recordar que tengo pendiente un asunto muy importante. Ricki, el año que viene seremos compañeras de cuarto, ¿verdad?

Los nervios la atenazaron por sorpresa mientras lo decía.

¿Y si Ricki no quería ser su compañera después de lo que había pasado durante la jornada de puertas abiertas? Stella no quería tener que compartir la residencia con nadie que fuera a conspirar en su contra.

El suspense no duró mucho. Ricki chilló de alegría y se arrojó a los brazos de Stella.

Como los chicos eran incivilizados, Sky y Riven expresaron su afecto pegándose y forcejeando hasta que Riven se cayó del banco y fue a parar a los adoquines del suelo. Stella, una princesa de lo más civilizada, le pasó un brazo por los hombros a Ricki.

Ricki estaba radiante.

—¡Me encantaría, Stella! ¿Seguro que es lo que quieres?

—Claro que estoy segura —dijo Stella—. ¿Acaso no estoy siempre segura de todo lo que hago? ¿Acaso no eres mi mejor amiga?

Ricki asintió con entusiasmo, rodeó la cintura de Stella con los brazos y le apoyó la cabeza en el hombro. Stella camufló su sonrisa entre el cabello de Ricki para que nadie viese lo emocionada y aliviada que se sentía.

Estaba decidido. Iban a ser compañeras de residencia y mejores amigas para siempre, y Sky permanecería a su lado y siempre le sería fiel.

La señorita Dowling no sabía lo que decía cuando había advertido a Stella que su magia estaba fuera de control. La estaba subestimando, como siempre hacía la reina Luna.

No, no lo hacía como la reina Luna. Stella estaba segura de que, si alguna vez tenía un problema, la señorita Dowling la ayudaría.

Sin embargo, no sería necesario. El día anterior había sido una anomalía. Stella no iba a volver a necesitar la ayuda de nadie nunca más.

Miró al otro extremo del salón, a través de los arcos de piedra y las puertas abiertas. En Alfea había muchos lugares que daban acceso a grandes oportunidades.

Vio el camino dorado del futuro que la aguardaba como si se extendiera frente a sus ojos, iluminado por su propia magia.

Sería una joven admirada, querida y prácticamente perfecta en todos los sentidos. Se ocuparía de Ricki y se aseguraría de que fuera la chica más deslumbrante de la escuela. Junto a ella misma, por supuesto.

Pensaba acabar bien ese curso, y el año siguiente en Alfea sería todavía más glorioso que el primero.

Stella dio un sorbo al zumo de manzana con gas, convertido en oro líquido por su luz, y paladeó su sabor dulce. Repitió mentalmente el brindis de su mejor amiga.

«Por la princesa».

EL CORAZÓN ENVEJECE

—Admito que la jornada de puertas abiertas fue un experimento que tal vez no desee repetir, pero en el fondo ha sido divertido —dijo Farah, de vuelta en el despacho de la directora tras una larga jornada de puertas abiertas seguida de otra jornada todavía más larga dedicada a subsanar sus secuelas.

El truquito de Stella y Aisha en la fuente había perforado un agujero en el seto que Ben y ella habían tardado un buen rato en reparar.

Farah se reclinó en la silla de su escritorio y suspiró. Observó que el director de especialistas Silva, su mano derecha y la segunda persona más importante de Alfea, estaba medio tumbado en uno de los sillones de piel mientras lanzaba un cuchillo al aire para distraerse, como un jovenzuelo.

Silva arqueó las cejas.

—¿Te parece divertido que los alumnos hagan comentarios repugnantes sobre tu vida privada?

Parecía mucho más ofendido por todo aquel asunto que lo estaba ella.

Aunque Farah nunca se sentía totalmente fuera de servicio, ya no estaba dentro de su horario laboral, por lo que no tenía obligación de permanecer tras el escritorio. Se levantó y se sentó junto a Silva. La mesa que había al lado del sofá era, en realidad, un baúl en el que guardaba su armadura de combate, pero hacía años que no lo abría. Lo usó para apoyar una copa.

—Piensa en todas las preocupaciones que teníamos a su edad —dijo Farah—. Me alegra que puedan permitirse el lujo de ser jóvenes atolondrados.

—¿Y es necesario que lo sean hasta ese punto? Personalmente, preferiría que lo fueran un poco menos —refunfuñó Silva—. Hay ciertos límites.

Farah contempló el despacho con una satisfacción muda. En otros tiempos había sido el dominio de Rosalind, un espacio solemne coronado por vigas de caoba, pero a Farah le gustaba pensar que había hecho reformas acertadas. Ahora era el despacho de Farah, pintado en su tono de azul favorito y con estarcidos dorados alrededor de las ventanas redondeadas. Había instalado más estanterías en las paredes hasta llegar al techo y las había llenado de libros maltrechos, de volúmenes con el lomo dorado y de plantas decorativas que le había dado Ben porque decía que le recordaban a ella. Las plantas eran de colores tenues, robustas y con raíces profundas. Farah había interpretado esas plantas como un cumplido. Les tenía mucho cariño y las regaba, las giraba hacia la luz y hacía todo lo posible para que prosperasen.

—¿Encontraste lo que fuiste a buscar tan apresuradamente? —preguntó Silva con un ojo en Farah y el otro en el puñal.

Farah estaba segura de que la pregunta no era tan inocente como Silva trataba de dar a entender.

—No... No estoy segura —respondió—. No encontré nada con certeza. Puede que no haya nada que encontrar. Es posible que tenga que volver al Primer Mundo para repetir la búsqueda.

—Envíame a mí —se ofreció Silva al momento.

Farah negó con la cabeza.

—Si en el Primer Mundo hay un secreto de Rosalind, sin duda es mágico. Soy un hada y puedo combatir la magia con magia. Si veo a un monstruo, os enviaré a ti y a tu espada a luchar contra él, pero este problema me incumbe a mí. ¿Qué me dirías si te pidiera que fueras a combatir un peligro al que yo no quisiera hacer frente?

Silva parecía un tanto divertido por la pregunta, como si ella ya debiera conocer la respuesta. Dejó de lanzar el puñal al aire y se lo guardó en uno de los múltiples escondites para armas de su chaqueta oscura.

—Te diría: «A tus órdenes» —respondió.

—No lo dudo. —Farah rio discretamente y volvió a encauzar la conversación—. De todos modos, tengo pies y tengo magia. Puedo enfrentarme sola al peligro y regresar. Es lo que he hecho esta vez y no me ha ido tan mal, ¿no crees? Confiesa que apenas has notado mi ausencia.

Una broma mordaz y un punto de autocrítica mordaz deberían bastar para dejar atrás ese instante incómodo.

Ya les había pedido bastantes sacrificios a Saúl y a Ben en esta vida. Por descontado, acudiría a ellos si Alfea corriera peligro, pero prefería asumir personalmente todas las responsabilidades.

Los ojos de Silva, muy azules y muy serios, no se separaban de ella.

—La he notado. Todo el mundo la ha notado. Eres el corazón de esta escuela, Farah —declaró Saúl—. Es imposible pasar por alto que el corazón te deja de latir un instante.

—Oh —exclamó Farah, insegura. Ese tipo de comentarios no eran muy propios de Saúl—. Vamos, Saúl, no hace falta que finjas que no podrías salir adelante sin mí.

—No podría salir adelante sin ti —se limitó a responder él.

No. Farah tampoco podría salir adelante sin él o sin Ben. Estaban unidos para siempre porque eran las tres almas que habían salido con vida de Aster Dell. Sin embargo, nunca hablaban de ello.

—¿Cómo está Sky? —se apresuró a preguntar Farah, desviando la conversación hacia el tema favorito de Saúl.

El director suavizó por un momento su mirada acerada.

—Su juego de piernas es excelente, como siempre. Favorece la izquierda y siempre lucha como si tratara de proteger a alguien a su lado, incluso cuando no hay nadie junto a él, pero sigue siendo el especialista más prometedor que ha pisado Alfea. Y no estoy siendo parcial.

Miró directamente a Farah, como si quisiera desafiarla a decir que favorecía a Sky. Farah sonrió.

—Eso nunca.

—Son hechos objetivos. Trabaja duro y además posee talento, un factor crucial —prosiguió Saúl en un tono severo que en realidad camuflaba orgullo—. Quiere volver a compartir habitación con Riven el año que viene. Al principio no me pareció buena idea, pero creo que lo entiendo. Últimamente ese muchacho está progresando a pasos agigantados. Esta mañana ha estrangulado a Mikey hasta dejarlo medio muerto durante el entrenamiento.

—Fantástico, no hay nada mejor que un alumno estrangulado de buena mañana —dijo Farah.

Silva, que cuando estaba concentrado era inmune al sarcasmo, se limitó a asentir con las cejas fruncidas en una expresión pensativa.

—Pensaba en una persona distinta para ser compañero en combate de Sky, alguien que se comprometiera de verdad con la causa, pero... quizá me equivocaba. No queremos que los críos crezcan exactamente como nosotros.

Farah se estremeció.

—Es lo último que queremos.

—Me preocupa un poco Stella —añadió Saúl con cautela.

Farah recordó que había mirado los rostros de los alumnos de uno en uno mientras pronunciaba el discurso de clausura de la jornada de puertas abiertas. Stella brillaba tanto como sus decoraciones luminosas. El pequeño complot de Stella había sido un error, pero Farah se había fijado en que la magia de la princesa había embellecido toda la escuela, y no solo a ella. La reina Luna veía el mundo entero como una vitrina desde la que exhibir su belleza inmaculada, pero Farah estaba convencida de que

Stella, a pesar de su carácter dramático y sus defectos, era distinta.

Sin embargo, el hecho de ser distinta no la iba a salvar. Farah había conocido a otras personas con madera de héroe. Se decía que cuanto más intensas eran las emociones, más poderosa era la magia, y aquellos que sentían de un modo más intenso y apasionado, y aquellos cuya luz brillaba con más fuerza, corrían el riesgo de arder y sumirse en la oscuridad más profunda. Rosalind había sido una mujer poderosa e inspiradora, una líder a quien Farah había querido seguir toda su vida. Andreas había sido un guerrero valiente y atractivo que había poblado los sueños y los suspiros de muchas mujeres. Y todo había acabado reducido a cenizas.

—A mí también me preocupa Stella —coincidió Farah—. La reina es nuestra aliada y no hablaré mal de ella, pero debe de ser difícil ser su hija.

Silva no dijo nada, pero su expresión habló por él. Había llevado a cabo misiones para la reina Luna y había estado en el palacio con mucha más frecuencia que la propia Farah. Así era como se habían conocido Sky y Stella.

Años atrás, Farah quiso esconderse en Alfea para recuperarse. La reina Luna accedió a ayudarla a encubrir la tragedia de Aster Dell. Farah podía quedarse con Alfea a cambio de que Silva y ella le prestaran su apoyo. En ese momento, a Farah le había parecido un trato justo.

Más adelante, dejó de parecerle tan equitativo. Farah no podía olvidar la mirada atormentada de Stella cuando había estado sentada en ese mismo despacho con los puños cerrados, suplicándole que no la ayudase.

¿Qué podía hacerle a un reino una mujer dispuesta a hacerle algo semejante a su propia hija? ¿Qué le había hecho Luna a su reino?

Si Luna era una amenaza para Solaria, Farah se vería obligada a actuar, del mismo modo que había actuado contra Rosalind. Sin embargo, Farah estaba segura de que sus temores eran infundados. Era imposible que hubiese otra Rosalind o un nuevo Aster Dell.

Farah se agotaba solo de pensar en una nueva batalla. Se inclinó hacia el asiento de Silva. Era un gran alivio poder hablar sin tapujos con alguien en quien confiaba.

—¿Viste cómo ardía la luz por el aire, como si la magia de Stella se convirtiese en un segundo sol por un instante? Debemos agradecer que nadie mirase directamente a la luz.

Silva parecía preocupado.

—Pero puedes ayudarla.

—Podría si ella me lo permitiese —suspiró Farah—, pero no me deja. No confía en mí. —Inspiró hondo. Admitirlo era un trago amargo, pero era la verdad—. Ninguno de ellos confía en mí. Nunca les he parecido accesible, los niños no me consideran el tipo de directora a la que pueden contar sus problemas. Es problema mío, no de mis alumnos. No sé atraer a la gente a mi lado como hacía Rosalind. Saber hacerlo es lo que más deseo en el mundo.

Rosalind había poseído un poder enorme, pero esa cualidad era la única que le envidiaba. Ella podría ayudar a los alumnos si acudiesen a ella para pedirle ayuda.

Silva seguía frunciendo el ceño.

—Si la princesa te disgustó...

—Por supuesto que no me hizo enfadar. —Farah se obligó a sonreír—. Solo desearía saber cómo puedo ayudarla. Tiene mucho potencial, y vi a varios alumnos más con potencial en la jornada de puertas abiertas. Me parece que el año que viene el curso será interesante. Por cierto, ¿es verdad que un chico estuvo a punto de ahogarse en uno de los lagos de los especialistas o solo es un extraño rumor?

—Es una realidad pintoresca. —Silva sonrió con orgullo—. Fue la pequeña Terra.

Farah se alarmó.

—¿Qué hizo qué? ¿Lo sabe Ben?

Silva negó con la cabeza.

—Me pareció que decírselo solo serviría para disgustarlo. No tenía mucho sentido contárselo, Farah, espero que lo comprendas.

—Creo que alguien debería ocuparse del asunto.

—Lo hice yo mismo —anunció Silva—. Le dije al especialista en cuestión que, si volvía a molestar a otra estudiante, ordenaría a Terra que lo acabase de ahogar y me ocuparía personalmente de hundir su cuerpo en el agua para que no lo encontrasen nunca. Asunto zanjado.

Farah dudaba de que hubiese hablado del caso con Terra. Sabía que Saúl estaba dispuesto a morir por los hijos de Ben, pero también sabía que prefería no hablar nunca con ellos.

Había sido un joven poco hablador, pero se había convertido en un hombre silencioso. El secreto que jamás podía revelar a Sky parecía haber sellado sus labios ante el mundo entero, y Farah lo respetaba demasiado para espiar sus pensamientos. A veces temía que, si lo hacía, vería lo mucho que

Saúl había perdido por su culpa, y el rencor que le guardaba por ello.

Todo había sido culpa suya, no de Saúl. Ella había sido quien había dado la orden de enfrentarse a Rosalind. Al intentar evitar que Ben y ella cometieran su gran pecado, Saúl había sacrificado a su mejor amigo, y ahora debía cargar con un sentimiento de culpa que en realidad le pertenecía a ella. Era algo que Farah nunca le podría compensar.

—Entendido, Saúl —dijo Farah—, pero si Terra intenta ahogar a alguien más con las hierbas del lago, estrangularlo con plantas enredaderas o empalarlo con espinas, me va a oír.

Había recibido varios informes inquietantes de los jardineros. El primer año de escuela de Terra Harvey podía ser peligroso, pero si Alfea había podido ocuparse de la princesa Stella, también podía ocuparse de Terra. No era muy probable que las dos jóvenes decidieran unir fuerzas.

La mala hierba podía resquebrajar la roca. Tal vez Terra, la fuerza de la naturaleza, debiera compartir residencia con una chica que necesitase un empujón. Farah recordó el rostro mudo y desesperadamente reservado de Musa, el hada de la mente a la que había visto durante la jornada de puertas abiertas. Era una idea digna de considerar.

La cara de Saúl indicaba que consideraba crueles e injustas las normas de Farah contrarias al asesinato.

—Creo que deberíamos permitir que Terra estrangule a Riven con enredaderas si así lo desea —opinó—. Como detalle con ella. Será positivo para el muchacho.

—Desapruebo que se estrangule a alumnos, por más irritantes que te parezcan —sentenció Farah—. Y no admito negociación alguna en este punto. Si Sky ha decidido acoger a Riven bajo su ala, estoy segura de que Riven irá por el buen camino.

Al oír el nombre de Sky, el rostro de Silva se iluminó como si el sol hubiese salido tras montañas lúgubres de granito.

—Quizá todos los alumnos de Alfea irán por el buen camino —continuó Farah—. Puede que nosotros cometiéramos todos los errores posibles y no les dejásemos ninguno a nuestros alumnos.

Lo dijo más esperanzada que convencida. No era como Ben, que soñaba con poder mantener a sus hijos a salvo, pero tampoco era como Saúl, que deseaba que los niños se prepararasen para la guerra.

Su sueño para todas las almas de Alfea era un espacio en el que aprender, crecer y elegir. Amaba ese lugar porque era la fuente de todas las posibilidades. Posibilidades de hacer el bien, pero también de hacer el mal.

Contra su voluntad, Farah detuvo la mirada en el lugar del despacho en el que estaba oculta la puerta secreta, pero se obligó a desviarla hacia otro lado.

—Creo que, si alguno de tus alumnos acabara siendo como tú, no estaría nada mal —valoró Silva—. El mundo necesita líderes.

Farah estaba tan emocionada que apenas sabía qué decir.

—Supongo que sí.

Silva se miró las botas.

—No quiero que los chicos pasen por lo mismo que pasamos nosotros.

Lo único que Farah podía ofrecer a su viejo amigo era apoyo moral. No era gran cosa.

—Sé lo mucho que sufriste —dijo Farah—. Sé lo de las pesadillas. No hace falta que hables de ello, Saúl.

—Pero… Las pesadillas no lo fueron todo. No todo fue malo. La vida también me dio cosas que me gustaría que también disfrutara mi muchacho.

Farah lo miró con aire interrogante.

—La mejor defensa con la que puede contar un soldado es disponer de alguien en quien siempre pueda confiar.

—Todavía echas de menos a Andreas —murmuró Farah.

Era una reacción natural. Cuando ambos vivían, Andreas y Silva eran inseparables. Hubo un tiempo en el que Farah deseó que hubiera algo más de distancia entre ambos, a pesar de lo mucho que los quería, pero ahora su corazón solo lloraba por el compañero de armas que se había quedado solo.

Se sobresaltó cuando Silva se inclinó hacia delante.

—Farah —dijo Silva con la mirada tierna que generalmente reservaba a los momentos en los que hablaba de Sky—. No hablaba de Andreas. Me refería a ti.

Estiró el brazo y le tomó la mano. Farah miró sus manos entrelazadas y recordó el momento en el que descubrió que Rosalind había mentido y que Aster Dell no era un antro de monstruos, sino una aldea. El miedo la había abrumado al darse cuenta de que debía enfrentarse a su brillante líder, y temió tener que hacerlo sola.

Bastó una palabra para que Saúl empuñara su espada, dispuesto a luchar por ella.

—Oh. —Farah temía que le flaquease la voz, pero decidió arriesgarse—. Saúl, hay algo que siempre me he preguntado. Han pasado casi dieciséis años desde Aster Dell. En el caso de que en esa aldea hubiera niños y de que hubiesen sobrevivido, ahora serían casi lo bastante mayores para venir a Alfea. Si no lo pregunto ahora, jamás lo haré.

Silva se estremeció al oír el nombre de Aster Dell, pero le prestaba atención.

—Si volviéramos atrás en el tiempo, si tuviéramos que enfrentarnos a la misma elección y te volviera a pedir que me siguieras, aun sabiendo lo que iba a pasar..., ¿qué dirías?

Los ojos de Silva, azules como la llama firme de una vela, permanecieron un momento más en el rostro de Farah. Luego inclinó la cabeza sobre la mano de ella, como si la fuera a besar.

—Diría: «A tus órdenes».

Ambos eran personas reservadas. Tardaron unos tres minutos en sucumbir a la vergüenza más extrema.

Silva soltó la mano de Farah y se levantó de repente sin un ápice de su habitual gracilidad de soldado.

—Debo ir a... revisar... las armas.

Farah asintió con convicción. La armería era el refugio de Saúl.

—Hasta mañana, director Silva —dijo abruptamente—. Estoy segura de que será un nuevo día maravilloso moldeando mentes jóvenes.

Saúl volvió la cabeza.

—No sé de qué hablas. Yo pienso dedicarme a apalear a los muchachos con bastones.

El comentario hizo reír a Farah, y al verlo, Silva se marchó con una sonrisa gamberra y satisfecha en los labios, como la del muchacho que fue un día.

Saúl siempre decía lo mucho que Sky se parecía a Andreas. Sin embargo, cuando el desastre se había cernido sobre ella, Farah había volado en busca de Saúl como las flechas de Silva volaban al centro de la diana. Nunca habría pedido ayuda a Andreas. Farah no albergaba duda alguna acerca de quién era mejor de los dos. Si Sky poseía el raro coraje necesario para enfrentarse a un amigo y blandir una espada, aunque se le partiese el corazón, Farah sabía dónde lo había aprendido.

La puerta se cerró tras Saúl y la directora de Alfea se quedó sola en sus dominios.

Largo tiempo atrás, entre las cenizas de Aster Dell, Farah se había arrodillado y había pensado: «Debo compensar esto. Debo hacer algo hermoso».

Pensó en cómo había resplandecido Alfea en la jornada de puertas abiertas, espolvoreada con luz de estrellas por Stella, y recordó una vez más el discurso que había pronunciado frente a los alumnos. Todos ellos presentaban un gran potencial. Una luz brillaba en cada uno de aquellos rostros.

Quizá Alfea albergaba nuevos comienzos, incluso para Farah. Algún día, tal vez alguien vería más allá de la reserva de Farah, más allá de las barreras que había construido para protegerse de la culpa y el dolor y que ahora ya no sabía desmantelar. Un hada que creyera de verdad que Farah solo quería ayudar, que confiara en ella. No culpaba a ninguno de los estudiantes por no creer en ella, pero estaba dispuesta a pagar un alto precio para ganarse esa confianza, para lograr que un solo alumno acudiese a ella.

Pensó en el perfil delicado de Stella, dándole la espalda; en Terra, fuerte como la primavera; en Aisha, implacable como un torrente; y en Musa, que se aislaba del mundo, pero igualmente iba a asistir a Alfea. Y de pronto, por sorprendente que resultase, Farah pensó en Bloom, la chica del mundo humano, con el pelo como una llamarada y la voz como una campana.

Dejó el vaso vacío sobre la mesa, se levantó y sacudió la cabeza para hacer desaparecer las visiones.

Tal vez el año siguiente.

Debería volver a ocuparse del papeleo antes de que se amontonase hasta convertirse en una torre inexpugnable. Antiguamente, Farah tenía un sistema para gestionar el papeleo, pero había olvidado partes cruciales del proceso y ahora se limitaba a intentar contener la avalancha de papeles.

Se permitió un momento de pausa y se acercó a la ventana, formada por círculos y más círculos de cristal tintado bañados por la luz de la luna. El ancho cauce de un río junto a prados bien cuidados. El laberinto en el que perderse y las estatuas aladas que conmemoraban el poder de volar que habían perdido. El círculo irregular de piedras, la cascada ruidosa, los árboles majestuosos y las torres altas del reino de las hadas. Los bosques frondosos y las altas montañas, y la gracia, la culpa, la pasión y la fe de todos aquellos que vivían entre esos muros.

Veía el castillo y su finca en una docena de colores diferentes, y adoraba Alfea bajo todas las luces.

Uno de sus sueños de juventud, el último, se había hecho realidad. Farah Dowling contempló el recinto de la escuela y pensó que había hecho algo hermoso.

Mientras ella viviera, el sueño de Alfea seguiría vivo. Y si era sabia y tenía suerte, si enseñaba a sus alumnos de la mejor manera posible, tal vez perduraría más tiempo. Incluso después de su muerte.

FUEGO

Bloom, que era mágica sin saberlo, se reclinó y suspiró satisfecha mientras admiraba su obra. No había dormido en toda la noche para reparar la lámpara rota que le había regalado su madre, pero había valido la pena. Rescatar algo bonito de las ruinas del pasado era maravilloso.

La lámpara, de metal y vitrales como una flor hecha de joyas, volvía a brillar. Bloom la había encontrado el día anterior frente a su puerta, la había recogido, la había metido en la habitación y se había puesto manos a la obra. Al ver la lámpara, había sentido la tentación de bajar corriendo a hablar con su madre, pero Bloom siempre había sido una chica de acción.

Ahora que ya no estaba absorta en la tarea, la asaltó de nuevo un pensamiento inoportuno como una corriente de aire por debajo de una puerta.

No podía creerse que su madre hubiera subido a su cuarto el día anterior para mencionarle los incendios en un tono incómodo. Bloom sabía que era una marginada, pero una cosa era vivir al margen de los demás y otra muy distinta ser una delincuente.

Lo cierto era que Bloom no lamentaba aquellos incendios. El dueño de la tienda de antigüedades era un miserable que había engañado a una mujer abatida para hacerse con las reliquias de su familia, mientras que el incendio en el laboratorio de ciencias se había declarado en el pupitre de un acosador, un tipo que solo la última semana había hecho que otros tres alumnos salieran corriendo del laboratorio entre lágrimas. ¿Qué más daba si sus cosas habían ardido? Nadie había resultado herido, solo habían sufrido daños las cosas de malas personas.

No lo lamentaba, pero eso no significaba ni mucho menos que fuese culpable. A juzgar por la forma en la que su madre le había hablado de los incendios, y por el modo en que la había mirado, daba la sensación de que su madre creía que Bloom había tenido algo que ver con aquellos sucesos.

¿Quién piensa algo así de su propia hija?

Bloom ni siquiera estaba cerca de los incendios cuando habían dado comienzo, no tenía nada con lo que prender el fuego y, además, no era una pirómana chalada. Por lo que a ella respectaba, los incendios eran un simple acto de justicia cósmica. Bloom se enfadaba con su madre cada vez que pensaba en la acusación implícita de sus palabras. Sentía que la ira que le causaba aquella injusticia se arremolinaba y le trepaba candente por el estómago, pero luego recobraba la razón y se apaciguaba.

Aunque últimamente habían estado algo distanciadas, era

imposible que su madre la creyera capaz de hacer algo semejante. No era posible. Bloom no era una destructora. Era una reparadora de cosas rotas.

Su madre lo sabía, estaba convencida de ello. Por eso le había regalado la lámpara, para demostrarle que no lo había dicho en serio.

Bloom puso música y agitó la lámpara por los aires, como si fuese una batuta y estuviera dirigiendo una orquesta mientras saboreaba el éxito del proyecto. Habría llamado a alguna amiga para explicárselo, pero... lo cierto era que no tenía amigas.

Todo el mundo guardaba las distancias con Bloom. Siempre había sido así. Incluso su madre se había ido distanciando de ella, aunque Bloom no sabía el motivo con certeza. Ella no intentaba ahuyentar a nadie. No se sentía distinta por dentro, pero suponía que no podía saber cómo se sentían los demás.

La pantalla de vitrales de la lámpara era de distintos colores, pero su tono favorito destacaba entre los demás. El cristal carmesí era de una tonalidad rojiza fantástica, del color del buen vino de su padre, y adoptaba una forma hermosa que recordaba a unas alas.

La lámpara le había quedado muy bien. Quería enseñársela a su madre, pero hacía tiempo que habían dejado de impresionarla las cosas que Bloom restauraba, y ahora solo la incordiaba hablándole de clases de yoga para madres e hijas. Cuando Bloom no consiguiera hacer amigas en esas clases, le propondría asistir a clases de cocina para madres e hijas, o quizá de buceo para madres e hijas. Cuando Bloom era pequeña pasaban mucho tiempo las dos juntas, leyendo libros de cuentos de hadas, inventando bailes y arreglando juguetes estropeados en equipo. Aunque nunca había tenido madera de animadora, siempre había sentido que su madre estaba orgullosa de ella.

Ahora Bloom era mayor para los cuentos de hadas.

Había encontrado un almacén abandonado cercano, donde guardaba algunas de las cosas que había restaurado para que su madre no se diese cuenta de la frecuencia con la que lo hacía o de la cantidad de objetos que había acumulado. Estaba convencida de que su madre no quería tener más recordatorios por casa de que Bloom siempre andaba trasteando con cosas estropeadas en lugar de apuntarse al equipo de animadoras.

Aunque su madre obviamente sabía que tenía la lámpara, sintió la tentación de llevársela al almacén para poder regodearse de su alijo, como un dragón de fuego retozando entre su tesoro. Tal vez lo hiciera. Allí podría mantener la lámpara a salvo.

Canturreó con el ánimo renovado y levantó la lámpara para ponerla a contraluz. Si miraba a través de los vitrales, el aburrido barrio del otro lado de la ventana se teñía de tonos lilas y azafrán, y se convertía en un mundo totalmente distinto.

Bloom todavía no había pensado mucho en la universidad, pero se imaginó de pronto esa lámpara en un dormitorio universitario, al cual la habría llevado desde muy lejos. Si añoraba su hogar en el destino en el que acabase, siempre podría mirar la lámpara y pensar: «La hice yo. Me la regaló mi madre. He traído esta lámpara conmigo desde casa».

Siempre la habían atraído las cosas del pasado, pero quizá había llegado el momento de empezar a pensar en el futuro. Sus padres siempre decían de ella que estaba destinada a hacer grandes cosas, y aunque sonaba bien, era una afirmación vaga, el tipo de declaración grandilocuente que los padres hacían sin más. Como: «Cree en ti misma y podrás hacer cualquier cosa». Por mucho que Bloom creyera en sí misma, era improbable que salvase un país o se convirtiera en la protagonista de un cuento de hadas. Sin embargo, probablemente sí podría hacer algo: deseaba vivir una gran aventura, y demostrar a sus padres que su hija rara era capaz de llevar a cabo grandes gestas.

Quería que su madre estuviera orgullosa de ella.

Se sacó los incendios de la cabeza. Su madre le había dejado la lámpara frente a la puerta a modo de disculpa y como gesto de confianza. Bloom alzó la lámpara y apoyó la mejilla en los vitrales, del mismo modo que la apoyaba en la de su madre cuando era pequeña, cuando su madre la cogía en brazos y la abrazaba efusivamente.

A veces Bloom deseaba hacer un gran descubrimiento, hallar un tesoro que ni siquiera podía imaginar y que estuviera roto. Así tendría la oportunidad de arreglarlo y subsanar un gran mal.

La luz del sol de California se filtraba por su ventana e iluminaba las alas de rubí, que ardían con el tono escarlata de las llamas.

PEOR NO SE PUEDE OBRAR

Estimado señor:

¿Qué le dije? Nunca mande a un idiota a hacer el trabajo de una mujer. Aproveché la visita a Alfea durante su jornada de puertas abiertas y Callum Hunter ha demostrado ser un espía incompetente. Presencié atónita sus torpes maniobras con poción de la verdad, y solo la suerte lo salvó de ser desenmascarado. Callum Hunter será incapaz de reclutar a nuevos miembros para nuestro bando. Ese inútil solo logrará ahuyentarlos.

Ya tengo la edad necesaria para ir personalmente a Alfea. Puedo ayudarlo. Puedo salvar a Rosalind y encontrar un camino para lograr el poder que precisamos. Todos los reinos serán nuestros. Cada gota de su sangre derramada costará un río a nuestros enemigos. Podemos arrebatarles a Farah Dowling, Saúl Silva y Ben Harvey todo lo que aman.

Creo que ya he identificado a un par de alumnos que podrían querer incorporarse a nuestra causa. Confíe en mí para reclutar a algunos muchachos con aparente potencial.

Haré que se enorgullezca de mí, Andreas. Se alegrará de haberme acogido. Le prometo que vengaremos su traición, incluido el intento de asesinarlo de su supuesto mejor amigo. Los viejos pecados de los traidores de Alfea recibirán, sin piedad, su castigo.

Ahora se sienten engreídos en su castillo, pero nuestra será la victoria final. Lo juro por las cenizas de Aster Dell.

Atentamente,

BEATRIX

Agradecimientos

Muchas gracias a Beth Dunfey, mi fabulosa y comprensiva editora, que siempre me invita a ir a lugares divertidos —¡esta vez al reino de las hadas!—. Y a Naomi Duttweiler y todo el fantástico equipo de Scholastic.

Como siempre, quiero expresar mi agradecimiento a Suzie Townsend, mi magnífica agente; a Dani Segelbaum, siempre eficiente, ¡y al maravilloso equipo de New Leaf!

Muchas gracias también a todo el equipo de *Destino: La saga Winx*, especialmente a Sarah Sagripanti, que me ofreció una sugerencia espléndida para Aisha. Y a Abigail Cowen —¡nunca había tenido a alguien en la cabeza durante cinco libros!—, gracias por ser un hada y una bruja de primera.

Un millón de gracias a mis Lectoras Confinadas, Susan Connolly, a quien siempre le gustan los mismos fragmentos que a mí, y Holly Black, de quien siempre supe que un día me acabaría arrastrando a las hadas. Y también a quienes me apoyaron a través de Zoom, y en especial a Chiara Popplewell, que me envió magdalenas.

Y gracias como siempre a vosotros, lectores, por leer mis cuentos de hadas.